MILO DOR · REINHARD FEDERMANN

INTERNATIONALE ZONE

Gedruckt mit freundlicher Unterstützung von
Stadt Wien Kultur.

Product footprint
CO_2 Neutral
PBN-CFMCP-015258
www.preferredbynature.org

FSC
www.fsc.org
MIX
Papier aus verantwortungsvollen Quellen
FSC® C014138

Friedrich-Schmidt-Platz 4, 1080 Wien
info@picus.at
Neuausgabe 2025

Grafische Gestaltung: Buntspecht, Wien
Umschlagabbildung: ÖNB/Wien, 197.377-B
Druck und Verarbeitung:
FINIDR, s.r.o., Český Těšín
ISBN 978-3-7117-2154-9

Informationen über das aktuelle Programm
des Picus Verlags und Veranstaltungen unter
www.picus.at

MILO DOR · REINHARD FEDERMANN

INTERNATIONALE ZONE

ROMAN

Mit einem Nachwort von
Günther Stocker

PICUS VERLAG WIEN

WER ÜBRIG BLEIBT, HAT RECHT

Als Boris Kostoff, Doktor der Veterinärmedizin, am Salzburger Hauptbahnhof eine Flasche Kognak kaufte, war es ihm beinahe gelungen, das Gefängnis zu vergessen, aus dem er entlassen worden war. Er hatte dort auch nicht allzu viel Zeit zugebracht. Verglichen mit seinen dreiundvierzig Lebensjahren waren die dreieinhalb, die er abgesessen hatte, eine Kleinigkeit.

Zwar war er im Sommer 1950 von einem amerikanischen Militärgericht wegen Mordes und fahrlässiger Tötung zu sieben Jahren Zuchthaus verurteilt worden, hatte aber die volle Zeit nicht absitzen müssen. Das verdankte er vor allem der Tatsache, dass er zum Gefängnisdirektor beinahe herzlich zu nennende Beziehungen unterhielt.

Der Direktor, ein rotgesichtiger Lebemann aus der Provinz, der stets im Trachtenanzug herumzugehen pflegte, war ein leidenschaftlicher Jäger. Als eines schönen Tages einer seiner Lieblingshunde erkrankte, ließ er Kostoff holen. Nie zuvor hatte Kostoff einem Fall solche Aufmerksamkeit zugewandt und noch nie aus der Ausübung seines tierärztlichen Berufs solchen Profit gezogen. Er konstatierte Nierenentzündung, gab dem Hund, der sich kaum bewegen konnte, ein paar Penicillinspritzen und kurierte ihn innerhalb zweier Wochen.

Von da an war er der unentbehrliche Berater des Direktors. In seiner frühen Jugend in Bulgarien hatte er seinen Vater häufig auf der Jagd begleitet und wusste daher ein wenig Bescheid. Hier allerdings spielte er den passionierten Jäger, sodass er, entgegen allen Vorschriften, ein paarmal heimlich auf die

Jagd mitgenommen worden war. Darüber hinaus genoss er noch einige andere Vorrechte. Er arbeitete in der Küche, wo er sich vollstopfen, mit den Wärtern Karten spielen und an kalten Winterabenden Rum trinken konnte. Als Küchenchef wurde er auch zum Einkauf mitgenommen, und so erhielt er immer wieder Gelegenheit, sich hundertprozentig als normaler Mensch zu fühlen. Auch las er täglich Zeitungen und war über das Weltgeschehen völlig auf dem Laufenden.

Über seine Gefängniszeit konnte er sich nicht beklagen. Das Angenehmste aber war, dass ihm der Direktor nach einigen Beschwerden – er brauchte Kostoff ja seiner Jagdhunde wegen – ein so vortreffliches Führungszeugnis ausstellte, dass er vor Ablauf seiner Strafzeit entlassen wurde. Als Gegenleistung dafür musste Kostoff dem Direktor versprechen, ihn, wenn er seine Geschäfte erledigt hätte, privat zu besuchen, um mit ihm auf die Jagd zu gehen.

Kostoff hatte ihm das mit einem Gefühl der Erleichterung treuherzig zugesagt. Doch hier, am Salzburger Hauptbahnhof, dachte er eben an alles andere als an dieses Versprechen. Zuallererst, schien ihm, müsste er seine Geschäfte in Ordnung bringen.

Um darüber besser nachdenken zu können, hatte er sich den Kognak gekauft. Wenn er nichts zu trinken hatte, war ihm, als sei sein Gehirn wie gelähmt. Schon der Besitz der Flasche beflügelte ihn. Eilig hastete er treppaufwärts, nachdem er zuvor eine Fahrkarte nach Wien gelöst hatte, und stieg in den bereitstehenden Zug.

Er öffnete den kleinen Koffer, der ihm so ausgehändigt worden war, wie man ihn abgenommen hatte. Alles war da: Waschsachen, Rasierzeug, eine alte, ausgetrocknete Zahnpastatube, eine Thermosflasche mit aufgeschraubtem Metallbecher und ein Taschenmesser mit Hirschhorngriff, auf dem sich auch ein Korkenzieher befand. Noch stehend öffnete er die Flasche, drehte den Becher von der Thermosflasche und schenkte sich ordentlich ein. Die Toten waren tot, die Beraubten spurlos verschwunden; aber Kostoff lebte, und der Kognak schmeckte ihm bestens.

Noch bevor er sich setzte, schenkte er sich ein zweites Mal nach. Als er es sich auf dem gepolsterten Sitz bequem machte, bemerkte er, wie eng ihm sein Anzug geworden war. Die Knöpfe drohten abzuspringen und er schlüpfte schnell aus seinem Sakko. Gefängniskost, dachte er verärgert. Nichts als Wasser, Suppe und Kartoffeln. Wässrige Kartoffeln. Zwar besaß er im kleinen Koffer noch einen zweiten schwarzen Anzug, den er einst getragen hatte, während der andere in der Reinigung gewesen war, aber der war ihm schon damals ziemlich knapp gewesen. Gierig goss er den dritten Becher ein. Sein Anzug roch nach Mottenpulver. Neugierig musterte er sein Gegenüber, um zu sehen, ob all das bemerkt würde. Sein Visavis war eine junge Frau mit unbestimmbarer Haarfarbe, die mit nichtssagenden blauen Augen die vorbeigleitende Landschaft betrachtete.

Nur mehr viereinhalb Stunden bis Wien, dachte Kostoff. Was für ein Fortschritt. Früher dauerte es sieben Stunden. Heute ist alles elektrifiziert. Und keine russische Kontrolle an der Demarkationslinie.

Er sah auf seine schwarzen Schuhe, die er sich noch am Bahnhof hatte putzen lassen, und sein Selbstbewusstsein wuchs. Verächtlich musterte er die ihm gegenübersitzende junge Dame, deren strähniges Haar sich den Dauerwellen nicht fügen wollte, ihr Kleid aus rohem Loden und folglich auch von provinziellem Schnitt. Sie blickte melancholisch auf die sich verneigenden Novemberweiden und wusste nicht, wer ihr gegenübersaß.

Hier saß Boris Kostoff, ein kleiner, gedrungener, etwas aufgeblasener Mann, dessen Anzug ein wenig zu eng war und der mit einem treuherzigen Grinsen durch goldene Brillenbügel aufmerksam in die Welt blickte. Er hatte es einer einzigen glücklichen Fügung des Schicksals zu verdanken, dass er noch durch die Welt reisen konnte, um sie, wie fünfzehn Jahre zuvor, als eine Art großen Spielsaal anzusehen, in dem sich viel gewinnen ließ, wenn man mit einiger Gewandtheit nach einem ausgeklügelten System zu spielen verstand.

Damals, in seiner Glanzperiode, war der Schwarzhändler Kostoff davon überzeugt gewesen, dass er dieses unfehlbare System besessen hatte. Damals war es sehr leicht gewesen, Geld zu verdienen, ob man nun mit Gold, Zigaretten oder Menschen Handel trieb; es lag einfach auf der Straße. Er hatte es ganz natürlich gefunden, mit Gold, Zigaretten oder Menschen zu handeln, er hätte sich dabei nur nicht erwischen lassen dürfen. Und das war nicht seine Schuld gewesen, sondern die seiner dubiosen Mitarbeiter, die Schuld Georgi Manius, der immer dachte, alles besser zu wissen, und die Schuld des primitiven Karl Nemecek, der alles genau so ausführte, wie Maniu es ihm auftrug.

Schwamm drüber. Die zwei waren tot, er lebte. Und Geld war auch noch da. Er brauchte es nur noch zu holen. Und niemand außer ihm wusste, wo es zu holen war. Boris Kostoff kippte einen Becher nach dem anderen. Es war wie im Gefängnis, wo man sich, aus reiner Güte, manchmal ein Gläschen hinter die Binde gießen durfte, so wie früher, wo er einfach tat, was ihm gerade passte. Auch jetzt würde er wieder tun, was er für richtig fand. Er hatte ein großes Ziel vor Augen.

Am liebsten wäre Kostoff in Linz ausgestiegen, hätte hier einen anderen Zug nach Zürich genommen, um auf einer bestimmten Bank den anständigen Betrag von etwa zweihunderttausend Franken abzuheben. Aber das war natürlich nicht so einfach. Dazu musste er erst an die nötigen Dokumente und Papiere heran.

Er hatte zuletzt einen schweizerischen Pass auf den Namen Victor Nebel besessen; dieser Pass war ihm von den Amerikanern abgenommen worden, und der, der ihm den Pass gefälscht hatte, hatte ein paar Jahre bekommen. Also musste er sich einen neuen Pass verschaffen, und das ging nicht auf legalem Weg.

Mit einem bulgarischen Pass? Um Gottes willen! Diese Leute waren nicht gut auf ihn zu sprechen; zumindest jetzt nicht mehr. Auch einen Fremdenpass konnte er nach seiner Strafe nicht bekommen, denn vor ein paar Jahren waren ihm die Bürgerrechte aberkannt worden. Er konnte von Glück reden, dass er nicht in seine frühere Heimat abgeschoben worden war, also praktisch in die Sowjetunion, wo man ihn ohne Umstände in ein Zwangsarbeitslager überführt hätte. Ich fahre regelrecht in die Höhle des Löwen, dachte er nicht ohne Stolz. Aber glücklicherweise gibt es keine Kontrollen mehr.

Noch vor fünf Jahren war er mit den uniformierten Herren der russischen Zone in Wien auf gutem Fuß gestanden. Aber seit dem peinlichen Ereignis auf der Urfahrer Brücke, seiner Festnahme, durch die er, ohne es sonderlich zu wollen, den Amerikanern das russische Menschenraub-Komplott in die Hände gespielt hatte, wäre er da drüben sicherlich nicht mehr gerne gesehen. Die Russen hatten immerhin auch seinen Chef Georgi Maniu sofort hinter Schloss und Riegel gebracht, als durch Kostoffs Verhaftung die Sache schiefgelaufen war. Karl Nemecek hatten sie gleich niedergeschossen, »auf der Flucht«, wie es hieß.

Nein, nein; er würde sich nicht in die russische Zone absetzen. In die internationale Zone, in die Innenstadt Wiens, konnte er schon noch gehen. Jetzt war November, und erst im Dezember wechselten die Russen wieder in den Vorsitz des Alliierten Rates. Dadurch erhielten sie das Kommando über die Wiener Alliiertenpolizei, was in der Praxis bedeutete, dass sie zwar nicht in den westlichen Bezirken, dafür aber in der Inneren Stadt umso mehr Festnahmen durchführen konnten.

Noch gab es keine große Veränderung, obwohl sich viel verändert hatte: Es gab keine Briefzensur mehr. Keine bewaffnete russische Patrouille verlangte mehr bei der Demarkationslinie die Identitätsausweise der Reisenden zu sehen. Der Schwarzhandel mit Zigaretten war längst vorbei. Alles war legalisiert und liberalisiert worden, und die kleinen Mädchen, die es nach einem erfüllten Leben verlangte, hielten es lieber mit heimischen Geschäftsleuten als mit uniformierten Ausländern. Das Land schien normal geworden zu sein; das Geld hatte seinen Wert nicht nur behalten, sondern noch vergrößert. Und er besaß Geld. Es befand sich auf Georgi Manius Bankkonto, und Kostoff kannte dessen Nummer. Nur noch ein paar Formalitäten mussten erfüllt werden. Zuerst musste er die beiden Blankoschecks, die er vor fünf Jahren von Maniu gestohlen hatte, wieder in Besitz bekommen. Sie befanden sich in der Innentasche eines Anzugs, und der musste noch in seiner Wohnung sein. Dann musste er an Manius Unterschrift; ein paar von ihnen hatte er in einer Mappe auf seinem Schreibtisch verwahrt. Er würde sie zunächst üben und sie dann übernehmen. Weiters hatte er einen Pass nötig, aus Venezuela oder Südafrika, darauf kam's nicht an, dann erst brauchte er das nötige Grundkapital. Zu diesem Kapital musste ihm Leo Wiesinger verhelfen, sein alter Kamerad Wiesinger, den er in der Hand hatte. Alles schien sich gut anzulassen. Es waren, wie gesagt, nur noch ein paar Formalitäten zu erledigen. Und wenn seine Vermieterin den Anzug doch verkauft hatte, damals, als die Amerikaner seine Papiere beschlagnahmt hatten? Wenn Leo Wiesinger emigriert war? Boris Kostoff wurde es eng im knappen Anzug. Dann war's vorbei mit seinem fünf Jahre dauernden Traum von den wie geschmiert laufenden Geschäften und einer Villa mit Hausbar, in der der Kognak nie versiegte. Hastig schraubte er den Becher ab und schenkte sich nochmals schnell nach.

Er goss noch verschiedene Male seinen Becher voll und sah zu seinem Wohlbehagen, dass der Zug Amstetten bereits passiert hatte. Er würde schon einen Plan aushecken. Hauptsache war, das Geld war sicher verwahrt und niemand außer ihm selbst konnte es kassieren. Sollten die Blankoschecks verschwunden sein, war es immer noch möglich, eine Vollmacht zu fälschen. Und eine Unterschrift von Maniu würde sich in Wien schon irgendwie auftreiben lassen.

In einem Anfall von Optimismus wollte er in St. Pölten aussteigen, um sich eine neue Flasche Kognak zu besorgen; aber dann sah er am Bahnsteig zwei Russen auf und ab gehen, gab sein Vorhaben auf und blieb in seinem Abteil. Als sich der Zug wieder in Bewegung setzte, ging er in den Speisewagen, um den Schrecken mit ein paar Gläsern Kognak runterzuspülen.

Sobald die ersten Lichter Wiens an ihm vorbeirollten, erhob er sich und lief etwas schwankend zur Toilette, um seine Kleidung in Ordnung zu bringen. Während er seine Jacke, die ein wenig zerknittert war, zurechtfaltete, grinste er seinem bleichen, aufgedunsenen Spiegelbild entgegen und blinzelte siegessicher.

»Das Spiel kann beginnen«, sagte er laut und knöpfte energisch die Jacke zu.

EIN UNERWÜNSCHTER GAST

Als Kostoff an der Tür seiner ehemaligen Wohnung läutete und die resolute Frau Ullrich in der Türöffnung erschien, erschrak sie dermaßen heftig, dass er schon meinte, sie würde die Tür schnell wieder zuschlagen. Aber Kostoff, der sich nach vorne gebeugt hatte, befand sich bereits zur Hälfte drinnen; Frau Ullrich blieb nichts anderes übrig, als erschrocken stehen zu bleiben und ihn anzustarren.

»Herr Doktor!«, sagte sie fast flehentlich.

»Na, Frau Ullrich, wie geht's Ihnen denn?«, fragte Kostoff liebenswürdig, als sei er gerade von einem Spaziergang zurückgekehrt.

Frau Ullrich bewegte die Lippen, brachte aber keinen Laut hervor.

»Ich verstehe«, sagte Kostoff, »Sie haben mich nicht so bald erwartet. Aber es ist alles in Ordnung. Sie brauchen nicht glauben, dass ich entflohen bin. Ich bin vorschriftsmäßig entlassen. Und jetzt möchte ich gerne wieder in meine Wohnung.«

»Sie können hier nicht wohnen«, sagte Frau Ullrich rasch. Sie hatte ihre Fassung wiedergewonnen. »In Ihren Zimmern wohnt ein anderer. Ich habe sie nicht fünf Jahre leer stehen lassen können.«

»Viereinhalb«, verbesserte Kostoff. »Natürlich. Sie hatten ganz recht. Aber ich möchte nur ein paar meiner Sachen zurückhaben.«

»Die sind alle am Dachboden verpackt. Sobald Sie mir die rückständige Miete zahlen, können Sie sie haben.«

»Rückständige Miete? Ach ja, die vom letzten Monat. Aber ich habe im Voraus bezahlt. Ich erinnere mich noch gut daran.«

»Ich habe vier Monate auf Sie gewartet, bis das Urteil verkündet wurde. Und die ganze Zeit sind die Zimmer leer gestanden. Das muss noch bezahlt werden. Ihre Kleider habe ich eingemottet und gut verpackt. Dafür will ich nichts. Und für die Grundgebühr für Gas und Telefon verlange ich auch nichts. Aber ich möchte die drei Monate Miete, das sind tausendsiebenhundertvierzig Schilling.«

»Die kriegen Sie«, sagte Kostoff. »Sie wissen, ich war nie knausrig.«

Jetzt ließ ihn Frau Ullrich hinein und bot ihm im Vorzimmer Platz an.

»Schauen Sie«, sagte er, während er an seinem engen Anzug zupfte. »Ich bin gerade angekommen und muss erst noch ein paar Dinge erledigen. Das dauert ein paar Tage. Aber machen Sie sich keine Sorgen. Sie bekommen Ihr Geld.«

Frau Ullrich sah ihn misstrauisch an. Aus Gewohnheit leckte sie über die Oberlippe, über der sich etwas weiter oben ein dunkler Fleck befand, und schien angestrengt darüber nachzudenken, wie sie sich verhalten sollte. In diesem Augenblick kam aus dem Gang, der zu Kostoffs ehemaligen Zimmern führte, ein großer soignierter Herr in grauem Mantel und teuer wirkendem Hut. Er blieb stehen und betrachtete die beiden etwas zerstreut. Frau Ullrich presste abwartend ihre beiden Lippen zu einem süßen Lächeln aufeinander.

»Ja, was ich sagen wollte«, sagte der Herr mit einem starken ungarischen Akzent, »wenn irgendwer für mich anruft: Ich bin im Café Mozart.«

»Natürlich, Herr Attaché. Ich werd's ausrichten.«

Er sagte »Guten Abend« und ging.

Frau Ullrich, die seinen Gruß devot erwiderte, wartete, bis er die Tür hinter sich geschlossen hatte; dann flüsterte sie vertraulich: »Herr Hamori ist ein ungarischer Handelsattaché. Ein sehr nobler Mann. Fast nie zu Hause. Er wohnt schon seit zwei Jahren bei mir. Davor war ein Ehepaar in Ihren Zimmern, Flüchtlinge aus der Tschechoslowakei. Die sind, Gott sei Dank, nach Kanada ausgewandert. Mit denen hatte ich nur Unannehmlichkeiten. Die haben immer das ganze warme Wasser verbraucht, überhaupt die Frau.«

»Kann ich wenigstens meine Papiere bekommen?«, fragte Kostoff freundlich. »Die waren ja im Schreibtisch!«

»Ihre Papiere?« Frau Ullrich schien zu erbleichen. »Aber die hat doch alle die Militärpolizei mitgenommen. Da haben Sie mir was Schönes eingebrockt, Herr Doktor, ich war ja im eigenen Haus wie eine Gefangene. Da hier, wo Sie gerade sitzen, sind zwei Soldaten gesessen, wie Wachhunde, am ersten Tag habe ich nicht einmal einkaufen gehen dürfen und wenn das Telefon gegangen ist, haben sie abgehoben, und wie meine Freundin, die Gräfin Supantschitsch, mich besuchen hat wollen, haben sie sie eine ganze Stunde lang ausgefragt, als wenn sie was angestellt hätte. Und ich habe nicht einmal dabei sein dürfen. Stellen Sie sich vor – die Gräfin Supantschitsch.«

Kostoff ließ ihren Redeschwall geduldig über sich ergehen. Dann erklärte er ihr, dass er die Angelegenheiten, die ihm unmittelbar Geld verschaffen sollten, nicht erledigen könne, wenn sie ihm nicht erlaube, auf den Dachboden zu gehen und in seinen Kleidern nach Dokumenten zu suchen, die sich noch in den Taschen befinden mussten. Sie probierte erst, ihn auf den nächsten Tag zu vertrösten, gab aber schließlich seinen wiederholten Versuchen nach und führte ihn auf den Dachboden. Als er in seinen Kleidern wühlte, schlug ihm der starke Geruch des Mottenpulvers entgegen. Schon wieder Mottenpulver!, dachte er ärgerlich. Seine Finger waren bereits völlig beschmutzt von Spinnweben und Kistenstaub. In dem grau gestreiften Anzug fand er keine Blankoschecks, aber in dessen Außentasche entdeckte er sechs zerknautschte Hundertschillingscheine. Drei davon gab er Frau Ullrich und sagte großmütig: »Als erste Vorauszahlung.«

Ihre Zuvorkommenheit wuchs, und plötzlich beeilte sie sich, ihm bei der Suche zu helfen. Als sie eben dabei war, die grüne Schreibmappe auf einen Stapel Hemden zu werfen, die auf einem Bogen Packpapier lagen, riss er sie ihr aus der Hand. Ihm fiel ein, dass er die Schecks zwar eine Zeit lang in der Innentasche seines Anzugs getragen, sie später aber in der Füllung der Schreibunterlage versteckt hatte. Als er die Füllung am obersten Klappendeckel öffnete und mit zitternden Fingern abfühlte, fand er nichts. Mit pochendem Herzen begann er nun bei der unteren Klappe und bemerkte, wie ihm der Schweiß aus den Poren brach. Als er die beiden Seiten aus dem Scheckbuch zu fassen bekam, gab er sich alle Mühe, sich nichts anmerken zu lassen. Er atmete ruhig und überlegte, dass er die Suche noch nicht einstellen dürfe, um sie auf seinen Fund nicht aufmerksam zu machen.

Während seines Hantierens war er vorsorglich zum Fenster gegangen und stand mit dem Rücken zu Frau Ullrich. Eine Weile suchte er ziellos weiter. Dann fiel ihm ein, dass er vielleicht noch etwas Geld finden könne, und er begann die Suche mit neuer Energie. Nachdem er, gemeinsam mit Frau Ullrich, alle Kisten durchwühlt und alle seine Kleider geprüft hatte, hatte er zwar noch keine Zeile von Maniu, geschweige denn dessen Unterschrift gefunden, aber immer noch ein paar weitere Hundertschillingscheine. Selbst in einem Lexikon, in dem er gedankenlos geblättert hatte, fand er einen Hunderter. Was der Schein zwischen Gottfried Keller und Bernhard Kellermann zu suchen hatte, war ihm vollkommen unklar; auf jeden Fall hatte ihm dieser Augenblick der Zerstreutheit einen guten Dienst erwiesen. Dadurch war er imstande, Frau Ullrich die Hälfte der geforderten Summe zurückzuzahlen und selbst noch ein paar Hundert Schilling zu behalten.

Unten im Wohnzimmer – er war auf ausdrückliches Bitten von Frau Ullrich hineingegangen – ließ er sich von ihr ein Zimmer in einer Pension bestellen und dann ein Taxi rufen. Er fuhr nicht sogleich in die Pension, sondern in eine Seitengasse der Taborstraße im zweiten Bezirk. Zuvor hatte er das Taxi anhalten lassen, um in einem Wirtshaus schnell ein paar Gläser Kognak zu trinken, und so gestärkt begab er sich in die Wohnung seines alten Gefährten Leopold Wiesinger.

Nicht ohne Widerwillen betrat er das schmutzige Stiegenhaus, in dem es nach billigem Essen roch. Das erinnerte ihn an die Gefängnisküche. Außerdem lief ein Schauer über seinen Rücken, weil er sich in der russischen Zone befand. Früher hatte er sich hier die Absätze schief gelaufen, und der Erstbeste, der ihm die Tür öffnen würde, konnte in ihm den Mann erkennen, dessen Foto einst in allen Zeitungen zu sehen gewesen war.

An Wiesingers Tür befand sich nicht mehr das ihm so vertraute Namensschild, sondern eine Karte mit der Aufschrift »Josefine Guttmann«. Er erschrak, läutete aber doch an der Tür. Vielleicht war das lediglich eine Tarnung.

Eine ältere Dame öffnete die Tür. Ihre Brille war offensichtlich nicht stark genug, denn sie blinzelte in den Gang.

»Ist Herr Wiesinger zu Hause?«

»Wiesinger?«, kreischte die Frau, denn sie war offenbar auch halb taub. »Hier wohnt kein Wiesinger.«

»Aber der hat hier gewohnt.«

»Ja, ich weiß, der ist verzogen. Ich wohne hier.«

»Und wo wohnt Herr Wiesinger?«

»Weiß ich nicht!«, schrie die Frau. »Vielleicht weiß es der Hausmeister. Sonst müssen Sie sich bei der Polizei erkundigen.«

Er drehte sich um und läutete an der Hausbesorgertür. Er hörte betriebsames Aufräumen von Küchengeräten und schlurfende Schritte. Der Mann, der öffnete, war noch immer der alte Hausmeister, ein brummiger Greis. Zuerst wollte er nichts verstehen, als Kostoff ihn nach der neuen Adresse Wiesingers fragte, und sah ihn nur argwöhnisch an. Aber als ihm Kostoff sagte, dass es außerordentlich wichtig sei und dass er den Hausmeister für alle Folgen verantwortlich machen werde, wenn er nicht sofort mit der Adresse herausrücke, nannte ihm der Greis einen Straßennamen in Hietzing und eine Hausnummer. Kostoff gab ihm kein Trinkgeld; er hasste es noch immer, wenn ihm jemand in die Quere kam.

Während er an der vergitterten Tür der Villa läutete, ließ er das Taxi zur Sicherheit warten. Aber gleich nachdem er das Summen des Türmechanismus hörte und sich die Tür öffnete, bezahlte er den Chauffeur und trat ein.

Leo Wiesinger kam ihm in einem dreifarbigen gestreiften Hausrock entgegen. Sein Gesicht war noch dicker geworden, sein Haar sorgfältig gekämmt und eingefettet und seine sonst verschmitzten runden Augen zeigten maßloses Erstaunen. Aber nur für einen Augenblick.

»Herr Doktor!«, sagte er in konventionellem Tonfall. »Sind Sie wieder in Wien?«

Kostoff gab den Ball zurück. »Ja, ich bin gerade vorbeigekommen, um ein paar Dinge zu erledigen, Herr Wiesinger.«

Er gab dem »Herr Wiesinger« einen besonderen Nachdruck, um Leo spüren zu lassen, wie lächerlich er es fand, ihn per Sie anzusprechen.

»Komm doch rein, Boris«, sagte Wiesinger, der die Anspielung sogleich verstand. »Meine Frau wird sich freuen, dich wiederzusehen.« Er führte ihn durch die Halle in eine Art Salon und öffnete die Tür zu einem Nebentrakt.

»Anni!«, rief er. »Schau her, wer auf Besuch gekommen ist.«

Die Frau schien eine weniger gute Erziehung genossen zu haben, denn sie blieb wie eine Säule in der Tür stehen und sagte kein Wort. Sie hatte noch immer das dumme, hübsche Gesicht von früher, aber ihre Hüften unter dem geblümten Morgenrock waren etwas breiter geworden. Sie wollte schon zurückweichen, als Kostoff auf sie zuging, ihre schlapp hängende Hand ergriff und sich nicht ohne Ironie darüber beugte.

»Darf ich Ihre Hand küssen, gnädige Frau? Wie geht es Ihnen? Und wie geht's dir, lieber Freund, was machst du zurzeit?«

»Steinbruch«, sagte Wiesinger zurückhaltend. Dann bot er ihm einen Stuhl an, während die Frau wieder aus dem Zimmer ging, nachdem sie irgendetwas gemurmelt hatte. »Du trinkst doch einen Kognak?«

Kostoff sagte nicht Nein. »Was soll das heißen: Steinbruch?«, fragte er interessiert. »Bist du in der Industrie?«

Wiesinger fühlte sich geschmeichelt. »So kann man's nicht nennen. Ich bin nur ein kleiner Unternehmer. Das heißt, ich bin Teilhaber bei so einem Unternehmen. Ich mache hauptsächlich den Verkauf.«

Ausgezeichnet!, dachte Kostoff. Dann hat er auch Geld in der Kasse. »Alles in allem«, sagte er übereinstimmend, »wenn ich das Haus hier mit deiner früheren Wohnung vergleiche …«

Leo Wiesinger schien zu wissen, worum es ging. Er blickte scheu auf den Boden und versuchte alles, um seine Erfolge zu schmälern. Mit einem Male fing er an, über die großen Unkosten zu jammern, die er für dieses Haus hatte bestreiten müssen, über das viele Geld, das seine Kinder ihn kosteten, über die überdimensionalen Provisionen, die die Vertreter einstreiften, und die hohen Steuern.

»Es läuft nicht mehr so wie früher«, sagte er. »Heutzutage muss ich jeden Groschen angeben, den ich krieg.«

»Ich hoffe, nur zu deinem Besten, dass du das früher auch getan hast«, sagte Kostoff ruhig und trank seinen Kognak aus.

»Was meinst du?«, sagte Wiesinger ängstlich.

»Wir sind damals nicht dazu gekommen, unser letztes Geschäft abzurechnen. Du weißt, ich war ja leider verhindert. Bevor ich Wien verlassen habe, habe ich die fünfzigtausend Chesterfield geliefert, soweit ich mich erinnere. Oder waren's Camel?«

»Camel«, sagte Wiesinger und schluckte. »Aber –«

»Dafür bist du mir noch vierzehntausend Schilling schuldig.«

»Aber die habe ich dem Georges gegeben!«, rief Wiesinger und rang mit den Händen vor seiner Brust. »Ich habe mit ihm bis auf den letzten Groschen abgerechnet.«

»Hast du die Zigaretten von Georges oder von mir?«

»Anni!«, rief Wiesinger und sprang auf. »Anni!« Er lief zum Nebenzimmer und öffnete die Tür. »Anni, komm schnell her! Der will mir nicht glauben!«

Er ließ die Tür offen und kam zurück. »Ihr wart doch Partner«, sagte er, »es ist doch nie darauf angekommen, wer das Geld kassiert hat. Und der Georges war doch damals ziemlich knapp. Der ist doch gerade aus dem russischen Gefängnis entkommen.«

Die Frau kam aus dem Nebenzimmer, blieb aber an der Tür stehen und faltete die Hände über ihrem Schoß.

»Hat er dir eine Quittung gegeben?«, fragte Kostoff.

»Eine Quittung?«, schrie Wiesinger und begann nervös zu lächeln.

»Anni, sag ihm doch, wie das war. Der ist mit gezogenem Revolver zu mir rein und hat mir das ganze Geld abgenommen, noch viel mehr, als ich euch schuldig gewesen bin. Stimmt's, Anni?«

Die Frau hatte vom einen zum anderen geblickt und bei jedem Satz ihres Mannes bekräftigend genickt. »Natürlich«, sagte sie mit schwacher Stimme. »Der war wie ein Räuber. Geld oder Leben.«

Kostoff schenkte sich ruhig einen Kognak ein und schlug die Beine übereinander. Er hatte keinerlei Lust, sich von diesen emporgekommenen Kleinbürgern in die Enge treiben zu lassen.

»Merkwürdig«, sagte er gefasst, »zuerst habt ihr erzählt, ihr hättet es ihm aus Freundschaft gegeben, weil er knapp dran war. Armer Georges. Hat mit einem Revolver rumrennen müssen, um an die Scheine zu kommen, und das bei Leuten, die durch ihn reich geworden sind.« Er schnippte die Asche seiner Zigarette auf den Perserteppich und bemerkte aus seinen Augenwinkeln, wie die Frau darüber in sichtliche Bestürzung geriet. Dennoch wagte sie es nicht, sich zu bewegen.

»Er hat mich doch gar nicht zu Wort kommen lassen«, sagte Wiesinger etwas zusammenhanglos.

»Es ist immer gut zu wissen, wo deine Freunde sind und auf wen du dich verlassen kannst«, sagte Kostoff. »Ich werde eine Liste der Freunde erstellen. Weißt du, wenn du so lange sitzt, dann hast du Zeit, darüber nachzudenken.«

»Ich kann dir die Zigaretten nicht bezahlen«, sagte Wiesinger. »Weil ich sie schon bezahlt habe. Außerdem waren das lauter Transaktionen unter ganz abnormalen Umständen. Da hat man nur schnell sein müssen. Jeden Augenblick konnte die Polizei kommen.«

Die Frau näherte sich langsam dem Tisch und ließ sich, immer noch mit über dem Schoß gefalteten Händen, im Fauteuil nieder.

»Na, die Polizei wäre sonst auch sicher bei euch zu Besuch

gekommen«, sagte Kostoff langsam, »aber ich habe euren Namen nicht genannt.«

»Ich kann dir natürlich etwas borgen«, sagte Wiesinger rasch. »Ich bin zwar selbst knapp bei Kasse, weil ich den Transporteur bezahlen muss. Aber für einen alten Freund …«

Kostoff tat absichtlich so, als hätte er das Angebot nicht gehört. »Ich fahre nächste Woche in die Schweiz«, sagte er und schenkte sich einen neuen Kognak ein. »Sobald ich das Geld abgehoben habe, geh ich auf vier Wochen in den Tessin. Um wieder zu Kräften zu kommen. Und dann bin ich zurück. Ich weiß nicht, aber ich komme von Wien nicht weg, immerhin habe ich hier meine besten Jahre verbracht. So viele Erinnerungen. Gute und schlechte. Das verbindet.« Er drückte mit einem Griff seine Zigarette aus und nahm noch einen Kognak. Leo Wiesinger, noch immer stehend, sah ihn halb neugierig und halb misstrauisch an. »Aber jetzt muss ich gehen«, sagte Kostoff und stand auf. »Wenn ich zurück bin, kannst du mich besuchen kommen. Ich werde in Pötzleinsdorf wohnen. Da eröffne ich ein Hundesanatorium. Mit einem schönen, großen Garten, damit die Tiere ein bisschen Auslauf haben.«

»Auf Wiedersehen, gnädige Frau.« Er verbeugte sich kühl vor Frau Wiesinger, die nicht wusste, welche Figur sie machen sollte und rot anlief. »Auf bald, alter Freund!«

»Ich bring dich raus«, sagte Wiesinger diensteifrig.

»Also gut«, sagte Kostoff in der Halle. »Ich fordere das Zigarettengeld nicht von dir zurück. Schließlich habe ich in Zürich fünfundvierzigtausend Dollar liegen, da brauche ich's nicht. Aber ich muss da erst hin. Ich brauche Kleidung und so weiter, und natürlich einen Pass. Das kostet was. Du kannst mir was vorstrecken.«

Wiesinger war stehen geblieben. »Wie viel brauchst du denn? Fünfhundert Schilling? Ich bin im Augenblick –«

Kostoff begann zu lachen. Er öffnete seine Brieftasche und nahm die beiden Blankoschecks heraus. »Einen kann ich gleich unterschreiben und mehr auszahlen lassen, als dein Haus da kostet und deine Steinbrüche. Und du bietest mir fünfhundert Schilling an? Ist das das Trinkgeld, weil ich beim Verhör deinen Namen nicht genannt habe? Du bist und bleibst ein mieser, kleiner Spießer. Da sieht man wieder, für wen man seinen Hals riskiert hat. Was sind dir drei Jahre Freiheit wert? Ha? Ich will mit dir ins Geschäft kommen. Ich gebe dir eine Quittung. Du kriegst dein Geld zurück. Nächste Woche. Gib mir zehntausend Schilling.«

Dann begann ein Handeln und Feilschen wie unter Pferdehändlern, bei dem Wiesinger einen Veitstanz zum Besten gab, sich jeden Augenblick die Hände beschwörend vor das Vollmondgesicht hielt und wiederum seine Frau als Zeugin anrief. Kostoff eilte dreimal zur Tür und legte seine Hand auf die Klinke, ließ sich aber von Wiesinger, der ihm auf jeden Fall etwas geben wollte, wieder zurückhalten. Wiesinger wollte ihn nicht gehen lassen, weil er einerseits vor ihm Angst hatte, andererseits beim Anblick des Schecks gierig geworden war. Er wusste, dass Georges Maine in der Schweiz ein Vermögen besessen hatte, aber er hatte bis jetzt nicht geahnt, dass Kostoff das Geld abheben konnte. Um hinter alle Details zu kommen, lud er plötzlich, mitten im Feilschen und Handeln, Kostoff zum Abendessen ein, stellte ihm seine vierjährige Tochter vor und traktierte ihn mit Rotwein, während sich Frau Wiesinger in aller Eile ein pfirsichfarbenes Kleid übergezogen hatte. Kostoff fantasierte fröhlich drauflos, ließ durchschimmern, dass er gar nicht abgeneigt wäre, sich an Wiesingers Steinbruchunternehmen zu beteiligen, um die Sache ein bisschen in Schwung zu bringen; es ging um moderne deutsche Maschinen, die angeschafft werden mussten, und es wurde sogar schon vom Prozentsatz der Teilhaberschaft gesprochen. Schließlich ließ sich Kostoff gutmütig herab, fünfzigtausend Schilling in Empfang zu nehmen, steckte sie behutsam in seine Brieftasche und nahm mit der Geste eines Mannes von Welt Abschied.

Als Kostoff ins Taxi stieg, das Wiesinger für ihn gerufen hatte, stand die ganze Familie Wiesinger am erleuchteten Fenster, inklusive der Tochter, die sich quengelnd dagegen wehrte, schlafen zu gehen, im Arm ihrer Mutter, und alle drei winkten ihm wie einem lieben Onkel, der von Zeit zu Zeit zu Besuch kommt, freundlich nach.

ALTE ZEITEN

Nachdem Kostoff seine Sachen in die Pension hatte bringen lassen und sich ein bisschen aufgefrischt hatte, ging er in seinem schwarzen Anzug ins »Casino«. Das schwarze doppelreihige Sakko schnürte ihn ein wie ein Korsett. Er litt darunter und beschloss, abends nichts mehr zu essen, um seine Qualen nicht noch zu vergrößern. Er ging nicht ins »Casino« um zu tanzen, sich die Tänzerinnen anzusehen oder sich Erinnerungen hinzugeben, sondern um Kyra aufzusuchen, die da wahrscheinlich noch arbeitete und vielleicht im Besitz eines Briefes von Georges war, dem er seine Unterschrift entnehmen konnte.

Tatsächlich entdeckte er in der Schaufenstervitrine Kyras Foto. Schon beim Hereinkommen sah er ein bekanntes Gesicht. Es gehörte dem Ober Franz, der ihn stürmisch begrüßte und ihn gleich in eine Nische zog.

Betrübt teilte er Kostoff mit, der Inhaber des Etablissements sitze wegen Betrugs im Gefängnis und das Lokal werde nun von einer Gläubigerkommission betreut. Kostoff tat, als finde er das sehr schlimm; in Wirklichkeit war er erst niedergeschlagen, als er hörte, dass Kyra hier nicht mehr arbeitete. Sie habe einen Amerikaner geheiratet, der als Koch im Offizierskasino in Wien stationiert gewesen, inzwischen aber mit Kyra nach Kansas City zurückgekehrt sei, wo er eine Bar betreibe. Sie habe noch eine Postkarte mit dem Bild von ihrer Bar geschickt, in der sie selbst hinter der Theke stand; es war keine sonderlich große Bar, aber Kyra schien es gut zu gehen.

Sie tranken zusammen und sprachen wehmütig über die gute

alte Zeit; der Ober ließ sich auch nicht die Chance entgehen, eine Art sentimentalen Nachruf auf Georges anzubringen, und sagte plötzlich: »Aber hier ist eine andere Bekannte von Ihnen. Ilse!«

Kostoff erschrak. Er fühlte sich unangenehm berührt. Ilse Kramer war mit ihm zusammen verhaftet worden, hatte aber vor Gericht das Unschuldslamm hervorgekehrt, das arme Flüchtlingsmädchen, das durch Gangster verführt worden wäre. Die Gangster waren Georges und er gewesen. Sie war auch bloß zu vier Jahren verurteilt und nach zweieinhalb Jahren begnadigt worden.

»Ich werde sie Ihnen gleich holen!«, rief der Ober und ging sogleich, ohne dass Kostoff ihn noch hätte aufhalten können.

Das »Casino« hatte sich kaum verändert. Höchstens dass keine Uniformen mehr zu sehen waren. Die Amerikaner, die hierherkamen, trugen Zivil. Aber sie waren leicht an ihrem kurz geschnittenen Haar zu erkennen, an ihrer ähnlich wirkenden Konfektionskleidung und an ihrem wiegenden Gang. Die Wiener waren zumeist durch einzelne Herren im fortgeschrittenen Alter vertreten, durch kleinere Gruppen Animiermädchen und durch junge Burschen aus besseren Kreisen, die sich hier einem fragwürdigen Amüsement hingaben.

Der Ober brachte Ilse an Kostoffs Tisch. Entgegen seiner Erwartung begrüßte sie ihn mit einem lauten »Hallo!«.

Sie war ein wenig beschwipst, das merkte man an der Art ihres Sprechens und daran, dass sie sich nicht mehr ganz aufrecht hielt. Sie war größer, als er sie in Erinnerung hatte, und auch etwas stämmiger geworden. Aber sie war noch immer hübsch.

»Ich habe gewusst, dass du noch einmal hier auftauchen würdest«, sagte sie und ließ sich auf die gepolsterte Bank fallen. »Franz, zwei doppelte Kognak auf meine Rechnung! Lass dich anschaun«, sagte sie, nachdem sie sich wieder ihm zugewandt hatte. »Du siehst gut aus. Du bist dick geworden. Es ist ja schon eine ganze Zeit her, seit wir uns nicht mehr gesehen haben. Und was für eine Zeit.«

»Sprechen wir nicht mehr über das Vergangene«, sagte Kostoff. »Was tust du?«

»Das siehst du doch. Ich trink ein bisschen. Einmal mit dem, einmal mit einem anderen. Weil meine Gesellschaft so anregend ist, verstehst du. Und ich bekomme dabei meine Provision, du kennst das doch, bist ja nicht zum ersten Mal hier. Aber wenn plötzlich ein alter Freund auftaucht, mit dem ich zusammen ›gesessen‹ bin, dann spendiere ich ihm einen Kognak.«

Kostoff dachte sofort daran, dass Ilse vielleicht noch einen Brief von Georges besaß. Immerhin war sie seine Freundin gewesen. Er überlegte schnell, ob er ihr alles erklären und ihr einen Anteil anbieten sollte, falls sie ihm einen Brief aushändigte, verwarf aber gleich wieder diesen Gedanken. Es war mehr als ausreichend, ihr später ein kleines Geschenk zu geben.

»Du musst doch noch Briefe von Georges haben«, sagte er, gleich zum Ziel kommend.

»Briefe?« Sie schaute ihn glasig an. »So weit haben wir es nicht gebracht, einander zu schreiben. Und jetzt? Soll er mir womöglich aus dem Jenseits Briefe schicken?«

»Denk nach. Vielleicht hast du noch ein anderes Geschreibsel von ihm, irgendeine Mitteilung von damals, als du noch in Salzburg warst.«

»Warum brauchst du denn so was?«, sagte sie plötzlich misstrauisch.

»Ich gründe ein Georgi-Maniu-Museum«, sagte Kostoff grinsend.

Sie schaute ihn an und schüttelte den Kopf. »Du warst immer schon ein Schwein«, sagte sie freundlich. »Das größte Schwein, das ich je kennengelernt habe. Damals, im ›Istanbul‹ ...«

Kostoff hätte sie umarmen können. Im Hotel Istanbul!

»Ich komme gleich«, sagte er und stand auf.

»Hoffentlich dauert es nicht wieder fünf Jahre!«, rief sie ihm durch den Barraum nach.

Draußen nahm er wieder ein Taxi und fuhr ins »Istanbul«. Der Portier saß hinter einem Tisch mit Glasplatte, unter der eine Landkarte des Mittleren und Nahen Ostens ausgebreitet war, und las Zeitung. Kostoff hatte Glück. Es war derselbe Portier wie damals. Aber er schien Kostoff nicht mehr zu erkennen.

»Alles total besetzt«, sagte er.

»Ich möchte kein Zimmer«, sagte Kostoff. »Ich brauche etwas anderes. Eine Kleinigkeit.« Heimlich schob er dem Portier, der mittlerweile aufgestanden war, einen Hundertschillingschein über die Glasplatte zu. Der Portier betrachtete ihn aufmerksam, rührte ihn aber nicht an.

»Worum geht's?«, fragte er.

»Bei Ihnen hat mein Freund Maniu gewohnt. Ich meine Georgi Maniu.«

»Ja, ich weiß. Auch Sie waren öfter da. Und?«

»Sie müssen noch irgendwelche Unterlagen von ihm haben. Rechnungen, Quittungen, ein Meldeformular.«

»Vielleicht. Vielleicht«, sagte der Portier unbeweglich. Dann schob er den Schein zurück. »Aber damit will ich nichts zu tun haben.« Kostoff legte noch etwas dazu. Das Geld wurde einige Male hin und her geschoben, wobei die Summe wuchs. Als sie auf fünfhundert Schilling angestiegen war, steckte der Portier das Geld schweigend ein, wühlte etwas in einem Kasten mit Papierstößen und Ordnern und kam mit einem Zettel in der Hand zurück. Auf dem standen ein paar Worte:

Geben Sie bitte dieser Dame
meinen Koffer.
Georges Maine.

Das war das Gewünschte.

Kostoff faltete das Papier sorgfältig zusammen und steckte es in die Brieftasche zu den beiden Blankoschecks. Als er wieder auf der Straße war, wäre er am liebsten wie ein kleiner Junge herumgehüpft und hätte lauthals gejubelt.

Jetzt hatte er die zweihunderttausend Franken in seiner Tasche.

Er kehrte ins »Casino« zurück und begann sich zu betrinken. Er trank mit Ilse, mit einer ihrer Kolleginnen mit Stupsnase, mit zwei Amerikanern, mit denen er über Bankzinsen und Exportgeschäfte sprach, und es war wieder wie in alten Zeiten. Er war ein großer Mann, hatte Geld in der Tasche und erwartete noch viel mehr davon. Im letzten Stadium, als er schon allein bei Tisch saß und sich im ganzen Lokal nur mehr vereinzelt Gäste befanden, begann er ein wenig benebelt an die nächsten notwendigen Schritte zu denken. Dann dachte er über den Verbleib im Tessin, der seiner harrte, und er war bereit zu schwören, dass er tatsächlich ein Hundesanatorium in Pötzleinsdorf eröffnen und sich an Leo Wiesingers Steinbrüchen beteiligen werde. Und im Weiteren dachte er an Georges Maines Tod, dessen Geschäfte mit Kommissar Gubarew und Freddie Hirsch, an die nächtlichen Verfolgungsjagden mit dem Auto, Überfälle und Schießereien und an sein fatales Treffen mit Dr. Zoltan, und ihm war, als sei das alles erst gestern geschehen.

ISTANBUL, SHANGHAI UND EIN HINTERRAD

Das rechte Hinterrad des Dreieinhalbtonners, der an einem Maitag um sieben Uhr Früh mit ziemlicher Geschwindigkeit vom Süden her gegen den Matzleinsdorfer Platz in Wien fuhr, löste sich plötzlich und rollte mit voller Wucht gegen die Menge, die auf die Straßenbahn wartete. Durch den einstimmigen Aufschrei gewarnt, konnte sich ein blassblondes Mädchen, das etwas abseits stand, im letzten Augenblick durch einen raschen Schritt rückwärts in Sicherheit bringen. Das schwere Rad sprang knapp an ihr vorbei und schlug gegen die Fassade des kleinen Cafés an der Ecke. Die Mauer spritzte nach allen Seiten, es blieb eine breite Schramme und das Rad fiel nach einem kurzen verrückten Kreiseln am Straßenrand nieder.

Der Lastwagen fuhr weiter. Der nackte Radkranz schlug mehrmals auf das Pflaster und zerbrach, ehe der Fahrer das Auto zum Stehen brachte. Dann lag er wie ein verwundeter Stier. Aus dem Tank tröpfelte Benzin. Im selben Augenblick sprang ein Mann in kurzer Lederweste aus dem Führerhaus und lief um den Wagen herum. Zugleich begannen auch schon die Neugierigen herbeizuströmen, allen voran ein Mann mit langen Beinen und einem mageren Vogelgesicht. Seine kleinen Augen funkelten. Er hatte als Erster begriffen, was die anderen nur ahnten. Einige große Kartons waren von der schräg gestellten Ladefläche geglitten und hatten sich beim Aufprall geöffnet.

Mitten auf der Fahrbahn lagen regellos verstreut lange Schachteln in Fettpapier. Der Mann wusste sofort, dass dies keine Margarine war. Während er geschäftig gestikulierte und sich bückte, um den anderen den Schaden zu zeigen, ließ er geschickt zwei der verbotenen amerikanischen Zigarettenschachteln im Innern seines schäbigen Rockes verschwinden. Dann überließ er das Feld den anderen und lief zur Haltestelle zurück, um einen rundlichen Freund, der ihm schnaufend entgegenkam, auf die Fundstelle aufmerksam zu machen. Aber sie kamen zu spät.

Der Verkehrspolizist hatte den Wagen nun ebenfalls erreicht und drängte sich mit ausgestreckten Armen zwischen das Wrack und die Menge.

»Nichts berühren! Gehn Sie weiter!«, rief er und trieb die Neugierigen zurück. »Halten Sie die Fahrbahn frei! Wo ist der Chauffeur?«

Alles rief nun eifrig nach dem Chauffeur. Aber der war verschwunden, und niemand wusste, wo er hingeraten war, obwohl allen war, als hätten sie seine Lederweste eben noch gesehen.

»Herrenlose Zigaretten auf der Triester Straße!«, glänzte es druckfeucht von der zweiten Ausgabe der Mittagszeitung. »Autounfall deckt riesigen Schmuggel auf. Eine Million Camel beschlagnahmt. Polizei fahndet nach flüchtigem Chauffeur.«

Der schlanke Herr im hellgrauen doppelreihigen Anzug überquerte mit schlaksigem Schritt die schmutzige enge Gasse der Inneren Stadt, blieb bei der Trafik stehen und trat zu dem Zeitungsaushang. Der Bericht schien sein besonderes Interesse zu erregen. Er lächelte versonnen, dann trat er ein.

Die alte Frau hinter der Theke holte mit ihrer runzligen Hand eine Schachtel Zigarillos von der Stellage. Dann legte sie die zweite Ausgabe der Mittagszeitung dazu und sagte mit einem überfreundlichen Lächeln: »Wie gewöhnlich, Herr Doktor?«

Der Herr nickte nachlässig und lächelte ebenfalls; er war

kein Doktor. Er hätte die Alte schon längst verbessert gehabt, aber dann hätte er einen Namen nennen müssen, und er liebte keine Intimitäten; am wenigsten mit alten Trafikantinnen.

Die Frau gab ihm auf die große Note, die er ihr hingelegt hatte, heraus. Er steckte das Geld sorgfältig in die Brieftasche und ging zur Tür. Dort zündete er sich an der Gasflamme einen Zigarillo an. Dabei betrachtete er sich einen Augenblick in dem kleinen beschlagenen Spiegel, der über dem Brenner angebracht war. Er stellte fest, dass sein langes schmales Gesicht noch blasser war als gewöhnlich und dass er leichte Schwellungen unter den dunklen Augen hatte. Er hob gleichgültig die schwarzen Brauen und wandte sich ab.

Als er die Trafik verließ, fiel sein erster Blick auf einen stark gebauten blonden Burschen, der vor dem Aushang stand und allem Anschein nach ganz in die Lektüre der Zeitungen vertieft war.

»Hallo, Paul!«, sagte der schlanke Herr und gab dem Blonden einen herzhaften Schlag auf die Schulter. Der Blonde sah ihn einen Moment verdutzt an.

»Georges!«, rief er dann höchst verwundert. »Du wohnst jetzt hier?«

Der schlanke Herr sog genießerisch an seinem Zigarillo. »Habe ich das gesagt?«, fragte er spöttisch.

Der Blonde ließ sich nicht beirren. »Ich habe so etwas läuten gehört, dass du jetzt im ›Istanbul‹ wohnst. Sag einmal …«, er fasste Georges vertraulich am Rockaufschlag und flüsterte, indem er mit dem Kopf auf den Zeitungsaushang wies: »Bist du das?«

Georges sah ihn unverwandt aus schmalen Augen an und hob nun langsam die Schultern.

»Da hast du aber verdammtes Pech gehabt. Willst du nicht lieber für einige Zeit verschwinden?«

Georges zuckte die Achseln und machte ein spöttisch-zweifelndes Gesicht.

»Die Polizei ist doch sicher hinter dir her.«

»So?«

»Sie haben doch deinen Wagen!«

»Ach ja«, sagte Georges leichthin, und sein sarkastisches Lächeln vertiefte sich, »sie haben meinen Wagen! Da werde ich mich wohl nach einem anderen Quartier umsehen müssen.«

»Möglichst schnell!«, sagte der Blonde eifrig. »Schick mir dann deine neue Adresse. Wir müssen doch in Verbindung bleiben. Vielleicht kann ich dich warnen. Du weißt, ich kenne ein paar Leute ...«

»Das ist aber wirklich nett von dir, Paul. Aber ich fürchte, ich muss jetzt gehen.« Damit setzte er sich langsam in Bewegung.

Der Blonde blieb an seiner Seite.

»Sag einmal«, fragte er mit besorgter Miene, »war das nicht Sabotage?«

Georges nickte im Schlendern vor sich hin.

»Kann sein, Paul. Ich weiß es nicht.«

»Sieht das nicht sehr nach Sabotage aus?«

»Meinst du?«

Der Blonde wollte noch etwas sagen, aber sie hatten inzwischen das dunkle Tor des Hotel Istanbul erreicht und Georges streckte ihm mit gewinnendem Lächeln die lange, knochige Hand hin.

»Auf Wiedersehen, Georges, und pass auf!«

Der schlanke Herr nickte ihm noch einmal freundlich zu, dann betrat er das Hotel.

Der Portier beugte sich, als er Georges kommen sah, über die Glasplatte, unter der die farbenprächtige Landkarte des Nahen und des Mittleren Ostens lag, und stützte die Hände auf.

Seine fleischige Linke bedeckte ganz Südeuropa und Kleinasien, während die Rechte auf das Gelbe Meer zu liegen kam. Georges streckte wortlos die offene Hand aus.

»Herr Kostoff ist gekommen, Monsieur«, sagte der Portier vertraulich. »Ich habe ihm die Schlüssel gegeben.« Georges nickte. »Ist Post für mich gekommen?«

Der Portier suchte geschäftig herum und kam dann achselzuckend an sein Pult zurück. »Nein, Monsieur Maine«, sagte er in bedauerndem Tonfall. Aber Monsieur Maine war gar nicht mehr da. Er erwartete keine Post.

»Servus, Georges!«, rief der kleine Mann, der in Hemdsärmeln in der halbdunklen Ecke des Zimmers saß. Er trank ruhig das Glas Kognak aus, das er angesetzt hatte, und wandte dem Eintretenden erst dann sein aufgedunsenes Gesicht zu.

»Hast du schon wieder meinen Courvoisier erwischt?«, fragte Georges statt einer Begrüßung und nahm mit einer spielerischen Bewegung die Flasche vom Tisch.

Kostoff streckte abwehrend die fette weiße Hand vor.

»Aber Georges?«, rief er. »Hast du nicht gelesen …?« Er deutete auf die Zeitung, die zusammengefaltet aus Georges' Rocktasche ragte.

»Ja, ich habe gelesen.«

»War das keine gute Arbeit?«

»Ja, die Arbeit war gut. Aber du wirst früh sterben, weil du zu viel säufst. Und wenn du mir meinen ganzen Courvoisier austrinkst, womit soll ich dann meinen Sieg feiern?«

»Der Sieger bin ich«, grunzte der kleine Mann.

»Du hast recht«, gab Georges zu und stellte schwungvoll die Flasche auf den Tisch zurück. Kostoff ergriff sie und schenkte sich eilig ein neues Glas ein. Seine Hand zitterte.

»Nimm auch einen, du schaust verkatert aus.«

Georges zog seinen Rock aus und setzte sich nieder.

»Gib mir Soda. Dort im Schrank.«

Kostoff brachte dienstfertig die Sodaflasche. Er war schon beim dritten Glas.

»Mir kein Soda«, murmelte er verächtlich. »Wie kann man den Kognak nur so verderben?«

»Erzähle.«

»Es war keine Kleinigkeit.« Kostoff machte eine Kunstpause und leerte das Glas. »Bis ich den Mann so weit gehabt habe. Und der Chauffeur! Der wollte überhaupt nicht von seinem Wagen weggehen. Wenn ich die Ilse nicht gehabt hätte, wäre es gar nicht gegangen. Das Mädchen ist einfach prachtvoll.«

»Erzähle«, wiederholte Georges interessiert und sah spöttisch auf die zitternde Hand, die an der Flasche zu kleben schien.

Kostoff sah ihn aus leeren Augen an. »Ich war überhaupt nicht zu sehen. Mich kennen sie ja. Ich habe nur den Plan entworfen. Und dann habe ich mir den ganzen Spaß von meinem Gastzimmer aus angesehen. Im ›Weißen Kreuz‹, wie wir besprochen hatten, gegenüber der Scheune, wo sie immer warten. Sowie der eine im Schankzimmer war, habe ich die Ilse zum Wagen geschickt. Sie hat lang mit dem Chauffeur verhandelt. Er wollte absolut nicht gehen. Aber du kennst ihren Augenaufschlag. Sie stellte auch einen Fuß auf das Trittbrett. Das hat gewirkt. Schließlich ist er mit ihr gegangen, um ihr den Koffer tragen zu helfen.« Kostoff nützte die Spannung aus, um unauffällig eine neue Ladung Courvoisier in sein Glas zu schütten. Dann setzte er fort: »Während er oben war und der andere noch im Schankzimmer, hat mein Mann die Schrauben locker gemacht. Das war Präzisionsarbeit, mein Lieber. Es ging um Sekunden.«

»Gut, Boris. Das hast du gut gemacht.«

»Stell dir vor!«, rief der Kleine triumphierend. »Mitten auf der Triester Straße! Eine Million Camel! Freddie ist erledigt.«

»Das macht ihn noch nicht fertig.« Georges lächelte. »Aber ärgern wird er sich. Ich habe übrigens eben Paul Binder getroffen. Er ist sehr besorgt um mich.«

»Um dich?«, fragte Kostoff verständnislos.

»Er war der Meinung, es sei unser Wagen gewesen.«

Die beiden Männer sahen einander einen Augenblick grinsend an, dann brachen sie in schallendes Gelächter aus.

»Warum hast du ihn nicht aufgeklärt?«, schnaufte Kostoff.

»Er soll nachdenken. Wozu ist er ein Agent? Ganz dumm ist er übrigens nicht. Er meint, es sehe sehr nach Sabotage aus.«

Wieder lachte Kostoff und schlug sich auf die Schenkel. Georges sah ihm zu, während er in kleinen Schlucken trank.

»Er wird die Wahrheit bald genug erfahren. Freddie wird überall herumjammern. Ich wette, er ist schon auf der Tour, um zu retten, was noch zu retten ist.«

»Er tut mir direkt leid«, sagte der Kleine und glotzte in sein Glas. »Er und seine Niere. Seine arme, kranke Niere. Wäre er ein Hund, ich hätte ihm schon eine Spritze gegeben. Aus Mitleid.«

Das Soda zischte im Kognakglas. Georges Maine betrachtete den Kleinen melancholisch.

»Du wirst mir immer sympathischer, Boris«, sagte er. »Freddie ist mir auch nicht unsympathisch. Meinetwegen könnte er in einer Villa am Lago Maggiore leben und die schönsten Pariser Frauen um sich versammeln. Nur in meine Sachen soll er sich nicht einmischen.«

»Wir sollten ihm ein Beileidstelegramm schicken!«, grinste Kostoff. Man konnte nicht feststellen, ob er das ernst oder ironisch meinte. Er war schon ziemlich betrunken.

Hauptmann Gubarew war noch nicht da. Herr Hirsch setzte sich mit einem kurzen, resignierten Schnaufen und mit einem unwilligen Blick auf das hübsche Stubenmädchen in den grünen Fauteuil. Das Mädchen öffnete die sehr roten Lippen zu einem Lächeln, hob den Deckel der Zigarettenschachtel auf dem Tischchen und schob den großen Malachit-Aschenbecher näher zu ihm.

»Danke, ich rauche nicht«, sagte Herr Hirsch.

»Oh!«, machte sie. »Vielleicht …« Sie beendete ihren Satz nicht, sondern wandte sich schnell zu der kleinen Bar, aus der sie Flasche und Glas holte.

»Sehr nett von Ihnen«, unterbrach Herr Hirsch sie müde. »Aber ich trinke auch nicht. Das könnten Sie sich eigentlich schon gemerkt haben.«

Sie blieb stehen, Flasche und Glas noch in ihren herabhängenden Händen.

»Entschuldigen Sie vielmals«, sagte sie. »Das ist mir wirklich noch nicht aufgefallen. Es kommen so viele Herrschaften her, und der Herr Hauptmann hat mir ausdrücklich aufgetragen …« Sie bückte sich und stellte die Flasche zurück.

Herrn Hirschs schwerer Blick streifte ihre runde Hüfte und richtete sich auf ihre Kniekehlen. Er blieb an der dunklen Naht der Nylonstrümpfe haften, als das Mädchen mit federnden Schritten hinausging.

»Herr Hauptmann muss jeden Augenblick kommen«, sagte sie an der Tür und sandte ihm ein aufmunterndes Lächeln. Herr Hirsch nickte mit erzwungener Lebhaftigkeit, versank aber, kaum hatte sie die Tür geschlossen, in Brüten.

Es war schwül im Empfangszimmer des Hauptmanns. Es roch dumpf und süßlich nach dem Parfüm einer Dame, die sich längere Zeit hier aufgehalten haben musste. Irgendwoher kamen ein paar Takte einer dekadenten Klaviermusik. Draußen schwankten im leichten Wind die frischgrünen Wipfel der Bäume im Park. Das Geräusch des Straßenverkehrs war sehr weit weg. Herrn Hirsch genau gegenüber hing die Rötelzeichnung eines weiblichen Rückenaktes. Die Frau lag und hatte den vollen Arm genießerisch aufgestützt. Sie hielt den Kopf ekstatisch verdreht, man sah ihr Profil mit einem halb geschlossenen Auge.

Neben der Erkertür, durch deren Fenster man auf einen kleinen steinernen Balkon sah, stand ein Bösendorfer-Flügel aus Ebenholz. Herr Hirsch vermutete, dass niemand darauf spielte; aber er war glänzend poliert.

Wie kann man nur für so etwas seine Arbeitskraft einsetzen?, dachte Freddie Hirsch. In seiner Jugend hatte auch er für einen Flügel, einen Wintergarten und ein komfortables Schlafzimmer geschuftet. Und für eine schöne Frau, der er alles zu Füßen legen wollte und die es gar nicht gab. Für ein Auto, für Schiffsreisen und einen klingenden Namen. Aber das war schon lang her. Jetzt, wo er das alles haben konnte, Luxus, Reisen und Frauen, so viel er wollte, fand er keinen Spaß mehr daran. Er war genug gereist, aber nicht immer auf Luxusdampfern, er hatte viele Frauen besessen, und nicht immer solche mit ätherischem Blick und feiner weißer Haut, in vielen Betten, die nicht immer vornehm waren, und einmal sogar auf dem kalten Betonboden einer Kasematte. Von daher oder auch vielleicht von den anderen Strapazen datierte seine kranke Niere, die ihn mit den Jahren weise gemacht hatte. Weise, abgeklärt und vorsichtig. Er rauchte nicht, er trank nicht und er gönnte sich nur sparsam die Freuden der Liebe. Nur eine Leidenschaft hatte ihn nicht verlassen: das Geld.

»Guten Tag, Herr Hirsch«, sagte eine weiche Männerstimme. Es gab Herrn Hirsch einen Stich in der Nierengegend. Der Hauptmann war auf unhörbaren Sohlen eingetreten und stand nun vor ihm, in spiegelnden weichen Stiefeln und frisch gebügelter Uniform, mit der Haltung eines Gentleman und einem hinreißenden Lächeln in seinem glatten, jungen blonden Gesicht.

Herr Hirsch erhob sich und schnaufte. Das starke, süßliche Parfüm, das er den runden Gliedern einer begehrenswerten Dame zugeschrieben hatte, ging von Gubarew aus.

»Wie geht es Ihnen, Herr Hirsch?«

Freddie Hirsch zwang sich zu einer zuversichtlichen Miene, sein kurzer, dicker Oberkörper straffte sich und sein Schnurrbart zuckte leicht. Aber das Lächeln gelang ihm nicht so gut wie in früheren Jahren, als er noch schwere Schicksalsschläge hatte aushalten müssen.

»Ich habe Sie schon erwartet«, sagte der Hauptmann und wies überaus höflich auf den grünen Fauteuil. Dann setzte er sich selbst mit einer geschmeidigen Bewegung. »Sie haben großes Unglück gehabt, Herr Hirsch, habe ich gehört. Hoffen wir nur, dass es keine unangenehmen Folgen haben wird. Waren Sie nicht etwas unvorsichtig, Herr Hirsch?«

Freddie Hirsch lächelte müde.

»Glauben Sie, dass ich eine Million Zigaretten mit Absicht auf die Straße werfe?«

»Selbstverständlich nicht, lieber Herr Hirsch! Ich bitte Sie, mich nicht falsch zu verstehen. Ich will Ihr Unglück nicht vergrößern. Wir können nur vielleicht gemeinsam überlegen, wie man solche Fehler in Zukunft vermeiden kann. Ich sage nicht, dass es Ihr Fehler war, ich bin auch gar nicht berechtigt, Sie zu tadeln, denn es ist ja Ihre Sache.«

»Nun, so ganz meine Sache ist es nicht. Mein Chauffeur wird sich nicht lange verstecken können. Spätestens morgen hat ihn die Polizei, und das wird sehr unangenehm sein. Für uns beide.«

»Für uns beide?«, fragte der Hauptmann mit plötzlich verändertem Gesicht. Er sah aus wie ein Schüler über einer schwierigen Aufgabe. »Das verstehe ich nicht ganz.«

»Ich kann den Chauffeur nicht daran hindern, die Wahrheit zu sagen. Er wird aussagen, dass er die Ware von Ihren Leuten übernommen hat. Das kann sehr peinlich sein. Die Presse.«

»Was wollen Sie?«, fragte Gubarew sachlich.

»Ihnen den Wagen verkaufen. Ich habe den Vertrag mitgebracht.« Herr Hirsch zog einige Bogen Papier aus der Tasche und reichte sie dem Hauptmann. »Es wird dann heißen, dass Sie vorgestern bei einer niederösterreichischen Kommandantur die Diebstahlsanzeige erstattet haben.«

Gubarew legte die Wagenpapiere zur Seite und sah sich den Kaufvertrag kurz an. »Wieso zwanzigster Mai?«, fragte er zerstreut. »Ist nicht heute der vierundzwanzigste?«

»Natürlich, aber vor drei Tagen muss der Wagen schon Ihnen gehört haben.«

»Gut. Aber das ist doch viel zu teuer.«

Herrn Hirschs Gesicht war jetzt ganz gespannt.

»Ein Dreieinhalbtonner? Generalrepariert?«

»Nicht sehr gut repariert«, unterbrach ihn Gubarew. »Sonst wäre er nicht auseinandergefallen.«

Freddie Hirsch lächelte mühsam. »Ein Unfall kann doch jedem passieren.«

»Ach so, ich sehe schon! Sie haben die Zigaretten mitgerechnet?«

Die weiche Stimme gab Freddie wieder einen Stich. Er begann leicht zu schwitzen.

»Das ist doch ein Scherz!«, sagte er milde.

Der Hauptmann runzelte die Stirn. »Sie werden nicht von mir erwarten, dass ich nur aus Freundschaft einen so hohen Preis für Ihren Wagen bezahle. Und außerdem muss ich den ganzen Apparat mobilisieren, um Ihre Zigaretten herauszubekommen! Wir haben Ihnen gewiss jede Erleichterung gewährt, wir haben Ihnen die Zigaretten regelrecht verkauft; was Sie weiter damit machen, ist ganz allein Ihre Sache.«

»Aber Sie vergessen den Chauffeur«, sagte Freddie sanft.

»Wo befindet sich denn der Mann jetzt?«

Freddie Hirsch legte feierlich beide Hände an die Brust. »Da bin ich überfragt«, sagte er mit seinem ehrlichsten Blick.

»Wie wollen Sie ihn verständigen?«

»Durch Freunde«, lächelte Freddie.

Auch der Hauptmann lächelte. Er schlug wieder seinen liebenswürdigen Ton an.

»Also, wie viel lassen Sie mir?«, fragte er.

»Zwanzig Prozent von der Ladung.«

»Das ist sehr wenig. Ich komme Ihnen sehr entgegen, wenn wir mit fünfzig Prozent abrechnen.«

Freddie sank etwas in sich zusammen. Wozu raufe ich mit diesem parfümierten Barbaren um ein paar Tausend Zigaretten?, fragte er sich. Er warf einen kurzen Blick auf die Baumwipfel vor dem Fenster. Ich möchte schon draußen sein, dachte er. Es überkam ihn der Wunsch, die Geschäfte stehen zu lassen und sich ins Privatleben zurückzuziehen. Aber was war das Privatleben? Was blieb ihm vom Leben, wenn die Geschäfte nicht mehr waren?

»Dreißig Prozent«, sagte er hart. »Für Sie, Herr Hauptmann. Bei mir aus Freundschaft.«

»Ich arbeite nicht für mich«, sagte Gubarew resigniert. »Für meinen persönlichen Gebrauch habe ich genug zu rauchen.«

Falscher Hund!, dachte Freddie. Zwanzig Prozent musst du abführen, und jetzt willst du dir mit blöden Witzen einen amerikanischen Luxuswagen erschachern.

»Vierzig«, sagte er mit belegter Stimme. »Mein letztes Wort.«

Gubarew schüttelte traurig den Kopf.

Freddie stand auf. »Geben Sie mir die Papiere.«

Gubarew hob die Hand, als wolle er ihm die Papiere reichen, dann ließ er die Handfläche plötzlich auf den Tisch fallen.

»Gut. Sie sind unser alter Kunde. Bleiben wir bei vierzig. Ich werde viel zu tun haben, diesen Preis zu rechtfertigen.« Er holte aus der Innentasche eine Füllfeder und unterschrieb den Vertrag.

»Das Auto verrechnen wir mit unseren Zigaretten.«

»Zum heutigen Kurs.«

»Natürlich. Wann kann ich den Chauffeur sehen?«

»In einer Stunde«, sagte Freddie Hirsch. »Um halb sieben.«

Gubarews herzliche Abschiedsgeste flößte Freddie Widerwillen ein. Das war das letzte Geschäft, das ich mit dir gemacht habe!, dachte er grimmig. Mit gesenktem Kopf schritt er zur Tür. Als er die Klinke schon in der Hand hatte, wandte er sich wieder dem Hauptmann zu, der ihn mit seinem unhörbaren Schritt begleitet hatte. Freddie gab sich einen Ruck.

»Wann führen wir die nächste Transaktion durch?«

»Wann Sie wollen, lieber Herr Hirsch. Aber ...«

Freddie fuhr sich nervös an den Schnurrbart. »Wieso aber?«, unterbrach er heftig. »Es ist doch alles klar?«

»Ja ...«, machte Gubarew gedehnt und nahm Freddies Hand sanft von der Türklinke.

Freddie erschrak. Der leichte Druck verursachte ihm einen neuen Schweißausbruch. Unwillkürlich machte er ein paar Schritte auf den Tisch zu, um zu der zivilen Form der Unterhaltung zurückzukehren. Sie setzten sich. Es entstand eine Pause.

»Sehen Sie«, begann Gubarew. »Die Erleichterungen, die wir Ihnen bieten, kosten uns große Anstrengungen. Wir haben auch immer mit bösen Zufällen zu rechnen, wie zum Beispiel in Ihrem Fall. Es wäre schön, wenn auch Sie uns ein wenig entgegenkommen würden. Sehen Sie, Ihr Kollege Maine ...«

»Herr Hauptmann«, sagte Freddie mit erhobener Stimme. »Seit fünfundzwanzig Jahren mache ich Geschäfte. Ich habe schon vieles getan. In Shanghai zum Beispiel habe ich Ihren Freunden sogar Waffen geliefert. Das war gefährlicher als die lumpigen Zigaretten hier. Aber sehen Sie: Das sind alles vertretbare, ehrliche Geschäfte. Ich bin Kaufmann. Ich mache nur ehrliche Geschäfte.«

»Daran will ich gar nicht zweifeln«, lächelte Gubarew mit abwesendem Blick. »Nur, wir werden vielleicht ein wenig Gras über die Affäre wachsen lassen.«

»Sie wollen nicht mehr mit mir arbeiten?«

»Aber selbstverständlich, lieber Herr Hirsch! Nur für den Moment … habe ich mit Herrn Maine abgeschlossen. Als Kaufmann werden Sie das sicherlich verstehen.«

»Ehrlich gesagt, nein. Ich bezahle nicht mit Gegendiensten, die gegen mein Prinzip gehen. Ich bezahle mit baren Dollars. Wenn Ihnen das nicht genug ist …«

»Aber lieber Herr Hirsch! Wir bleiben selbstverständlich in Verbindung! Sobald ich etwas für Sie habe, werde ich Ihnen sofort telefonieren!«

Freddie Hirsch atmete tief und verbeugte sich mehrmals. »Ich schicke Ihnen den Chauffeur um halb sieben.«

Das Lächeln Gubarews war strahlend, als er sich verabschiedete.

Das Stubenmädchen schien im Vorzimmer auf Freddie gewartet zu haben. Als er seinen Hut aus ihrer kühlen Hand entgegennahm, war ihm, als komme er von einem Begräbnis.

IM CASINO WIRD NICHT NUR GETANZT

Ilse Kramer wäre Kostoff in die letzte Spelunke der Welt gefolgt, um Georges wiederzubegegnen. Sie hatte gehofft, Kostoff würde sie schon zu Mittag mit ihm zusammenbringen. Aber Kostoff hatte sich den ganzen Nachmittag nicht blicken lassen. Erst am Abend war er in ihre Garçonnière gekommen, um sie abzuholen, betrunken wie immer. Er hatte sofort begonnen, nach der Kognakflasche zu suchen. Sie hatte sich unterdessen in dem winzigen Badezimmer umgezogen, weil sie trotz des wochenlangen Beisammenseins den Ekel vor seinem lüsternen Blick nicht verloren hatte.

Jetzt saßen sie im gedämpften Licht einer Nische des Casinos. Ilse hatte einen Cocktail vor sich stehen, an dem sie kaum nippte, während Kostoff sich unterwegs eine Flasche Kognak gekauft hatte. Sie kostete bei seinem Lieferanten zehn Prozent des Preises, den er im Casino bezahlt hätte. Sein schwerer Rausch hatte ihn nicht daran gehindert, diese Berechnung anzustellen und das Taxi eigens halten zu lassen.

»Georges muss gleich kommen«, sagte er nun mit einem tröstenden Blick seiner verschwollenen Augen, als ob er geahnt hätte, dass sie auf nichts anderes wartete. Sie hatte das Abenteuer von heute Früh nur auf sich genommen, um Georges aufzufallen. Sie erwartete von ihm das Wunder. Nur ein Wunder konnte ihr ersparen, auch heute wieder mit dem kleinen verkrachten Tierarzt schlafen zu gehen, vor dessen Berührung ihr schon graute.

Wenn er sie mit seinen plumpen weißen Händen betastete, musste sie immer an die Kühe, Schweine und Hunde denken, die er einst liebevoll getätschelt hatte. Das mochte schon lange her gewesen sein, weit weg in Bulgarien, aber für sie waren es dieselben Hände.

»Georges wird gleich kommen«, wiederholte Kostoff. Es fiel ihm nichts anderes ein. Er klebte krumm in seiner Fauteuildecke und hörte nicht auf zu trinken.

Ein großes, sehr schlankes Mädchen mit bläulich schwarzen Haaren, das schon einmal suchend durch den runden, noch dünn besetzten Saal gestrichen war, trat an ihre Nische.

»Guten Abend, Doktor!«, grüßte sie.

Kostoff bemühte sich aufzustehen. »Wie geht's dir, Kyra? Das ist Kyra, weißt du«, wandte er sich an Ilse. »Die rassigste Tänzerin von Wien. Sie tritt hier auf. Du wirst sie gleich sehen.«

Er war nun endlich auf die Füße gekommen, und Ilse nickte der Tänzerin kühl zu.

»Entschuldigen Sie«, sagte Kyra und setzte sich neben Ilse. »Ich störe nicht lange. Ich wollte den Doktor nur etwas fragen.«

Kaum hatte Kostoff gesehen, dass sie sich gesetzt hatte, war auch er schon wieder auf seinen Sitz zurückgefallen. »Nord und Süd!«, sagte er und schüttelte bewundernd den Kopf. »Blond und schwarz. Kyra ist nämlich aus Bukarest, weißt du. Eine alte Bekannte von Georges. Und sie ist ganz aus dem Norden. Aus einer deutschen Stadt. Wie heißt deine Stadt?«

Ilse antwortete nicht und griff dann schnell nach ihrem Glas, um ihn abzulenken. Dabei sah sie schief auf die grünen Schenkel der Rumänin. Sie hätte Kyra gern genauer angesehen.

»Ich weiß«, fuhr Kostoff behaglich fort. »Danzig heißt ihre Stadt.«

Ilse fuhr zusammen, als hätte Kostoff ihr das Kleid vom Leibe gerissen.

»Ich wollte dich bitten, Doktor, dir meinen Hund anzusehen. Er fiebert und will nichts essen. Ich habe ihn in der Garderobe. Ich habe schon gewusst, dass du heute kommst.«

»Deinen Hund«, sagte Kostoff. »Also schauen wir uns deinen Hund an. Wozu braucht eine schöne Frau einen Hund? Damit er sie beschützt? Eine schöne Frau lässt sich von einem Mann beschützen. Von einem ganzen Mann.« Er legte beide Hände auf das Tischchen und zog sich hoch. »Also schauen wir uns deinen kranken Hund an.«

Ilse sah gar nicht auf. Sie hatte auch den flüchtigen Gruß der Rumänin nicht erwidert. Es wurde ihr in diesem Augenblick klar, warum Kostoffs Gerede über ihre Heimat sie so unangenehm berührt hatte. Sie war eifersüchtig auf die Schwarze, die eine Zeitspanne ihrer Jugend mit Georges geteilt hatte. Was ging diese Frau ihre Heimatstadt an? Die Erinnerung an die Eltern, die nun vielleicht tot waren, vielleicht auch verschleppt, war ihr heilig, ebenso wie die Erinnerung an die nebligen Morgen an der Weichselmündung, die Schiffsschlote und die Kräne am Kai.

Ja, sie war Kostoff Dank schuldig. Er hatte ihr auf die Beine geholfen, als sie vor ein paar Wochen ohne Geld und ohne Papiere nach Wien gekommen war. Er hatte ihr die Garçonnière gemietet und ihr einen falschen Ausweis verschafft, damit sie sich frei bewegen konnte. Sie hätte ihn längst verlassen können, denn sie hätte bestimmt einen anderen gefunden, aber ein kindliches Gefühl von Dankbarkeit hielt sie davon zurück, bis zu dem Augenblick, da sie Georges kennengelernt hatte.

Ein unmöglicher Kerl ist Boris, dachte sie. Da lässt er mich allein hier. Man wird mich noch für eine Animierdame halten. Sie sah auf, aber in den Nischen saßen keine einzelnen Mädchen. An der Bar hockten sie in einem Schwarm beieinander und unterhielten sich halblaut mit dem kahlköpfigen Mixer. Sonst war das Lokal fast leer. Das kleine Orchester schwieg schon eine ganze Weile.

Plötzlich setzte es mit einem klagenden Auftakt ein und begann einen Blues zu spielen, denn zwei angetrunkene amerikanische Unteroffiziere kamen die Treppe heruntergestolpert. Sie unterhielten sich sehr laut, und man konnte ihrem Gespräch entnehmen, dass sie Mädchen suchten. Ihre genagelten Schuhe lärmten über das Parkett.

Der größere, ein blonder junger Kerl mit rotem Gesicht, der sich besser auszukennen schien als sein vierschrötiger Gefährte, ging mit langen Schritten auf die Bar zu und schwang sich neben einem starken rothaarigen Mädchen auf einen Hocker. Der andere stand einige Sekunden lang verloren in der Mitte der Tanzfläche und sah sich mit traurig herunterhängendem Kiefer im Saal um. Dabei erblickte er Ilse. Er grinste und schwankte auf sie zu.

»Hallo!«, sagte er und stützte sich auf ihren Tisch. »Ist erlaubt, Fräulein?«

Ilse verzog das Gesicht und sagte laut: »Nein.«

Der Unteroffizier beklagte sich in einem unverständlichen Dialekt.

»Ich bin nicht allein hier«, zischte Ilse. »Gehn Sie doch endlich weg!«

Der Unteroffizier lächelte und schüttelte den Kopf. Dann taumelte er ein paar Schritte in die Mitte der Tanzfläche, während das Orchester bei der herzzerreißenden Kulmination des Blues angelangt war, und stierte wieder in die Runde.

Hoffentlich kommt er nicht wieder zurück, dachte Ilse. Sie blickte ihm ängstlich entgegen, aber im gleichen Augenblick sah sie Georges Maine die Treppe herunterschlendern. Sie fühlte sich plötzlich aller Sorgen enthoben. Eine warme Welle durchflutete ihren Körper, wie damals, als sie mit Kostoff in der Halle des Hotel Istanbul gewartet und ihn zum ersten Mal gesehen hatte, wie er langsam die Treppe herunterkam.

Sie sieht nicht schlecht aus, konstatierte Georges, als sie nicht aufhörte, ihn strahlend anzulächeln. Er machte nur ungern Geschäfte mit Frauen. Er war gewohnt, sie auf rein sinnliche Weise zu betrachten. Die Situation war ihm neu. Das Ereignis von heute Früh hatte stillschweigend eine Atmosphäre der Gemeinsamkeit zwischen ihnen geschaffen. Wäre sein Gegenüber ein Mann gewesen, so hätte er ihm auf die Schulter geklopft und eine Flasche Kognak mit ihm getrunken. So fragte er sich mit einem etwas unangenehmen Gefühl: Was will die Frau von mir? Aber sie gab nicht zu erkennen, was sie von ihm wollte. Sie sah ihn nur mit leuchtenden Augen an und sagte nichts.

»Kostoff hat mir genau erzählt …«, begann er schwerfällig. »Sie haben das sehr gut gemacht.«

»Nicht der Rede wert!«, sagte sie schnell. Dabei sah sie ihn gespannt an. Erwartete sie, ein größeres Lob zu hören? Oder wollte sie Geld? Kaum. Liebe? Er schlief ungern mit Frauen, mit denen er notgedrungen geschäftlich zu tun hatte. Das war nicht gut; man gab ihnen damit die Möglichkeit, unkorrekt zu sein.

»Sie haben uns wirklich einen großen Dienst geleistet«, sagte er mit gekrauster Stirn. »Wo steckt übrigens Kostoff?«

»Kostoff untersucht einen Hund, der krank sein soll. Er wird schon wiederkommen. Warum? Brauchen Sie ihn?«

»O nein«, sagte Georges unsicher. »Ich frage nur so.«

Wieder schwiegen sie. Es war dumm. Das Orchester spielte den Slowfox »Sentimental Journey«. Georges stand auf.

»Kommen Sie tanzen«, sagte er und streckte den Arm aus, aber er hatte noch nicht ausgesprochen, da stand sie schon vor ihm.

Das Lokal hatte sich inzwischen gefüllt, denn das Programm sollte in ein paar Minuten beginnen. Er führte Ilse zwischen anderen Paaren durch auf die Tanzfläche. Als er seine Rechte um ihre Taille legte, spürte er die Haut unter dem hauchdünnen Kleid. Sie war weich und warm. Aber die Hand, die sie steif auf seine Linke legte, war kühl. Ihre Lippen trugen jetzt einen Ausdruck, in dem Hoffnung und Bitterkeit sich auf eine seltsame Weise mengten. Eben hatte er das Gefühl gehabt, dass sie ihn gern hatte und etwas von ihm erwartete, aber jetzt war er nicht ganz sicher. Sie hielt sich sehr steif, und es war ein Raum zwischen ihnen. Die anderen Frauen, die er unwillkürlich beobachtete, drängten ihre Körper an die ihrer Partner, aber Ilse schienen die suggestiven Rhythmen der »Sentimental Journey« keinen Eindruck zu machen. Georges fühlte sich etwas düpiert. Er liebte es, sich dem Tanz hinzugeben. Das waren die wenigen Augenblicke, in denen er nicht dachte. Er ärgerte sich ein bisschen. Anscheinend erwartete sie Konversation. Mit einer unvermittelten Affektbewegung zog er sie ganz eng an sich, und in diesem Augenblick gab sie nach.

Als er sie zum Tisch zurückführte, ließ er seinen Blick über ihre Gestalt gleiten.

In der Nische saß Kostoff und trank.

»Kyras Hund wird sterben«, sagte er melancholisch. »Ich habe ihm etwas aufgeschrieben, aber er hat Lungenentzündung. Morgen werde ich ihm Penicillin geben. Vielleicht kommt er durch. Vielleicht auch nicht.«

Kostoffs Geschwätz war Georges unangenehm. Auf seine Einladung ließ er zwei Gläser bringen, und sie tranken zu dritt, mit einer Flasche Soda.

»Schau die Laura an, die wird immer dicker«, sagte Kostoff plötzlich lebendig. Es war erstaunlich, wie übergangslos er aus seinem Dämmerzustand erwachte.

Jetzt bemerkten die anderen zwei, dass das Programm inzwischen begonnen hatte. Bisher hatten sie einander stumm angesehen und für nichts anderes Augen gehabt. In den Nischen war es fast dunkel geworden, und in dem roten Licht, das ein Scheinwerfer auf die Mitte des Tanzparketts warf, sprang zu den Klängen eines Boleros eine kleine schwarze Frau umher.

»Dass sie überhaupt noch auftreten darf!«, stänkerte Kostoff. »Wahrscheinlich ist ihr der Chef verpflichtet.«

Die Schwarze beendete unter mattem Applaus ihre Nummer, nur die beiden Amerikaner applaudierten wie verrückt. Die Sache schien für sie ein großartiger Spaß zu sein. Der kleinere, der weder ein Mädchen noch einen guten Sitzplatz gefunden hatte, saß mit untergeschlagenen Beinen am Rande der Tanzfläche auf dem Boden und stierte begeistert auf die Attraktionen.

Das Orchester intonierte nun einen Wiener Walzer, und das Licht wechselte ins Gelb. Ein mageres blondes Mädchen in einem weißen Tüllkleid kam auf das Parkett getänzelt und begann gespielt geschmeidig, ihre Beine herumzuwerfen.

»Eine sehr flaue Neuerwerbung«, brummte Kostoff fachmännisch.

Das Publikum schien seine Meinung zu teilen, denn auch nach dieser sehr langen Nummer war der Applaus mäßig. Dann erschien Kyra. Ihr Oberkörper war nackt bis auf eine Schnur, die sie um den Nacken gelegt hatte und deren Enden sie mit ihren langen schlanken Fingern festhielt. Um die Hüfte trug sie eine zweite Schnur, an der eine Art Rock aus lauter gleichartigen Schnüren befestigt war. Das Orchester spielte den Tango »Jalousie«.

Diesmal starrte Kostoff, ohne eine abfällige Bemerkung zu machen, in das violette Licht des Scheinwerfers. Ilse bemerkte es mit Missbehagen. Zugleich sah sie die Gesichter der anderen Zuschauer, die gegen das violette Licht grünlich weiß und erstarrt aus dem Dunkel der Logen schimmerten. Es war wie in einem Wachsfigurenkabinett. Das Leben war auf die Tanzfläche beschränkt. Nach den ersten Takten stand Kyra still, wiegte sich nur unmerklich in den Hüften und sah mit dem spöttischen Lächeln einer Dompteuse auf die Zuschauer. Dann schritt sie mit ihren langen Beinen aus und reckte die Brust, indem sie mit ihrer Schnur spielte. Immer wieder blieb sie stehen und zeigte ihr lockend-verächtliches Lächeln. Sie wusste, was sie wert war und worin ihre Stärke lag.

Während alle Männer und auch die Mädchen sie fasziniert anstarrten, sah Georges nicht hin. Kyras dunkle Schönheit erinnerte ihn an die Heimat. Er wollte nicht erinnert sein. Es war bedrückend.

Er kannte Kyra schon aus Bukarest. Damals war sie Tänzerin im Opernballett gewesen und war mit einem blasierten jungen Mann aus reicher Familie gegangen, der sie unbedingt heiraten wollte. Aber daraus war nichts geworden, da seine Eltern nicht einverstanden gewesen waren. Sie hatte dann einen robusten Geschäftsmann geheiratet, der sich der Eisernen Garde verschrieben hatte. Er wurde im Sommer 1944 erschossen. Kyra war nach Wien geflüchtet, wo sie sich die erste Zeit mit gefallenen Größen der Hitlerischen Satellitenstaaten herumtrieb. Nach Kriegsende hatte sie wieder in ihrem Beruf unterkommen wollen, aber es gab in Wien arbeitslose Tänzerinnen genug. Da sie an Luxus gewöhnt war, genügte ihr das Einkommen einer Verkäuferin nicht. So wurde sie Nackttänzerin.

Vor zwei Jahren hatte Georges sie zufällig im Casino entdeckt und sie waren kurze Zeit sehr intim gewesen. Aber Georges hatte das bald nicht mehr gepasst. Sie erinnerte ihn zu sehr an die morbide Atmosphäre der Bukarester Boulevards und ihrer Boheme, eine Kopie nach dem Paris der zwanziger

Jahre. Die Nachahmung war so weit gegangen, dass man sogar Französisch gesprochen hatte. Die Gedanken an diese unbeschwerte, verspielte Jugendzeit machten Georges krank. Er hatte schon längst einen Strich gezogen, und Kyra wusste selten von etwas anderem zu sprechen als von ihrer Glanzzeit, in der sie von splendiden und eifersüchtigen Kavalieren, Blumen und Geschenken umgeben gewesen war. Er hatte sich bald von ihr getrennt, aber sie blieben weiterhin Freunde.

Unwillkürlich sah er Kyra nun doch an; sie machte eine ausladende Bewegung mit ihrer Hüfte, und zugleich fühlte er Ilses Blick auf sich. Er drehte sich zu ihr. Sie lächelte nicht wie vorhin, sondern schaute ihm ernst und fordernd in die Augen. Plötzlich erhob sich Lärm. Der kleine Amerikaner, der auf dem Boden saß, versuchte mit läppischen Bewegungen Kyra unter den Rock zu sehen. »Look here, Nick!«, schrie er dabei, »It's beautiful!«, aber gleich darauf stieß er einen Schmerzensschrei aus. Kyra war ihm mit ihrem scharfen Stöckel blitzschnell auf die Hand getreten. Sie sah ihn wütend an und kreuzte die Arme vor der nackten Brust. Darauf wandte sie sich um und verschwand, ohne sich noch einmal umzusehen. Die Musik brach ab, es wurde hell, und es entspann sich ein Wortwechsel zwischen einigen Zuschauern und dem kleinen Amerikaner, der sich die Hand hielt und ihnen mit rotem Gesicht unverständliche Worte entgegenschrie. Aber der Wirrwarr dauerte kaum eine Minute, denn es erschien der Direktor, ein stämmiger kleiner Schwarzer in elegantem Anzug, der den Amerikaner wortlos auf einen der roten Samthocker bugsierte und den Musikern ein Zeichen gab. Das Orchester fiel mit einem turbulenten Rumba ein und eine kleine Dicke im Schmetterlingskostüm begann vergnügt herumzuhopsen. Der andere Amerikaner hatte sich während des ganzen Vorfalls nicht gezeigt. Er saß mit seiner Rothaarigen betrunken an der Bar und stierte die stark gebaute Animierdame selbstvergessen an.

Kostoff stand auf, murmelte etwas Unverständliches und ging hinaus in Richtung auf die Garderoben. Georges wunderte sich, dass er beim Abgang des Bulgaren, ebenso wie vorhin bei Kyras Abgang, Erleichterung verspürte. Es schien ihm, dass es Ilse genauso ging. Wieder sah er ihr gerade in die Augen, und sie hielt seinen Blick sekundenlang aus. Es war mit einem Male stummes Einverständnis zwischen ihnen. Georges wusste nun, was sie von ihm erwartete, und er fand, dass er längst dasselbe wollte. Die Hand, die er, ohne es zu bemerken, ergriffen hatte, war nicht mehr kalt wie beim Tanz, sondern lag warm und vertraulich in der seinen. Er wollte gerade aufstehen und mit ihr das Lokal verlassen, wie ihre stummen Blicke es verlangten, als Kostoff zurückkam.

»Kyra will dich sprechen«, sagte er und ließ sich aufatmend in seinen Sitz fallen. »Es ist dringend.«

Georges zuckte unangenehm berührt zusammen und bemerkte im selben Augenblick, wie Ilses Gesicht sich leicht verzog. Er nickte ihr zu und ging rasch hinaus.

Kyra erwartete ihn im Vorraum.

»Es tut mir leid, Kyra«, begann er kühl.

Sie tat den Vorgang mit einer Handbewegung ab und zog ihn in eine Ecke.

»Ich habe dich nicht deshalb herausgerufen. Ein Bekannter von dir hat mir Blumen in die Garderobe geschickt, mit einer Karte. Er hat mich eingeladen. Ich will aber heute nicht. Könntest du mich entschuldigen?«

»Wer ist denn das?«, fragte Georges finster.

»Ich weiß seinen Namen nicht. Er ist ein … aber da ist er ja! Auf später!«

Sie drückte kurz und sehr fest seine Hand und ging rasch

auf ihren langen Beinen davon, indem sie eine Welle von Moschusparfüm hinterließ. Georges wandte sich um. Am Ende des Ganges stand ein großer blonder Herr in grauem Anzug, der ihm mit gewinnender Freundlichkeit zulächelte. Es war Gubarew.

»Guten Abend, Herr Maniu!«, sagte er, als Georges sich ihm genähert hatte. »Ich möchte mit Ihnen sprechen, aber hier wird es nicht gut sein. Kommen Sie mit ins Auto?«

»Aber natürlich.«

Gubarew legte ihm leicht den Arm auf den Rücken, um ihn zum Vortritt aufzufordern. Georges spürte einen Augenblick intensiv den Geruch von Chypre, den Gubarew ausströmte. Wie würde sich sein Parfüm mit Kyras Moschus vertragen?, fiel ihm ein. Süß und bitter. Eine unmögliche Kombination.

Das Auto des Hauptmanns stand inmitten amerikanischer Luxuswagen. Es war eine überlange schwarze Tatra-Limousine. Der Chauffeur öffnete dienstbeflissen den Schlag.

Der Wagen, der leicht und geräuschlos fuhr, weil sein Motor sich nicht wie üblich vorne, sondern in der hinteren Ausbuchtung befand, nahm seinen Weg zuerst über den Graben, der zu dieser Stunde noch von eleganten Spaziergängern, meist ungarischen Flüchtlingen, und den bestangezogenen Prostituierten Wiens bevölkert war.

Gubarew bot russische Zigaretten an. Georges lehnte höflich ab und entzündete sich einen Zigarillo.

»Lauter Ungarn«, bemerkte der Hauptmann lächelnd.

Georges dachte an den Budapester Juwelier, den er vorige Woche betrunken gemacht und im Taxi in die russische Zone geliefert hatte. Der Mann hatte keine Ahnung gehabt, bis zuletzt. Er hatte gedacht, es handle sich um dreikarätige Brillanten. Aber es hatte sich um seine Person gehandelt. Gubarew hatte ihn gebraucht, »einiger wichtiger Transaktionen wegen, mit wichtigen Leuten. Wir können durch ihn Fingerzeige bekommen«, hatte er gesagt. Seither war der Mann verschwunden. Aber was ging Georges das an? Er hatte ihn nicht getötet und auch nicht töten lassen. Er hatte ihn übergeben, und nun war er verschwunden. Es war, als habe ihn eine Maschine verschluckt.

»Kollege Hirsch war heute bei mir«, unterbrach Gubarew Georges' Gedanken. Der Wagen bog mit sanftem Sausen in die Kärntner Straße ein. Von beiden Seiten blinkten riesige Spiegelscheiben vor übervollen Auslagen, und vielfarbige Neonreklamen tauchten die Straße in ein merkwürdiges Zwielicht. »Er hat sich beklagt, der Arme. Er ist Kaufmann. Er kann nur handeln. Aber die Welt gehört nicht mehr den Kaufleuten.« Gubarew lächelte spöttisch und schielte Georges von der Seite an.

Georges merkte es nicht. Er musste unwillkürlich grinsen. Kollege Hirsch hat sich beklagt. Er sah förmlich die leidende Miene des ehemaligen Komplizen vor sich. Heute Nacht werde ich mit Ilse sein, dachte er.

»Wann starten wir?«, fragte Gubarew kurz.

Georges war mit einem Ruck wieder in der Gegenwart.

»Nächsten Dienstag. Mit drei Wagen.«

»Gleich drei?«, fragte Gubarew interessiert.

»Warum? Ist es Ihnen nicht recht? Einen Wagen habe ich frei. Den Ungarn haben Sie schon.«

»Richtig. Das geht in Ordnung. Der Fall war unwichtiger, als wir dachten. Aber Sie haben mein Wort.«

»Also! Und zwei kriegen Sie noch.«

Der Wagen hatte das ausgebrannte Gebäude der Staatsoper, dessen Gerüste makaber herüberblinkten, passiert und fegte nun über die Ringstraße. Der große Sowjetstern auf dem Gebäude der russischen Zentralkommandantur leuchtete ihnen von fern entgegen.

»Zwei. Richtig!«, sagte Gubarew guter Laune.

Er hatte sich weit in die weichen Polster zurückgelehnt und rauchte mit nachdenklichen Augen. Offenbar hatte er etwas getrunken.

»Ein hübsches Mädchen, diese Tänzerin«, fuhr er behaglich fort. »Ist sie nicht eine Landsmännin von Ihnen? Rumänien ist ein herrliches Land. Es geht aufwärts dort, fantastisch gut aufwärts. Warum gehen Sie eigentlich nicht zurück?«

Die Limousine hatte das Schottentor erreicht und brauste nun an dem rohen Ziegelbau der Polizeikaserne vorüber.

»Wir fahren nicht nach Rumänien«, grinste Gubarew, der Georges' gekrauste Stirn beobachtet hatte. »Wir fahren auf den Kahlenberg. Man hat von dort eine wunderschöne Aussicht.«

»Sie haben mich sicher nicht eingeladen, um mit mir einen Ausflug zu machen«, parierte Georges. »Wer soll der Nächste sein?«

»Der Nächste ist ein besonderer Fall«, sagte Gubarew mit melancholischen Stirnfalten. »Ein Landsmann.«

Von mir?, dachte Georges. Er dachte blitzschnell an Kyra.

»Nein«, lispelte der Hauptmann. »Von mir. Ein früherer Major der Roten Armee und ein Verräter. Aber das interessiert Sie ja nicht, Herr Maniu. Sie interessieren nur die Zigaretten.«

Georges sah ihn mitleidig an. »Ich rauche keine Zigaretten. Mich interessieren nur die Dollars. Werden Sie nicht sentimental, Gubarew. Sie möchten auch lieber in der Südsee leben und von all dem Dreck nichts wissen.«

»Sie sind ein Hellseher, Herr Maniu«, lächelte Gubarew.

»Der Mann wohnt im achten Bezirk, Laudongasse. Er heißt Pawlenko. Wann werden Sie seine Bekanntschaft machen?«

»Ich fahre Dienstag«, sagte Georges geschäftsmäßig. »Bis dahin haben Sie ihn. Für den dritten Mann geben Sie mir Kredit.«

»Gut«, sagte Gubarew. »Über den dritten bekommen Sie noch Nachricht. Brauchen Sie eigentlich einen Wagen?«

»Danke. Mit Wagen bin ich versorgt.«

Der Tatra hatte in rasender Geschwindigkeit die lange Heiligenstädter Straße genommen und kletterte jetzt mit summendem Motor die Höhenstraße hinauf. In der Gegenrichtung wischten die Schatten von Jeeps vorbei. In ihnen saßen amerikanische Soldaten mit ihren Mädchen. Manchmal wehte Frauenlachen um ihre Ohren. Es roch stark nach Akazien.

Ich brauche etwas anderes, dachte Georges. Unten zogen sich in silberner Kette die Straßenlampen der Stadt. Ich brauche etwas ganz anderes.

»Ich habe einen Wagen sehr billig abzugeben«, fuhr Gubarew fort.

Georges kam eine Idee. »Haben Sie den vielleicht von Herrn Hirsch?«

»Ja. Warum?«

»Sie arbeiten noch mit ihm?«

»Warum nicht?«

Eine bittere Welle stieg in Georges hoch. Freddie Hirsch musste sicher keine Menschen liefern. Bei ihm genügten die Dollars. Hirsch war österreichischer Staatsbürger. Aber er selbst … Natürlich war er ein Flüchtling. Früher hätte er sich ruhig an die Amerikaner wenden, hätte auswandern können. Aber jetzt, nachdem er sich so tief mit dem Hauptmann eingelassen hatte? Gubarew hatte gelegentlich durchblicken lassen, dass er ihn jederzeit durch Mittelsleute anzeigen konnte. Das Geschäft war klar: ein Verschleppter – die Lizenz für einen Wagen Zigaretten. Aber warum bekam Freddie die Lizenz für Dollars?

»Ich habe nichts dagegen«, sagte er langsam. »Sie können ja Geschäfte machen, mit wem Sie wollen. Aber ich möchte dabei nicht benachteiligt werden.«

»Benachteiligt? Wieso benachteiligt? Sie sind mein Favorit!«

»Na eben«, sagte Georges mit selbstbewusstem Lächeln. »Dann geben Sie mir auch eine Chance.«

»Wie soll ich Ihnen eine Chance geben, Herr Maniu? Sie haben doch alle Chancen.«

»Wann fährt Herr Hirsch das nächste Mal?«

»Vorläufig nicht. Wir wollten ein bisschen abwarten.«

»Aber ich möchte, dass er bald fährt.«

»Ist das Ihre Chance?«

»Ja.«

»Also bitte. Ich werde Sie dann benachrichtigen. Recht so?«

»Ausgezeichnet.«

Gubarew lächelte. »Sie sehen, ich komme Ihnen entgegen, wo ich kann. Trinken wir etwas im Cobenzl-Restaurant? Es macht mir Vergnügen, die alliierten Kameraden zu beobachten.«

»Lieber nicht«, antwortete Georges freundlich. »Ich möchte bald zurück sein. Ich hätte Ihnen gern Gesellschaft geleistet, aber …«

»Sie können auch zu mir kommen. Nehmen Sie Ihre rumänische Freundin mit. Es wird nett werden. Nasad!«, rief er dem Chauffeur zu. »Zurück!«

Der Wagen hielt auf der Höhe des Nussbergs und wendete. Links lag dunkel das Donautal. In der Ferne spannten sich die beleuchteten Bögen der Brücken.

»Vielen Dank für die Einladung«, sagte Georges höflich. »Ich würde gern kommen, das wissen Sie. Aber ich kann heute nicht, ich bin nicht allein.«

»Ich habe gesehen. Ein blondes Fräulein. Sehr schön. Viel Vergnügen.«

»Danke«, sagte Georges finster.

»Sie haben mit Frau Kyra gesprochen«, begann Gubarew nach einer längeren Pause. »Sie kennen sie schon lange, nicht wahr?«

»Ja. Ziemlich.«

»Eine schöne Frau. Sehr schön. Ich würde den Abend gern in ihrer Gesellschaft verbringen. Könnten Sie ihr das nicht ausrichten?«

»Ich fürchte, es wird wenig Zweck haben. Ihr Hund ist krank. Sie wird schon nach Hause gegangen sein.«

»Meinen Sie?«

»Ich bin davon überzeugt.«

Gubarews Gesicht wurde mit einem Mal finster wie das eines Knaben, dem man ein geliebtes Spiel verboten hat, und er sagte nichts mehr.

Der Chauffeur fuhr schnell und bremste fünfzehn Minuten später vor dem Casino. Während der Rückfahrt war kein Wort mehr gefallen. Gubarew hatte mit bösem Gesicht eine Zigarette geraucht. Georges hatte überlegt. Es lag ihm nichts an Kyra. Er hätte sie ihm gern überlassen. Aber er wusste, dass nichts zu machen war, wenn sie sich etwas in den Kopf gesetzt hatte.

Der Abschied war kühl-freundlich.

»Also bis Dienstag«, sagte Gubarew. »Sie benachrichtigen mich rechtzeitig.«

»Selbstverständlich. Ich rufe Sie morgen an.«

Der Schlag knallte zu und der Tatra fuhr ab.

Ilse saß allein am Tisch, als er das Lokal betrat. Sie spielte mit ihrem leeren Glas und schien nachzudenken. Als er sich der Nische näherte, sah er, wie sich Kostoff aus der Umarmung der beiden Amerikaner befreite und auf ihn zusteuerte.

»Was ist los?«, fragte Georges ärgerlich. »Warum lässt du Ilse allein?«

»Schau ich blöd aus?«, zwinkerte Kostoff. »Ich habe ihnen fünfhundert Schilling geborgt.«

»Ja, du schaust blöd aus. Warum verschenkst du dein Geld?«

»Die Burschen gefallen mir«, lallte Kostoff. »Außerdem habe

ich ihre Unterschriften und die Nummern ihrer Ausweise. Was?« Er zwinkerte heftig. »Ist der alte Kostoff blöd? Man wird sie noch brauchen.«

Georges stutzte. Dann schlug er Kostoff auf die Schulter. »Geh zu ihnen, Boris. Ich habe mit Ilse zu reden.«

Mit schweren Schritten tappte Kostoff zur Bar zurück. Die Amerikaner schienen sehr erfreut zu sein, ihn wiederzusehen. Sie empfingen ihn mit lautem Hallo.

Ilse hatte nicht aufgesehen. Sie hatte wieder ihren bitteren Zug im Gesicht. Erst als Georges vor ihr stand, hob sie den Kopf. Aber sie sagte nichts. Ihr Blick war verschleiert.

»Kommen Sie, bitte«, sagte Georges heiser. »Ich habe mit Ihnen zu reden. Aber nicht hier.«

Ilse stand mit abgewandtem Gesicht auf und nahm ihre Handtasche.

»Sie haben Boris gut versorgt. Nicht?«, murmelte sie. Dann ging sie schweigend neben ihm hinauf. Als er sie in ein Taxi einlud, schien sie einen Augenblick zu zögern, stieg aber doch ein und drückte sich steif in einen Winkel. Er legte den Arm um ihre Taille. Sie fuhr zurück.

»Machen Sie das mit Ihrer Rumänin!«, sagte sie scharf.

Georges sah sie groß an.

»Was zahlen Sie Kostoff für mich?« Ihre Mundwinkel waren in Ekel herabgezogen. »Wie viele Frauen kaufen Sie sich pro Abend?«

Sie sah ihn zornig und verächtlich an. Die Spannung, die ihn seit Beginn des Abends beherrscht hatte, ballte sich in ihm zu wütendem Zorn. Blindlings gab er ihr eine Ohrfeige. Ihr Kopf fiel herunter wie gefällt, und ihr Rücken zuckte. Zusammen mit der Erleichterung überkam ihn sofort ein zärtliches Gefühl. Er griff nach ihrem Schopf und hob sie hoch.

»Du bist ein kleiner trotziger Dummkopf«, murmelte er.

Ihre Lippen waren fest zusammengepresst, als er sie küsste. Aber plötzlich wurden sie weich und öffneten sich.

ZIGARETTENBALLADE

Seit dem Unfall auf der Triester Straße, der ihn eine hübsche Summe gekostet hatte, fühlte sich Freddie Hirsch bedroht. Er traute niemandem mehr. Deshalb hatte er sich entschlossen, diesmal selbst mitzufahren. Er saß neben dem Chauffeur im Führerhaus des geliehenen neuen Wagens und ließ kein Auge von der Landstraße, die sich undeutlich durch die Nacht schlängelte. Die harte Bank verursachte ihm Unbehagen, trotz des Polsters, den er sich zum Schutze seiner Niere hinter den Rücken geschoben hatte. Er drückte den massigen, kurzen Hals in den Kragen des gelben Flauschmantels. Beide Hände hielt er in den Taschen: Die Rechte umklammerte die automatische Pistole.

Er traute niemandem. Auch dem Chauffeur nicht. Der Mann war ein guter Fahrer, das stand fest. Aber wer garantierte Freddie dafür, dass er jenen Unfall nicht selbst provoziert hatte, weil er vielleicht von Maniu einen Haufen Geld bekommen hatte? Er sah von der Seite auf den stark gebauten jungen Mann in der Lederweste und versuchte, sein starres, grobes Gesicht abzuschätzen. Man kann nie wissen!, dachte er bitter. Früher konnte man sich auf ein gegebenes Wort verlassen. Wort bleibt Wort, ob man mit Textilien handelt oder mit Waffen. Darauf ruhte der Bau der Welt. Aber heute? Ich bin altmodisch, dachte er resigniert. Auf seine eigenen Kinder kann man sich nicht mehr verlassen. Georges! Wie einem Vater müsste er mir dankbar sein. Stattdessen besticht er meinen Chauffeur. Wir leben in einer Welt von Räubern.

Sie durchfuhren ein Dorf voll bellender Hunde. Die Strohdächer standen schwarz zwischen den Bäumen. Der Himmel war bedeckt. Vielleicht würde es regnen.

»Wo sind wir?«, fragte Freddie.

»Wir haben es nicht mehr weit zum ›Weißen Kreuz‹. Zwanzig Kilometer.«

Der Chauffeur sah geradeaus. Im »Weißen Kreuz«, einem Gasthof, der etwas abseits der Hauptstraße lag, pflegten die Transporte einige Stunden zu warten, bis die Polizeikontrolle der Einfallstraße vorüber war. Erst um sieben Uhr konnte man immer weiterfahren.

Noch vier Stunden! Freddie Hirsch ärgerte sich. Aber er hatte noch lange nicht aufgegeben. Mit dem Verkauf der heutigen Ladung würde er den Verlust des Wagens gutmachen. Die nächste Ladung würde schon wieder etwas Reingewinn abwerfen. Er wollte, es wäre schon so weit gewesen.

Das Gesicht des Chauffeurs war durchaus gleichgültig. Freddie warf einen zornigen Blick auf ihn. Du hältst mich für einen Trottel!, dachte er. Ich muss dich sowieso auszahlen, ob wir verlieren oder gewinnen. Dir ist es egal. Vielleicht bin ich wirklich ein Trottel. Gubarew hält mich dafür. Der bestimmt.

Der Wagen stieß und schüttelte. Die Straße war schlecht. Gubarew. Sicher glaubt er, dass ich über kurz oder lang bereit sein werde, sein Spiel mitzumachen. Sonst hätte er sich jetzt nicht so schnell gemeldet. Zuerst sagte er, »wir wollen über die Geschichte Gras wachsen lassen«, jetzt ist er wieder bereit, Geschäfte mit mir zu machen. Warum sonst? Aber ich tue es nicht. Vielleicht hat Georges ihn sitzen lassen. Georges ist ein Desperado. Auf Georges kann man sich nicht verlassen. Auf mich schon. Wort bleibt Wort. Vielleicht bin ich wirklich ein Trottel.

Aber das Geschäft lebt doch davon. Wenn keiner mehr Wort hält, wie soll man dann Geschäfte machen? Sie arbeiten alle nicht auf lange Sicht. Sie haben Gehirne wie Spatzen. Ehrlich währt am längsten.

Er rückte auf seinem Sitz zurecht und grinste unwillig vor sich hin. Der Wagen schleuderte in einer scharfen Kurve. Es begann zu nieseln.

Um halb acht sind wir drinnen in der Stadt, rechnete Freddie Hirsch und blinzelte mit seinen überanstrengten Augen in das fahle, zitternde Licht der Scheinwerfer. Um acht ist die Ware abgeladen. Um halb neun ist der Wagen zurückgegeben und ich kann abrechnen. Um neun Uhr ist alles erledigt. Eine Million Zigaretten. Zweihundertfünfzigtausend Schilling. Reingewinn siebzigtausend weniger zehntausend Betriebskosten. Sechzigtausend Schilling. Zwei Drittel des Schadens sind gedeckt. Nächste Woche fahre ich wieder. Oder nein, schon diese Woche. Ich muss schnell sein. Schnelligkeit ist der halbe Sieg. Nicht ohne Stolz dachte er daran, dass er immer schneller gewesen war als die anderen. Aber Georges war auch schnell. Es kam darauf an, wer der Schnellere war.

In diesem Augenblick wurden beide durch einen scharfen Lichtstrahl geblendet. Der Chauffeur riss den Kopf zur Seite und trat mehrmals wuchtig auf die Bremse. Auf dem nassen Boden geriet der schwere Wagen ins Schleudern und neigte sich gefährlich zur Seite. Es knirschte und krachte im Räderwerk. Endlich stand er.

»Verdammte Sauerei!«, fluchte der Chauffeur und riss die Tür auf.

»Wollt ihr uns umbringen?«, schrie Freddie wutbebend dem scharfen Lichtstrahl entgegen. Er hatte sich bisher krampfhaft festgehalten. Nun stand er gebückt im Führerhaus und tastete sich dem Chauffeur nach, der auf die glitschige Straße gesprungen war. Als Freddie im Begriff war, ihm nachzuspringen, sah er ihn in heftigem Streit mit zwei Männern in Regenmänteln, die ihm entgegengetreten waren. Die bellenden Stimmen kamen Freddie merkwürdig bekannt vor. Sie brüllten Schimpfworte, und der Chauffeur brüllte zurück.

Alles dauerte nur eine Sekunde. Plötzlich sausten Fäuste durch die Luft, und der Chauffeur stürzte. Er schrie auf und krümmte sich am Rand der Straße. Zwei andere Männer kamen aus dem Schatten auf Freddie zugelaufen. Er hörte nur ihre stampfenden Schritte. Schon hatte er die Pistole in der Hand und schoss blindlings gegen die starken Scheinwerfer des kleinen Personenautos, das zehn Meter vor ihm am Straßenrand zu kleben schien. Er hörte klirrendes Glas und Schmerzensgeheul. Blitzschnell schob er ein neues Magazin in die Pistole. Aber er kam nicht mehr zum Schuss. Er fühlte nur auf dem Hinterkopf einen wuchtigen Schlag und brach neben seinem Wagen zusammen. Das Nächste, was er hörte, war das Aufheulen des Motors. Er wunderte sich, dass der Lastwagen so weit weg war, dann erst erkannte er, dass er im Straßengraben lag. Als er mühsam den Kopf hob, sah er gerade, wie der schwere Wagen anruckte. Die roten Schlusslichter zogen in einer schnurgeraden Bahn davon. Von dem Personenwagen und seinen starken Scheinwerfern war nichts mehr zu sehen.

Ich muss schießen, dachte Freddie matt; aber er konnte seine Pistole nicht finden. Sie rauben mir meinen Wagen, ich muss schießen. Das Summen des Motors und die roten Lichter waren jetzt schon sehr weit, und vielfarbige Kreise tanzten vor seinen Augen. Als er sich mit einer ungeheuren Kraftanstrengung aufrappeln wollte, war es, als dringe ein scharfer Gegenstand in seinen Hinterkopf ein, und er verlor die Besinnung.

Als er erwachte, war es noch immer Nacht. Im ersten Augenblick wusste er nicht, wo er war. Rings um ihn war ein ununterbrochenes Rauschen. Es regnete. Er tastete um sich und fühlte nichts als feuchte Erde. Es war kalt, und das Rauschen in der Dunkelheit kam von allen Seiten. Zuerst dachte Freddie Hirsch, dass er tot sei. Aber dann fühlte er die Decke über seinem Bauch. Langsam begann er sich zu erinnern. Aber wo kommt diese Decke her?, grübelte er. Ich habe doch keine Decke mitgenommen. Ich habe doch geschossen!

Es gelang ihm mit großer Mühe, auf die Beine zu kommen. Der Chauffeur!, fiel ihm ein. Der Chauffeur musste die Decke über ihn gebreitet haben. Aber dann musste er mit ihnen im Bund gewesen sein! Natürlich! Er war fort. Freddie begann zu rufen und wunderte sich, wie dünn sich seine Stimme durch das Dunkel zog. Er ist fort. Dieses Schwein. Alle haben sich gegen mich verschworen. Das war niemand anderer als Georges. Schwein. Alle sind Schweine. Aufs Neue kam die Wut in ihm hoch und er schleuderte die Decke von sich. Dann stolperte er halb betäubt die Straße entlang. Ein paar Meter weiter stieß er auf den Chauffeur.

Er schien im Graben zu knien, stemmte den Kopf gegen die Böschung und wimmerte. Zuerst durchfuhr Freddie ein freudiger Schreck, aber dann packte ihn die Wut nur umso mehr. Wimmert da herum wie ein kleines Kind! So ein Bulle! Sicher stellt er sich nur blöd, der Verräter. Er stieß mit dem Fuß gegen das Wimmern, und aus dem Wimmern wurde ein heiserer Schrei. Freddie beugte sich erschrocken nieder und gewahrte undeutlich das Gesicht des Knienden, das mit großen dunklen Flecken bedeckt war. Blut.

»Was haben Sie denn, Franz?«, rief Freddie. Plötzlich packte ihn die Angst. Er stieg vollends in den Graben und versuchte, den Koloss aufzurichten. »Liegen Sie doch nicht so herum da!«, keuchte er. »Stehen Sie doch auf! Sind Sie verletzt?«

Der Chauffeur stöhnte herzzerbrechend.

»Die Hunde!«, knirschte er.

»Stehen Sie doch auf! Wir dürfen hier nicht bleiben! Jammern Sie nicht so, ich habe noch mehr verloren als Sie!« Der war nicht im Bund mit ihnen, dachte Freddie erleichtert. Den haben sie hergerichtet wie eine Schießbudenfigur.

Der Chauffeur glotzte trüb aus seinen blutverschmierten Augen.

»Sie sind noch einmal zurückgekommen«, berichtete er mit knarrender Stimme. »Ich wollte gerade aufstehen. Dann haben sie mich ganz erledigt.«

Freddie konnte die Geschichte nicht richtig auffassen.

»Haben Sie mir die Decke gebracht?«, fragte er grübelnd.

»Was für eine Decke?«, fragte der Chauffeur. »Ich habe einen Hieb auf den Kopf bekommen. Ich bin ganz schwindlig.« Er stützte sich schwer auf die Böschung.

Ich kann die Decke nicht hierlassen, fiel Freddie ein. Die Polizei kann mich danach identifizieren. Er stapfte durch den Graben zurück und nahm die Decke auf. Sie war schwer, ganz vollgesogen. Fluchend klatschte er sie sich um die Schultern. Ich werde mir den Tod holen!, dachte er.

Der Chauffeur lehnte noch immer ächzend an der Böschung, als er zurückkam.

»Gehen wir!«, sagte Freddie entschlossen.

»Wohin?«

»Zum ›Weißen Kreuz‹.« Im Stillen hoffte er, er würde die Konkurrenzbande mit dem gestohlenen Wagen dort doch noch vorfinden. »Wie weit wird das sein?«

»Mindestens zwei Stunden.«

»Zwei Stunden!«, stöhnte Freddie. Aber er rechnete schon wieder. Vor sieben dürfen sie nicht wegfahren. Wir müssen sie noch treffen. »Also gehen wir schnell!«

»Wir können aber auch abschneiden«, sagte der Chauffeur schwerfällig. »Die Straße beschreibt hier eine Riesenkurve.«

»Also wo? Rechts? Links?« Freddie trippelte unruhig hin und her. Die Kälte kroch langsam in ihm empor.

Der Chauffeur bedachte sich eine Weile, dann wies er über das dunkle Feld hin.

»Hier.«

»Also los.«

Während sie über die feuchten Äcker stapften, sprachen sie meist nichts. In Freddie machte sich wieder die Wut breit. Er musste sich rächen an diesem Gesindel, das selbst vor Mord nicht zurückschreckte. Und es musste eine furchtbare Rache sein. Aber wie?

»Diesmal gehe ich zur Polizei!«, knurrte der Chauffeur neben ihm. »Da lass ich nicht locker. Das ist zu viel!«

»Nein, nein. Das ist kein Weg.«

»Wieso nicht? Ich hätte mich auch überschlagen können mit dem Wagen. Das ist doch Mord! Muss man sich einfach niederschlagen lassen?«

»Die Polizei lassen Sie nur aus dem Spiel. Dann sitzen sie zwar, aber wir auch.«

»Das ist mir egal. Wir bekommen fünf Monate, aber die bekommen fünf Jahre.«

»Mir genügen fünf Monate«, sagte Freddie. »Das ist kein Weg.«

Und das Geld? Eine Viertelmillion! Der Gedanke ergriff Besitz von ihm, dass er sich beeilen müsse, um noch irgendeinen Teil zu retten. Es musste noch eine Möglichkeit geben! Man musste im »Weißen Kreuz« unterhandeln. Er stapfte so schnell, dass der Chauffeur zurückblieb und immer wieder laufen musste, um ihn einzuholen.

In Freddie brannte der Gedanke, dass er – fand er die Bande im »Weißen Kreuz« nicht mehr – irgendeinen anderen Weg finden müsse, um Georges noch etwas von dem gestohlenen

Eigentum abzujagen. Gubarew fiel ihm ein. Wird mir Gubarew helfen? Plötzlich blieb er stehen. Eine eisige Kälte umkrampfte sekundenlang sein Herz. Gubarew. Niemand anders konnte Georges den Zeitpunkt seiner Fahrt verraten haben. Alles war verloren.

»Mich können Sie nicht mehr zurückhalten!«, keuchte der Chauffeur. »Ich gehe zur Polizei. Ich habe bestimmt eine Gehirnerschütterung! Wer zahlt mir das?«

Du hast Gehirnerweichung!, dachte Freddie voll Wut. Die einen sind Idioten, die anderen sind Schweine. Er wusste, dass er ganz allein auf der Welt war. Blind und verloren stolperte er durch das schüttere Wäldchen und merkte nicht, dass sein Gesicht bald von unzähligen Ästen und Zweigen zerkratzt war.

Ununterbrochen wälzte sich Freddie von einer Seite auf die andere. Die weichen, warmen Kissen konnten die Schmerzen nicht lindern, die ihm den ganzen Körper zu verbrennen schienen. Aber noch ärger brannte die Wut; die Wut auch auf den eigenen Körper, dessen Unzulänglichkeiten ihn daran hinderten, irgendetwas zu unternehmen. Die untergehende Sonne schien sanft durch die weißen Vorhänge, draußen hörte man gedämpft die Geräusche des beginnenden Abends, und er lag hier untätig, ans Bett gefesselt.

Als er um acht Uhr Früh in Wien angekommen war, hatte er kaum mehr gehen können. Die Sorge um seine Gesundheit überwog alles, und er hatte sich sofort hierherbringen lassen, in das Privatsanatorium eines ihm befreundeten Arztes. Zehn Tage Bettruhe!, hatte der Arzt kategorisch erklärt. Keinen Schritt außer Haus! Zehn Tage! Und telefonisch ließen sich seine Projekte nicht durchführen. Es waren dunkle Projekte.

Im »Weißen Kreuz« waren die Feinde nicht gewesen. Wahrscheinlich hatten sie sich irgendwo im Wald bis zum Tagesanbruch versteckt. Während Freddie mit dem Chauffeur bei einer Schale Tee auf das Taxi aus Wiener Neustadt wartete, das er telefonisch bestellt hatte, fasste er schon den Entschluss. Er würde eine Bande organisieren, ebenso wie der Feind, nur viel stärker, und mit ihr Georges' Transporte überfallen, so lange, bis sich Georges geschlagen gab. Man musste die eigenen Methoden denen des Gegners anpassen. Er würde Krieg führen. Aber einen solchen Krieg konnte man nicht vom Bett aus führen. Man musste sich vor allem die Leute aussuchen. Keine Idioten wie diesen Chauffeur!

Der Chauffeur hatte ihn zu guter Letzt noch erpresst. Nur durch den doppelten Fuhrlohn hatte er sich davon abbringen lassen, bei der Polizei Anzeige zu erstatten. Freddie hatte ihn auch nur mit Mühe abhalten können, der jungen Wirtstochter, die beim Anblick der beiden blutverkrusteten Gestalten entsetzt aufgeschrien hatte, alles zu erzählen. Damals war er noch voll Energie gewesen. Aber auf der Fahrt hatten schon die Schmerzen angefangen. Jetzt war alles aus. In einem neuerlichen Anfall ohnmächtiger Wut packte er die Medizinflasche, die auf dem blank polierten Nachtkästchen stand, und schleuderte sie gegen die Wand. Sie zerbrach mit hellem Klingen, an der Wand blieb ein dunkler Fleck, und sofort verbreitete sich ein durchdringender bitterer Geruch im ganzen Zimmer. Die junge Schwester trat ein, mit einem riesigen Strauß roter holländischer Nelken. Freddie lag wie paralysiert. Die Scham über seine kindische Affekthandlung vermischte sich mit dem Staunen über die unerwartete Blumenspende. Die Schwester legte den Strauß auf das Nachttischchen und sah sich verwundert im Zimmer um. Ihr Mund blieb sprachlos offen, als sie die zerbrochene Flasche entdeckte.

»Räumen Sie das auf!«, knurrte Freddie verlegen.

Sie sah ihn mit großen Augen an.

»Ich bezahl das schon!«

Während sie sich bückte, um die Scherben aufzulesen, griff Freddie verstohlen nach dem Bukett. Wer mochte es geschickt haben? Sicherlich seine Hausfrau. Sie war der einzige Mensch, der Sympathie für ihn hatte. Außer seinen Erben natürlich. Aber die waren weit.

An dem Bukett hing eine Karte. Er zog sie ungeduldig heraus und las: »Herzliche Grüße und baldige Besserung! Dein alter Georges.«

Freddie erstarrte. Die Frechheit des Straßenräubers überstieg alle Grenzen. Die Verblüffung nahm Freddie den Atem.

»Kann ich etwas für Sie tun?«, fragte die junge Schwester mit ihrer sanften Stimme.

»Ja! Bringen Sie mir meine Kleider!«

»Ihre Kleider – aber die sind beim Putzen ...«

»Bringen Sie sie sofort!«, schrie Freddie. Sein Gesicht lief rot an. »Sofort!«

»Ja ... ja ...«, stammelte die Schwester. Sie sah ihn ängstlich an und ging rasch hinaus. Aber sie kam nicht allein zurück. Es war ein blasser junger Mann mit einem winzigen blonden Schnurrbärtchen.

»Was machen Sie denn für Geschichten, Herr Hirsch?«, begann er in jammerndem Tonfall, während die Schwester sich schüchtern hinter ihm versteckte.

Freddie hatte sich wieder in der Gewalt.

»Geben Sie mir meine Kleider«, sagte er kalt. »Oder ich sorge für Ihre Entlassung.«

»Aber ich habe die strengsten Vorschriften vom Herrn Primarius – ich bin doch verantwortlich!«

»Es geht um Millionen!«, brüllte Freddie, nun wieder außer sich. »Können Sie das verantworten?« Er begann aufs Neue zu toben und tobte so lange, bis ihm die Eingeschüchterten seinen Wunsch erfüllten. Dann ließ er ein Taxi holen und fuhr zum Hotel Istanbul.

Die starke Erregung, die wütend durch seine Blutbahnen kreiste, ließ ihn seine Schmerzen gar nicht spüren, als er an dem Portier vorbeirannte. Er war entschlossen, jeden niederzutrampeln, der sich ihm in den Weg stellte. Aber am ersten Treppenabsatz verließ ihn der Atem. Er blieb keuchend stehen und klammerte sich an das Geländer. Der Portier holte ihn ein. »Zu wem wollen Sie denn?«, rief er.

»Zu Maniu!«

»Ach, Sie meinen Monsieur Maine? Aber er ist nicht allein.«

»Allein oder nicht allein, ich werde ihn sprechen und wenn Sie sich auf den Kopf stellen!« Dabei zerrte er eine Geldnote aus der Tasche, die der Portier sofort ergriff und mit einer Verbeugung einsteckte. Mühsam tastete Freddie sich weiter. Er kannte das Zimmer, er war nicht das erste Mal hier. Aber es war schon lange her, dass er Georges besucht hatte. Es war eher umgekehrt gewesen. Georges war es gewesen, der ihm die Tür eingerannt hatte, damals in seinen Anfängen.

Ich werde ihn zerschmettern!, dachte Freddie, als er durch den Korridor hinkte. Ich erwürge ihn! Und wenn seine ganze Bande bei ihm ist. Mit Macht riss er die Tür auf. Im Zimmer saßen Georges und ein blondes Mädchen. Das Mädchen sah ihn verwundert an, aber Georges fasste sich sofort.

»O Freddie!«, sagte er und stand auf. »Du kommst zu mir?« Und er ging auf ihn zu.

Freddie, der noch eben entschlossen gewesen war, ihn an der Gurgel zu packen und ihm seine ganze Wut ins Gesicht zu schreien, war beim Anblick des Mädchens mit einem Mal gelähmt. Wortlos stand er in der offenen Tür. Nun ergriff er Georges' Hand, die sich ihm entgegenstreckte.

»Ich wollte mich für die Blumen bedanken«, sagte er heiser. Mit einer Frau hatte er nicht gerechnet.

Georges schloss sorgfältig die Tür.

»Aber nicht der Rede wert«, sagte er und legte eine Hand auf Freddies Schulter. »Es tut mir wirklich leid für dich. Wirklich, Freddie.«

Freddie schob die fremde Hand von der Schulter und sagte kühl: »Ich habe mit dir zu sprechen.« Dabei sah er fragend auf das Mädchen.

Georges begriff. »Würdest du uns einen Augenblick allein lassen, Ilse?«

Sie schien etwas verwundert, aber sie sagte gar nichts und ging geräuschlos ins Nebenzimmer.

Freddie ließ sich in einen Sessel fallen.

»Du weißt, warum ich komme«, sagte er dumpf.

Georges blieb vor ihm stehen und sah ihn mitleidig an.

»Wir hatten keine Ahnung, dass du mit warst«, sagte er. »Es ist doch sonst nicht deine Gewohnheit, die Transporte zu begleiten.«

»Da ich aber schon mit war, wolltest du mich gleich erledigen!«

»Wenn du schießt! Aber erledigen wollten wir dich wirklich nicht. Im Gegenteil, ich habe dir doch eine Decke bringen lassen, damit du dich nicht verkühlst.«

»So, das warst du?« Während des Gesprächs hatte ihn alle Wut verlassen. Nun, da er alles bestätigt erhielt, konnte er nicht fassen, dass Georges ihm das angetan hatte. »Und das ist der einzige Dank?«, rief er. »Für alles, was ich für dich getan habe? Ich habe dich gemacht!« Diesen Satz rief er in echtem Schmerz aus, aber gleichzeitig zuckte der Nebengedanke in ihm auf: Ich habe dich so gemacht, wie du bist.

Vor einem Jahr war Freddie Hirsch noch der unumschränkte

Herr des schwarzen Zigarettenmarktes gewesen. Er hatte die Verbindung zu Gubarew, der als Einziger einen reibungslosen Transport garantieren konnte. Georges war ein kleiner Wiederverkäufer gewesen. Aber bald hatte Freddie Hirsch seine Geschicklichkeit erkannt und begonnen, in größerem Stil mit ihm zusammenzuarbeiten. Aber Georges war ihm über den Kopf gewachsen. Natürlich hatte er sofort die Schlüsselposition Gubarews erkannt und es mit der Zeit verstanden, sich mit dem Hauptmann besserzustellen als sein früherer Chef. Seit einiger Zeit arbeitete er nun schon in eigener Regie. Er hatte durch Freddie genug verdient. Nun wollte er ihn ausschalten. Aber Freddie hatte das Recht, auszurufen: Ich habe dich gemacht!

»Du wirst sentimental, Freddie«, antwortete Georges. »Im Geschäft gibt es keine persönlichen Rücksichten. Das weißt du doch am besten.«

»Aber es gibt noch eine Moral!«, unterbrach Freddie nervös. »Eine Geschäftsmoral! Man kann doch die Ware nicht stehlen!«

»Du hast veraltete Ansichten, Freddie. Auch veraltete Methoden. Du siehst, dass du damit nicht weiterkommst.«

»Veraltete Methoden!«, rief Freddie bitter. »Meinst du? Ich bin schon zu alt? Aber ich bin noch imstande, dir die schönste Nachkriegsschlacht zu liefern, die du dir wünschen kannst. Wenn du mit Waffen kämpfen willst, bitte!«

Er hatte sich in Wut geredet und mehr ausgeplaudert, als er eigentlich durfte, und blitzte Georges zornig an. Aber Georges nahm seinen Ausbruch gleichmütig auf. Er setzte sich auf den Tisch und erklärte ruhig: »Ich glaube, dass du klug genug bist, einzusehen, dass sich so etwas auf die Dauer nicht auszahlt. Du wirst mit Pistolen nicht auskommen, du wirst mit Maschinenpistolen arbeiten müssen. Es wird Tote geben, und die

Polizei wird dich suchen. Aus dem Versteck kannst du einen solchen Kampf nicht leiten. Und du musst verstehen, dass ich mich dann nicht scheuen würde, dir die Polizei ins Haus zu schicken.«

»Davon hast du nichts!«, lachte Freddie höhnisch, während die Wut in ihm zu kochen begann. »Dich wird die Polizei auch fassen. Verlass dich darauf!«

»Nein. Mich wird jemand decken.«

»Gubarew?«, lachte Freddie still. »Der wird dich seelenruhig fallen lassen, wenn du ihm lästig wirst!«

»Er wird mich nicht fallen lassen, und er weiß warum. Aber sprechen wir doch vernünftig. Wozu das ganze Tamtam?«

»Eine Million Zigaretten nennt er Tamtam!«, rief Freddie schmerzlich bewegt. »Eine Million Zigaretten! Die schenke ich dir nicht!«

Georges lächelte. »Ich will sie nicht geschenkt haben«, sagte er sanft. »Ich gebe sie dir zurück. Aber, schau …«

Er rutschte vom Tisch, kam auf Freddie zu und setzte sich auf die Lehne des Sessels gegenüber.

»Du bist doch nicht ganz gesund. Diese Aufregungen verkürzen dein Leben. Du hast genug verdient, um dich niederlassen zu können, wo du willst, und wie ein Fürst zu leben. Ich beweise dir meinen guten Willen, indem ich dir die Zigaretten zurückgebe. Auch den Wagen. Ich weiß, dass er dir nicht gehört. Du sollst keinen Schaden haben. Aber zieh dich zurück.«

»Was?«, schrie Freddie, und die Wut begann wieder in ihm zu kochen. »Zurückziehen soll ich mich? Vor einem solchen Dilettanten soll ich ausreißen? Da kennst du Freddie Hirsch noch nicht genug!«

»Aber ich will dich gar nicht beleidigen«, sagte Georges versöhnlich. »Ich gebe zu, dass du ein großer Geschäftsmann bist. Du bist sogar ein Draufgänger. Heute Nacht hast du mir meinen besten Burschen angeschossen. Und auf diese Entfernung! Aber du wirst keine Freude mit dem Konkurrenzkampf haben. Du verlierst dein ganzes Geld, wenn du so weitermachst. Ich habe Gubarew hinter mir. Dagegen kommst du nicht auf.«

Freddie war freudig zusammengezuckt, als er erfuhr, dass er heute Nacht nicht umsonst geschossen hatte. Aber unwillkürlich straffte er den Oberkörper, der Schmerz im Rücken zwang ihn wieder in seine gebückte Stellung. Ich muss mich niederlegen, dachte er, und mich gut ausruhen für den Kampf. Aber das nächste Mal erschießen sie mich.

»Du bist ein Mörder«, sagte er zusammenhanglos.

Georges lächelte. »Aber Freddie. Du wirst schon wieder sentimental. Ich wünsche dir persönlich das Beste. Lass uns gute Freunde bleiben. Fahr an die Riviera!«

Der Schmerz, die Müdigkeit und Georges' warme, gleichmäßige Stimme lähmten Freddies Entschlusskraft.

»Ich kann dich wegen Straßenraubes anzeigen«, sagte er mit einem leichten Aufflackern seines Kampfgeistes.

»Aber das wirst du doch nicht tun. Die Zigaretten bringen dir drei Monate, wenn du den teuersten Anwalt von Wien nimmst. Und was ich alles von dir weiß, bringt dir noch neun Monate. Und ein Jahr Gefängnis überlebst du nicht mit deiner Niere.«

»Ich bin haftunfähig.«

»Das wird dich dein Vermögen kosten.«

»Ich weiß etwas von dir, was dich den Kopf kosten wird.«

»Aber das überlebst du auch nicht.«

Freddie zuckte zusammen. Stand er vielleicht auf Gubarews Liste?

»Wo kann ich mir die Zigaretten abholen?«, fragte er müde.

»Du kannst von meinem Magazin ab verkaufen. Du zahlst mir nur die Lagergebühr.«

Freddie runzelte die Stirn. »Und wer zahlt mein Sanatorium?«

»Wir haben auch einen Verwundeten. Das gleicht sich aus.«

»Aber ich habe schon beim letzten Mal neunzigtausend verloren.«

»Dafür kann ich nichts. Wirklich nicht, Freddie.« Georges stand auf. »Du musst von deinem Chauffeur Schadenersatz verlangen.«

Freddie zuckte bitter mit dem Schnurrbart. Er war nun überzeugt, dass Georges auch den Unfall organisiert hatte. Aber das nützte ihm nichts. Die Barbaren hatten ihn geschlagen. Er war jetzt schon so müde, dass er nicht einmal die Hand herunternahm, die Georges ihm auf die Schulter gelegt hatte, als er ihn hinausführte. Langsam stieg Freddie die teppichbelegten Treppen hinunter. Er fühlte jetzt, dass er ein kranker, alter Mann war, den Ärzten, Schwestern und Medikamenten ausgeliefert.

Als Freddie ihn verlassen hatte, ging Georges zufrieden zum Tisch und machte sich einen Kognak-Soda. Dann trat er ans Fenster und zündete sich einen Zigarillo an. Das Fenster war offen und von unten tönte das Sausen der Autos und das Stimmengewirr der abendlichen Passanten. In der Ferne sah er eine Kette von Verkehrsampeln, die einmal grün, einmal orange, einmal rot aufleuchteten. Sie schienen ihm wie glimmende Zigaretten im Dunkel. Meine Zigaretten, dachte Georges. Die ganze Stadt raucht meine Zigaretten. In seiner Hand lag es, zu bestimmen, wann in den Cafés, auf den Bahnhöfen, in den Parks und in den hunderttausend Wohnungen die begehrten amerikanischen Zigaretten geraucht werden durften, und den Preis zu bestimmen, zu dem das kurze Raucherglück erkauft werden musste. Er vergegenwärtigte sich die gekrümmten Rücken der Armen, die er von der schmutzigen Straße die

Stummel seiner Zigaretten hatte auflesen sehen, und nervöse Frauenfinger, die in den Kaffeehäusern gierig nach der Stanniolschachtel tasteten. Er erinnerte sich an die Zeit, die er in Lagern verbracht hatte, an die mageren Gestalten mit von Leidenschaft verzerrten Gesichtern, die ihre karge Brotration für Tabak geboten hatten. Die Leidenschaft war stärker als der Hunger, und er gebot über sie. Er kam sich vor wie der Kapitän eines riesigen Schiffes auf der Kommandobrücke. Jetzt bin ich der Herr von Wien, dachte er.

Ilse hatte gelauscht und festgestellt, dass das Gespräch der beiden Männer aufgehört hatte und trat nun ein; sie kam mit langsam wiegenden Schritten auf Georges zu. Er bemerkte sie nicht.

HERR KASTALIDES ZUM TELEFON!

Petre Margul, Flüchtling, Journalist und Dichter, strolchte verloren über die abendliche Ringstraße. Um diese Stunden verließen Tausende Angestellte, kleine Verkäuferinnen und Stenotypistinnen ihre Büros und Läden, die Straße war voll eilig wehender Sommerkleider, Geschwätz, Gelächter und klappernder Schuhe. Ein Hauch von der kindlichen Freude des Schulschlusses flog über die Gehsteige. Es war das wiedergewonnene Leben nach einem heißen Tag; ein Leben, das Petre Margul nichts anging. Er war hungrig und verzweifelt.

Die letzte Dollarreserve, die er unter Lebensgefahr auf der Flucht aus Rumänien herübergeschmuggelt hatte, war vor drei Tagen zu Ende gegangen. Seither hatte er in der Pension, in der er wohnte, nur mehr gefrühstückt. Aber morgen musste er zahlen. Heute Früh schon hatte ihn das Serviermädchen groß angeschaut, weil er drei Eier bestellt hatte. Trotzdem würde er morgen dasselbe tun, denn die Rechnung war erst zu Mittag fällig.

Er hätte sich an Bekannte wenden können, an Redakteure und Verleger, an die er empfohlen war. Es ging aber nicht gut, sie um Darlehen anzugehen, nachdem er am Anfang groß angegeben hatte. Um sich besseres Entrée zu verschaffen, hatte er leichthin erklärt, er werde in Kürze Wiener Korrespondent einer großen französischen Zeitung werden. Er hatte sich wirklich darum bemüht, aber es war natürlich nichts daraus geworden. Wer kannte schon den kleinen rumänischen Redakteur, und was nützte es ihm, dass er fünf Sprachen beherrschte, zwei davon wie seine eigene? Es war viel leichter, alles zurückzulassen, mit allem zu brechen, als mit der langersehnten Freiheit fertigzuwerden. Es war auch die Freiheit, zu verhungern.

Er blieb vor einem Riesenschaufenster stehen, das seinen Blick unwillkürlich angezogen hatte. Dahinter blähten sich riesige Blumenarrangements mit Gold- und Silberverzierungen. Es war Frühling. Aber diese Blumen in Stilvasen und seidenumrandeten Töpfen hatten etwas seltsam Steifes, Verstaubtes, Totes an sich. Wozu sind sie gut?, dachte er. Für Menschen … Wer wird sie kaufen? Diese kleinen Mädchen, die da vorübergehen, können sie nicht kaufen. Aber sie haben doch alle etwas Geld in der Tasche, sie haben heute zu Mittag gegessen und sie wissen, wohin sie gehören. Sie haben ihre Freunde, sie können nie ganz verloren sein; sie haben ihren festen Platz, ihr Heim, ihre Beziehungen.

Schmerzlich empfand er wieder jenes Gefühl der Fremdheit, das ihn immer befallen hatte, wenn er die Redakteure mit ihren unverbindlichen Redensarten und Händedrücken verlassen hatte. Wozu man ihn brauchen konnte … das waren ein paar Artikel über die Verhältnisse im volksdemokratischen Rumänien gewesen. Eine Zeitschrift druckte sieben seiner Gedichte ab, ein Herausgeber lud ihn zu einer Künstlerparty ein, bei der er niemanden kannte. Er hatte das Gelächter, die Witze und Bonmots eine Weile angehört; dann war er sich unnötig vorgekommen und war gegangen. Ein Verleger pries ihn als einen der besten Lyriker deutscher Zunge und versprach ihm, den Gedichtband, dessen Manuskript Petre im Flüchtlingsrucksack mitgenommen hatte, herauszubringen, sobald er finanziell dazu imstande sein würde. Das war alles. Aber er wollte mehr. Er konnte sich nicht damit zufriedengeben, hier das Dasein eines gerade noch geduldeten lästigen Eindringlings zu führen. In Paris wäre es natürlich leichter gewesen. Er kannte Paris aus der Vorkriegszeit; er hatte dort studiert. Warum hatte er hier nur so lange gewartet, bis ihm das Geld ganz ausgegangen war? Wie sollte er nun Reisegeld auftreiben?

In seinem finsteren Brüten merkte er gar nicht, dass dicht neben ihm am Rande des Gehsteiges ein Auto bremste. Es war ein langes schwarzes Luxusauto amerikanischer Herkunft.

»Hallo, Petre!«

Petre Margul konnte nicht glauben, dass irgendjemand ihn angerufen hatte. Er drehte sich verblüfft um und sah gerade in ein langes Gesicht, das lachte. Der schwarze Schnurrbart tanzte über dem offenen Mund. Es war Georgi Maniu, der alte Kamerad aus verbummelten Tagen und Nächten in Bukarest und Paris. Er hatte den Schlag seines Wagens aufgestoßen und lehnte sich weit heraus. Petre lief freudig auf ihn zu.

»Georgi!«, rief er. »Wie kommst du hierher?«

Sie gaben einander herzhaft die Hände.

»Steig ein!«, sagte Georges. »Hast du Zeit? Komm ein Stück mit. Du musst mir erzählen! Was treibst du hier?«

Unwillkürlich war Petre eingestiegen und ließ sich nun neben dem Freund nieder.

»Was also?«, fragte Georges. »Reportage? Delegation?«

Petre hatte eine seiner gangbaren Lügen auf der Zunge.

»Du musst mir viel erzählen«, drängte Georges. »Ich hoffe, du hast etwas Zeit?«

»Massenhaft.«

»Wieso? Wann musst du zurück?«

»Überhaupt nicht.«

Georges machte ein erstauntes Gesicht, aber er verlor nicht die Fassung. Dann trat er auf den Gashebel.

»Komisch«, sagte er. »Ich dachte, du wärest mindestens Chefredakteur von deinem Käseblatt. Wenn ich an dich gedacht habe, habe ich dich immer als ein großes Tier mit Titeln und Orden vor mir gesehen. Beinahe hätte ich mich einmal auf dich berufen.«

»Da wärst du schön in die Sauce gekommen.«

»Ist das so ernst mit dir?«

»Todernst.«

»Warum denn, zum Kuckuck? Du bist doch ein verdienter Kämpfer! Hat dir etwas gefehlt unten?«

»Kaum. Außer der Freiheit nichts.«

»Schön. Ich will dir nichts dreinreden. Es ist ja deine Sache. Aber sehr klug hast du, glaube ich, nicht gehandelt. Wo hast du eigentlich deine Mutter gelassen?«

»Tot«, sagte Petre. »Schon bei den Nazis.«

»Oh, das tut mir leid! Eine prachtvolle Frau war deine Mutter. Aber was wirst du jetzt machen?«

»Nichts mehr, wenn du mich, wie ich sehe, in die russische Zone bringst.«

»Wieso?«

»Ich bin ein entflohener Sowjetbürger. Das weißt du doch.«

»Ach, richtig, ihr wart ja aus Bessarabien. Aber du brauchst hier keine Angst zu haben. Wenn du bei mir bist, passiert dir nichts.«

»Stehst du so gut mit den Russen?«

»Ganz gut. Wir machen Geschäfte.«

Petre klopfte gegen das Schaltbrett und senkte anerkennend die Mundwinkel. »Das müssen große Geschäfte sein. Du hast es weit gebracht.«

»Ja, wie man so sagt.«

»Und du? Schreibst du noch immer?«

»Ein bisschen.« Petre verspürte den Wunsch, die Zeitschrift mit seinen sieben Gedichten aus der Rocktasche zu ziehen, in der er sie immer trug. Aber er bedachte, dass dies vielleicht nicht ganz am Platze sei.

»Verdienst nicht viel, was?«

»Nichts«, sagte Petre.

»Eine Schande«, murmelte Georges. »Ein so gescheiter Bursche. Wovon lebst du denn?«

»Ich weiß nicht. Ich möchte nach Paris.«

»Ah, Paris!« Georges schnalzte mit der Zunge. »Übrigens mein Geburtsort.«

»Seit wann?«, fragte Petre erstaunt.

»Seit sechs Monaten. Ich heiße Georges Maine.«

In diesem Augenblick hielten sie vor einem groß aufgemachten Kaffeehaus. Georges zog den Startschlüssel ab und steckte ihn ein. Petre fühlte, dass er noch schnell etwas sagen müsse, weil er fühlte, dass die Begegnung nun ergebnislos zu Ende gehen würde.

»Du könntest mich eigentlich mitnehmen, wenn du das nächste Mal nach Paris fährst. Das wäre eine gute Tat von dir.« Er dachte daran, wie oft er oder seine Mutter Georges aus der Verlegenheit geholfen hatten.

»Ich fahre nicht nach Paris«, sagte Georges im Aussteigen. »Aber komm mit. Vielleicht finde ich hier etwas. Immer eine Menge Bekannte hier.«

Petre ging mit, ohne zu bedenken, dass er hier im Herzen der russischen Zone Wiens war.

Das Café war ziemlich voll. Wie die meisten Wiener Cafés hatte es Plüschfauteuils und Plüschbänke. Aber hier saßen keine alten Damen und Pensionisten bei einem Mokka in Illustrierte vertieft, hier wurde keine Zeitung gelesen. Wenn einer sie zur Hand nahm, so blätterte er sie nur hastig durch und warf sie gleich wieder weg. Überall saßen Gruppen nervös debattierender Männer. Die Kellner liefen durch die Tischreihen und riefen Namen aus. »Herr Kastalides zum Telefon!«, hörte Petre. Er sah, wie fahrige Hände unter dem Tisch Geldpakete und Zettel tauschten. Die Gruppen an den Tischen wechselten fortwährend. Immer wieder sprang einer der Gäste auf und lief zu einem anderen Tisch. Als sie eingetreten waren, hatte Petre die Blicke aller Gäste auf sich gerichtet gefühlt. Es war eine Sekunde totenstill. Dann setzte das Geschnatter wieder ein.

Ein kleiner dicker Mann sprang auf und winkte Georges heftig zu. Der kleine Dicke war nicht allein. An seinem Tisch saßen noch zwei Männer, bei denen Petre der Widerspruch zwischen ihrer supereleganten Kleidung und ihren ordinären Gesichtern auffiel. Der Kleine wollte auf sie zukommen, aber Georges machte ihm eine abwehrende Geste und rief ihm im Vorbeigehen zu: »Zwei Minuten, Boris!«

Der Kleine nickte und setzte sich zurück. Georges legte Petre eine Hand auf den Rücken und leitete ihn zu einem Tisch, der etwas geschützt in einer Nische stand.

»Was trinkst du? Kognak?«

»Kognak«, sagte Petre.

»Sie bekommen die ganze Lieferung!«, sagte eine scharfe Stimme in der Nähe. »Aber ich kriege noch fünf Prozent!«

Petre bemerkte die große Dame im violetten Kostüm. Sie hatte einen Hut auf und daran ein Netz, das ihr bis zur Nasenspitze reichte. Ihre dunklen Augen sahen starr herüber. Dann nickte sie Georges langsam und unauffällig zu. Der Kellner brachte den Kognak.

»Auf unser Wiedersehen!«

»Herr Kastalides zum Telefon!«, schrie der Kellner durchdringend.

»Ist dir fürs Erste mit tausend gedient?«, fragte Georges leise. Er zog seine Brieftasche, entnahm ihr eine der sauber geordneten Noten und reichte sie Petre unter dem Tisch. Petre wusste nicht recht, was er sagen sollte.

»Kastalides! Kastalides!«

»Ich danke dir. Damit komme ich leicht bis Paris. Aber du musst mir deine Adresse lassen.«

»Warte. Das hat noch Zeit. Du wirst mir doch nicht schon wieder davonlaufen. Ich habe jetzt nicht viel Zeit, aber heute Abend musst du zu mir kommen. Hotel Istanbul. Wir müssen uns unterhalten.«

Hoffentlich will er mich nicht in seine Affären verwickeln, dachte Petre besorgt. Er hatte gerade eine Affäre hinter sich gebracht, die ihm hinlänglich Kopfschmerzen verursacht hatte. Er hatte für einige Zeit genug von allen Affären. Er wusste, dass Georges in seinem Element war. Schon in früheren Jahren hatte er sich im Zwischenreich des Halblegalen getummelt. Im Gymnasium hatte er einen Spielklub gegründet, und in Paris hatte er sehr enge Beziehungen zu allerhand dunklen Elementen unterhalten. Aber Georges hatte anscheinend nicht die Absicht, ihn in seine Geschäfte einzuführen. Er deutete mit dem Kinn auf einen untersetzten blonden Mann von etwa dreißig, der gerade das Lokal betrat.

»Schau, ein Kollege von dir«, sagte er und hob die Hand, um den Gruß des Blonden zu erwidern.

Der Blonde kam eifrig auf sie zu und zeigte seine breiten Zähne. Er trug einen Sportanzug und sah unternehmend aus.

»Fünf Prozent ist hochanständig!«, schnappte die scharfe Stimme.

»Das ist Herr Binder«, murmelte Georges. »Der beste Sensationsmacher von Wien. Er kennt die ganze Welt. Er hat mit allen gesoffen und ist mit allen per Du.«

»Servus, Georges«, sagte der Blonde und streckte seine Hand aus, als wollte er ein Geschenk überreichen.

»Man hat dich schon am Telefon verlangt«, sagte Georges.

»Ach, die rufen schon wieder an.« Binder setzte sich.

»Hast du einen Moment Zeit?«

»Später. Ich muss nur schnell etwas erledigen. Unterhaltet euch inzwischen. Das ist übrigens mein alter Freund Margul. War einmal Chefredakteur des größten Abendblattes von Bukarest. Mach dir etwas aus mit ihm, Petre. Er kennt die ganze Branche.« Damit stand Georges auf und ging mit großen Schritten davon.

»Paul Binder!«, verkündete der Blonde und streckte noch einmal seine Hand aus. Sie war feucht und schwammig.

»Herr Kastalides!«, schrie der Kellner. »Herr Kastalides! Telefon!«

»Entschuldigen Sie, mein Lieber«, sagte Herr Binder. »Ich muss schnell telefonieren. Ich komme aber gleich wieder.« Er entlief mit schweren Schritten.

Petre lächelte zuvorkommend und ließ sich dann wieder zurückfallen. Heißt er jetzt Binder oder Kastalides?, wunderte er sich.

Die drei Herren blickten Georges erwartungsvoll entgegen. Er setzte sich.

»Hör zu, Leo«, sagte er zu dem Vollmondgesicht neben Kostoff. »Du könntest ins Magazin gehen und nachschauen, ob Freddies Leute schon weg sind.«

»Was die überhaupt da zu suchen haben!«, knurrte das Vollmondgesicht im Aufstehen. »Erst schießt er uns der Reihe nach ab, und dann schenkst du ihm die Zigaretten.«

»Dafür sind wir ihn für immer los«, sagte Georges begütigend.

»Wenn du mir eine Viertelmillion schenkst, dann – das ist doch glatt geschenkt!«, rief er dem jungen Beau zu, der sich mit lächelndem Schweigen alles anhörte – »dann kannst du mich auch los sein!«

»Reg dich nicht auf, Leo. Wir fahren bald, und ganz groß.«

Das Vollmondgesicht entfernte sich, noch immer murmelnd.

Kostoff hob vorsichtig eine Kognakflasche vom Boden auf und füllte sein Glas.

»Für Herrn Leopold Wiesinger werden wir eine Luftbrücke organisieren!«, grinste er. »Dem geht's doch immer zu langsam.«

Der lächelnde Beau schwieg noch immer.

»Hast du Kammgarn auf Lager?«, fragte ihn Georges.

»Warum nicht?«

»Da hast du einen Kunden«, Georges deutete mit dem Kopf auf Petre. »Freund von mir. Gib ihm das Beste. Nicht en gros, nur für einen Anzug. Geht auf meine Rechnung.«

»Ich verkaufe aber nur gegen bar«, sagte der Beau und lächelte verschmitzt, als er sich entfernte.

Georges beugte sich ganz nahe zu Kostoff und sah ihm prüfend ins Gesicht.

»Wir müssen den Mann liefern«, sagte er leise.

Kostoff blinzelte.

»Ich weiß.«

»Gubarew will ihn morgen.«

»Wird organisiert. Die zwei Amis, die mir Geld schuldig sind.«

Georges fuhr zurück. »Das ist zu gefährlich!«

»Die brauchen immer wieder Geld«, sagte Kostoff gemütlich. »Die machen es. Tausend haben sie schon. Fünf geben wir ihnen noch. Und da kommt niemand drauf.«

»Meinst du? Du musst sie ja kennen!«

»Die zwei Vögel kenne ich. Die präpariere ich mir schon.«

»Schau nur, dass nicht sie dich ausstopfen«, sagte Georges melancholisch. Mich kennen sie ja nicht, dachte er. Aber … »Es wäre schade um dich.«

»Herr Meier!«, schrie der Kellner. »Telefon!«

»Das bin ich«, sagte Kostoff und stand auf. »Die zwei brauchen schon wieder Geld!«

INTERNATIONALE ZONE

Petre Margul stand etwas benommen an dem langen Tisch des Portiers und starrte andächtig auf die Karte des Orients unter der Glasplatte. Es war eine altmodische Karte mit schwer lesbarer Schnörkelschrift, am Rand verziert mit allegorischen Figuren. So groß ist Österreich?, wunderte er sich, und erst dann fiel ihm ein, dass die Grenzen, die auf dieser Karte verzeichnet waren, schon lange nicht mehr stimmten. Nur die Berge waren gleich geblieben, und der Lauf der Flüsse hatte sich nicht verändert. Dort lag Bukarest. Es lag noch immer in der Nähe des Schwarzen Meeres, und gleich daneben lag Odessa. Nach Wien war es ein Katzensprung. Das habe ich gar nicht bemerkt, dachte Petre. Aber schließlich war er jetzt in Wien und der ganze mühselige Weg schien ihm unwirklich.

»Herr Margul?«, fragte eine Stimme diskret.

Petre hob den Blick und sah den Portier vor sich. Er hatte ihn gar nicht eintreten gehört.

»Ja.«

»Bitte Zimmer elf, Mezzanin. Monsieur Maine erwartet Sie.«

»Ach so, ja. Danke.«

Er blieb einen Augenblick an der Tür stehen, um sich zu sammeln. Drinnen hörte er Stimmen. Er klopfte an und trat ein.

»Setz dich!«, rief Georges und wandte sich gleich wieder seinem Gesprächspartner zu. Es war ein kleiner, früh gealterter Herr mit schütterem schwarzen Haar, das sorgfältig über die Glatze gekämmt war. Er war korpulent und begleitete seine Worte mit lebhaften Bewegungen.

»Mit so einem Mann verhandle ich überhaupt nicht. Das ist ein Gangster. Dass den die Polizei nicht schon auf sein Vollmondgesicht hin verhaftet hat, ist überhaupt ein Wunder.«

»Aber reg dich doch nicht auf, Freddie.«

»Und wie der sich benommen hat! So jemandem gibt man sein Geld nicht in die Hand. Der verkauft seine eigene Mutter.«

Georges lachte.

»Lass doch den Wiesinger ganz aus dem Spiel. Du hast das Geld mir gegeben und die Sache ist in Ordnung.«

»Ja, die Sache ist in Ordnung«, sagte der Kleine bitter. Dann sah er sich ratlos um, als suche er etwas.

Petre stand noch immer an der Tür. Jetzt trat er auf den kleinen Mann zu, streckte seine Hand aus, die der Kleine verblüfft ergriff, verbeugte sich und sagte: »Margul. Petre Margul.« Es war ihm unangenehm, dass Georges ihn nicht vorgestellt hatte.

»Hirsch«, sagte der kleine Mann. »Na so was!«, wandte er sich Georges zu. »Wie kommst du zu so einem Gentleman?«

»Das ist ein Jugendfreund«, sagte Georges. »Und er ist wirklich ein Gentleman. Ein Schriftsteller. Die Backfische von Bukarest tragen heute noch sein Bild spazieren. Seine Autogramme waren leicht zu bekommen.«

»Ein guter Beruf«, sagte Herr Hirsch und nickte anerkennend. »Man soll sehr gut dabei verdienen. Graham Greene. Kennen Sie Graham Greene?« Er wartete Petres Antwort nicht ab und sprach weiter zu Georges: »Wenn ich schreiben könnte … meine Memoiren – du lieber Gott!« Er seufzte resigniert.

Georges schlug ihm kräftig auf die Schulter.

»Fahr nach Biarritz, Freddie, und schreib deine Memoiren!«

Der kleine Herr verabschiedete sich mit einem melancholischen Lächeln.

»Einer der größten Gangster von Wien«, sagte Georges, als er von der Tür zurückkam. »Mit mir hat er leider Pech gehabt. Setz dich! Schenk dir ein!«

»Komische Bekannte hast du«, sagte Petre, als er den Kognak gekippt hatte. »Heißt er wirklich Hirsch oder ist das nur ein Pseudonym?«

»Der heißt Hirsch«, sagte Georges. »Warum?«

»Der Journalist im Café heißt einmal Binder und einmal Kastalides. Ist das überhaupt ein Journalist?«

»Trink!«, sagte er. »Sicher ist das ein Journalist. Zumindest offiziell. Der hat auch andere Namen. Ich sage dir ja, der kennt ganz Wien.«

»Und was ist er inoffiziell?«

»Ich weiß es nicht genau. Ein Erpresser oder ein Spion, oder beides. Wie es das Geschäft so mit sich bringt.«

Petre erschrak.

»Mit dem bringst du mich zusammen? Der kann mich doch den Russen ausliefern!«

»Ah!«, rief Georges. »Der hat mehr Angst als Vaterlandsliebe. Wozu lässt er sich am Telefon Kastalides nennen? – Weil das Telefon von den Russen abgehört wird. Ich weiß nicht, für wen er arbeitet, aber für die Russen bestimmt nicht.«

»Ausgefragt hat er mich wie ein Untersuchungsrichter. Ich hab ihm natürlich nicht alles auf die Nase gebunden. Was hast du eigentlich mit ihm zu tun?«

Georges schenkte sich wieder ein.

»Ach Gott, man tauscht manchmal Informationen aus. Für mich ist er harmlos.«

Petre begann sich wohlzufühlen. Er hatte fast nichts gegessen, und der Alkohol bemächtigte sich seiner rasch.

»Und die Dame mit dem Schleier!«, rief er aus. »Auch eine komische Nummer. Sie ist mit ihm an unseren Tisch gekommen und hat die ganze Zeit von ihrem Freund erzählt, der Kokain schnupft.«

»Ein verrücktes Huhn«, sagte Georges. »Verkrachte Schauspielerin. Die halten es alle nicht aus.«

»Was?«

»Das große Spiel.« Georges wurde lebhaft. Mit einer schwungvollen Geste goss er die Gläser wieder halb voll und spritzte dann Soda nach. Dabei beobachtete er das Glas, und sein Gesichtsausdruck wurde mit einem Male pfiffig. »Da gebe ich dir Material. Darüber kannst du schreiben. Das bringt dir Geld.«

»Das Schreiben bringt nicht so viel Geld«, unterbrach Petre. Er kam ziemlich rasch in das melancholische Stadium.

»Ja, natürlich! Du brauchst Geld.« Georges zog einen Tausendschillingschein aus der Brusttasche und streckte ihn Petre hin. »Hat er dir einen Anzug gegeben?«

»Morgen bringt er mir den Stoff. Ich danke dir.«

»Ach, sei nicht sentimental. Trink lieber. Du trinkst überhaupt nichts. Prost. Auf deine Zukunft.«

»Auf deine Zukunft!«, sagte Petre. »Aber ich weiß eigentlich nicht, was du machst.«

Georges nippte an seinem Glas. »Zigaretten«, sagte er lakonisch.

»Wieso kommst du dabei mit den Russen zusammen?«, fragte Petre verständnislos. »Das sind doch amerikanische Zigaretten.«

Georges lehnte sich mit einem Lächeln zurück, indem er sein Glas fürsorglich mitnahm, und legte behaglich die Beine auf den Tisch.

»Ja. Das ist die Geschichte, die ich dir erzählen wollte. Du bist ein intelligenter Bursche, du wirst sicher sofort begreifen. Alle Zigaretten dieser Art, die es in Europa gibt, kommen aus Tanger. Freihafen. Internationale Zone. Dort verkaufen die Amerikaner en gros. Zehn Cent das Paket. Für jeden, der es kauft. Und jetzt pass auf. Einer der größten Einkäufer ist die Kommunistische Partei Ungarns.«

Petre stutzte.

»Ich habe immer geglaubt, die amerikanischen Soldaten verkaufen hier die Zigaretten.«

»Ja. Aber das sind nur kleine Mengen. Die spielen überhaupt keine Rolle. Die große Masse kommt aus Budapest. Und wie kommt sie nach Budapest? Das ist ganz einfach. In Nordafrika werden die Zigaretten in Blechkisten verpackt und gehen per Schiff nach Italien. Aber diese Schiffe ankern nicht in den großen Häfen, sondern irgendwo an der Küste. Dort werden die Blechkisten ins Meer geworfen. An bestimmten Stellen, wo es seicht ist. In der Nacht holen sie die Fischer an Land.«

»Das hört sich an wie ein Märchen«, sagte Petre. Er glaubte kurz, dass der leicht beschwipste Freund ihn frotzeln wollte.

»Es ist aber wahr. Du kannst Geld verdienen, wenn du darüber schreibst. Das ist der Weg der Zigarette. So werden Millionen verdient.«

»Für die KP Ungarns«, sagte Petre finster.

»Nicht nur, lieber Freund. An diesen Zigaretten verdient die ganze Welt. Ein internationales Geschäft. Zuerst die Amerikaner. Dann die Italiener. Dann die Ungarn, ganz richtig. Und dann ich. Und natürlich auch die österreichische Eisenbahn. Denn von Italien gehen die Zigaretten in plombierten Waggons als Transitgut durch Österreich an die Budapester Deckadressen. Zu Anfang hat man versucht, die Sache kurz zu machen. Man hat die Waggons gleich hier in Wien aufgebrochen und die Ware an Ort und Stelle verteilt. Aber die Polizei ist dazwischengekommen. Seither gehen die Zigaretten ordnungsgemäß nach Ungarn. Aber nicht bis Budapest. Gleich hinter der Grenze werden sie ausgeladen.«

»Und wie kommen sie wieder zurück?«

Georges lachte. »Wie kommt Kuhdreck aufs Dach?«, fragte er spöttisch. »Man hat seine Freunde.«

»Die Russen.«

»Sicher. Es ist doch ihr Geschäft. Sie bringen sie selbst herüber, mit ihren eigenen Autos und ihrem eigenen Personal. Niemand hat das Recht, sie zu kontrollieren. Auf der Straße zwischen Baden und Wiener Neudorf wird die Ware dann von unseren Leuten übernommen. Wir kennen die russischen Fahrer gar nicht. Das Geschäft ist schon in Wien perfekt gemacht worden. Wir erkennen einander durch Lichtsignale und durch die auseinandergerissenen Hälften einer Zeitung. Raffiniert, was?« Er lachte wieder und trank Petre zu.

»Aber wenn ich jetzt darüber schreibe«, sagte Petre schwerfällig, »könnte ich dir das Geschäft verderben.«

»Wieso?«

»Weil es dann alle wissen.«

»Wer es wissen will, weiß es schon längst. Die Polizei überhaupt. Aber was soll sie tun? Es sind ihnen doch die Hände gebunden. So gebunden.« Er kreuzte die Hände und schüttelte sie gegen Petre. »Nichts zu machen. Sie können hie und da einen Wagen beschlagnahmen, aber zugrunde richten können sie uns nicht. Prost.«

Petre sprach und wunderte sich, wie schwer seine Zunge war: »Kansas City, Tanger, Genua, Budapest und Wien. Ost und West. Eine Ballade. Alle verdienen.«

»Da liegt der Hund begraben«, schnaufte Georges. »Du bist doch so ein halber Marxist. Du musst das verstehen. Ökonomie. Ökonomie, das ist das Ausschlaggebende. Politik, das ist der Überbau. Opium für das Volk. Es kommt nur auf die Millionen an. Auch für die Herren Kommunisten. Darum ist es in Österreich so ruhig. Weil alle verdienen. Sie verdienen in aller Ruhe. Wie lange bist du denn schon in Wien?«

»Drei Wochen«, sagte Petre Margul. Fünfzig Dollar in drei Wochen!, dachte er schmerzlich. Damit wäre ich selbst in Amerika ausgekommen! Plötzlich merkte er, dass er den Tausendschillingschein noch in der Hand hielt. Er sah auf das grüne Papier und wunderte sich. Tausend Schilling … dreißig Dollar. Und dreißig heute Nachmittag. Dreißig dreckige Dollar sind tausend Schilling. Ein Leben für dreißig Dollar.

»Wie lang bist du schon in Wien? Drei Wochen. Was ist das? Kennst du Wien? 1945 bin ich hergekommen. Als Flüchtling. Wie ein Idiot. Wie ein Idiot habe ich zugeschaut. Man muss zuschauen, wie die anderen das Spiel machen, das große Spiel um die Millionen. Wien ist ein offenes Tor. Das letzte offene Tor zwischen Ost und West. Weißt du, warum es hier so ruhig ist? Weil sie hier verdienen. Zigaretten … das ist nur ein winziger Bruchteil. Öl, Eisen, Stahl, Textilien. Alles, was dein Herz begehrt. Schnaps, Medikamente. Devisen machen sie hier, für ihre Panzer und für ihre Kanonen.«

Petre sah erschrocken auf die fast leere Flasche, die Georges bei seinen letzten Worten umklammert hatte. Der plumpe Hals ragte aus seiner Faust wie ein Kanonenrohr. »Eigentlich verdienen sie mit Blut«, sagte Petre plötzlich ernüchtert.

Georges hörte nicht auf ihn. »Hier wird verdient«, sagte er satt. »Und in Zürich und Basel und Genf liegen die Ergebnisse dieser Abenteuer schön geschlichtet. Ob goldene Uhren für Ungarn – für die, die flüchten wollen; ob Zigaretten für den kleinen Wiener, der gern den Amerikaner spielen möchte; ob unser Geld, ob ihr Geld, das kannst du nicht erkennen. Auch die Frau Anna Pauker hat ein paar Hunderttausend Franken draußen liegen, vielleicht auch andere, für alle Fälle. Mir ist das egal. Ich habe mein Geld auch draußen. Dem Bankdirektor ist es ebenso egal. Der wahrt unser Geheimnis, wenn nicht irgendein verfluchter Spion ihm draufkommt. Die Schweiz, das ist das Bankhaus, die Krone der Gerechtigkeit, Bankgeheimnis, mein Lieber! Und der Bankdirektor verdient die Prozente von allen Weltkriegen. Sie ist der Hort aller Schieber, aller Schmuggler und Agenten, das Dorado aller Illegalen. Das Geld liegt sicher am Züricher See. Verdient wird hier. Das kostet manchmal Blut, du hast recht. Aber es rentiert sich.«

Er atmete tief und machte einen großen Schluck.

»Weißt du, warum es hier so ruhig ist? Hier verdienen sie, die roten Glücksritter. Hunderte von Deckfirmen haben sie hier. Herr Meier oder Herr Navratil sind die Inhaber. Christliche, bürgerliche Kaufleute. Verteidiger der westlichen Kultur. Zeitungen … Radio … alles Dreck. In Wirklichkeit sind sie nur Strohmänner der USIA, der russischen Handelsgesellschaft. Wenn du dir eine Krawatte kaufst oder eine Zahnbürste, einen Hosenträger, eine Zigarette oder eine Flasche Schnaps, haben sie schon wieder eine Patrone. Ein Dutzend Patronen. Eine Division. Du zahlst für die Patronen, mit denen sie dich erschießen. Und auch der Westen zahlt. Das ist das Material, das ich dir geben wollte.«

Die Blutbank!, dachte Petre. Er sah sie in langen Reihen vor sich, die Blutampullen, geordnet wie in einem Banksafe.

»Und du verdienst auch dabei«, sagte er stiernackig.

»Ja«, lächelte Georges. »Warum sollen alle verdienen, nur ich nicht? Schau, ich werde dir etwas erklären …«

Aber er kam nicht dazu, seine Erklärung vom Stapel zu lassen, denn in diesem Augenblick ging die Tür auf und ein blondes Mädchen trat ein. Sie ging gerade und nüchtern, sie strömte Frische aus, und Petre Margul merkte es sofort. Sie schien etwas befangen, wahrscheinlich durch seine Gegenwart. Aus der Art, wie Georges sie begrüßte, erkannte er, dass sie noch nicht lange seine Freundin war. Bei denen ist noch alles neu, dachte er. Das Mädchen gefiel ihm. Sie war hell und schlank und biegsam. Er betrachtete anerkennend ihre fein geformte Nase und den weichen, aber scharf geschnittenen Mund.

»Glotz mein Mädchen nicht so an«, murmelte Georges. »Ich habe schon für dich gesorgt. Eine Landsmännin. Du wirst dich wohlfühlen. Wie für einen Bruder sorge ich für ihn«, wandte er sich an das Mädchen. Sie lachte gezwungen. »Mein bester Jugendfreund. Er ist mein Gast. Es darf ihm an nichts fehlen.«

Damit glaubte er, seine Pflicht gegen Petre erfüllt zu haben, denn er setzte im Vorbeigehen den Plattenspieler in Gang und begann mit dem Mädchen zu tanzen. Sie tanzten gut.

Petre wandte sich dem Kognak zu. Er fühlte sich schon jetzt wohl. Der Abend versprach gut zu werden. Langsam ließ er sich Georges' Geschichte, die ihn tief beeindruckt hatte, durch den Kopf gehen. Er sah das Schaufenster einer Buchhandlung vor sich, bestückt mit hundert Exemplaren eines bunten Romans, und der Roman war von ihm. Er hieß *Zigarettenballade*. Er begann auf einer Tabakpflanzung in Virginia. Petre sah die breiten Rücken der Schwarzen, die in der heißen Sonne glänzten, irgendeine Mordgeschichte, Eifersucht, Lynch, das Blut klebte von Anfang an an dem Tabak. Dann die Fabrikhalle, das Fließband, Mädchenhände, Milliarden Zigaretten, Tausende Schicksale, den Hafen, Schiffsschlote und das hundertfältige Heulen der Sirenen und Nebelhörner, Kräne, Matrosengespräche – dann Tanger, internationale Zone. Gelbe, schwarze, braune Gesichter. Parade der Nationen. Und überall Geld, Geld, Geld. Eine neue Goldgräberstadt, die wie ein riesiger Pilz aus dem schwankenden Boden von Gier und Leidenschaften emporschoss. Die schmuggelnden Fischer, nachts, wie sie mit ihren Booten über die Untiefen strichen und die Blechkisten mit dem goldenen Inhalt mit ihren Netzen auffischten, die Bahn, die die unbekannte Last durch das Land trug, versiegelt und verbrieft, an unbekannte Empfänger.

Es waren wirklich Unbekannte, anonyme Beamte, mit mechanisierten Hirnen, wie die drüben in den Wolkenkratzerburgen. Man kannte sie nicht. Sie hielten die Enden des Drahtes in den Händen, die drüben und die hier. Und an diesem Draht rollte das Schicksal ab, das in Wien enden sollte, wieder in einer internationalen Zone, in der jeder verdiente – nur die Dichter nicht. Petre Margul wurde plötzlich traurig. Wo soll ich das schreiben?, dachte er. Von welchem Geld soll ich inzwischen leben? Georges hatte gerade eine gute Stunde. Aber er wird mich nicht in alle Ewigkeit protegieren – für nichts und wieder nichts. Voll Neid betrachtete er das Paar, das fast ohne sich von der Stelle zu bewegen, mit ganz kleinen Schritten einen Slowfox tanzte. Sie sahen aus wie ein Leib, so eng hielten sie einander umschlungen. Auch sie wussten, wohin sie gehörten. Und wohin gehörte er? Er begann wieder zu trinken, um zu vergessen, dass er keine Heimat, kein Ziel und kein Heim hatte und dass sein Buch ungeschrieben bleiben würde.

Als Kyra kam, war er schon sehr betrunken. In ihren großen schwarzen Augen entdeckte er den Widerschein der verlorenen Heimat. Er begann seine ganze Verzweiflung vor ihr auszubreiten, seine Trostlosigkeit und seine fahlen Träume. Und sie tröstete ihn.

GUTEN ABEND, GENOSSE PAWLENKO

»Wird er uns gleich Geld geben?«, fragte Ben unlustig und starrte in sein Bier.

»Klar!«, brummte Nick. »Mach dir keine Gedanken über das Geld. Cash and carry. Ohne Geld kriegt er den Kerl nicht.«

»Aber was machen wir dann mit ihm?«

»Wir bringen ihn zurück. Er wird froh sein, dass er wieder nach Hause kommt.«

»Aber sie haben uns in der Hand. Haben wir nicht für die tausend unterschrieben?«

»Das ist das Wenigste«, brummte Nick geringschätzig. »Sie werden sich nicht trauen, uns irgendwo anzuklagen. Sie haben genug Butter auf dem Kopf.«

»Aber der Mann! Der wird uns kennen, wenn wir ihn einmal abgeholt haben. Er kann uns anzeigen!«

»Red nicht so blöd!« Nick schlug auf den Tisch. Dann sah er kurz hin und her und sprach leise weiter: »Sie werden zahlen, darauf kannst du dich verlassen. Sie brauchen ihn.«

»Das ist es eben.« Ben unterbrach sich und starrte kopfschüttelnd in sein Glas. Der Schaum war ganz zergangen und schwamm trüb auf der Oberfläche des Biers, das schon warm geworden war. »Vielleicht werden sie ihn umbringen.«

»Was jammerst du da wie eine alte Hure?«, zischte Nick. Die Narbe über seinem Auge gab seiner Miene etwas Bedrohliches. »Was geht dich das an, ob sie den Iwan umbringen oder nicht?«

Ben trank schweigend den Bierrest aus. Er war schal und

bitter. Die belebende Wirkung des Whiskys, den sie vorher getrunken hatten, ließ schon nach. Ben war auf einmal kalt und jämmerlich zumute. Es war schon dunkel.

»Was hat der nur angestellt, dass sie so scharf auf ihn sind?«, dachte er laut.

»Willst du dein Geld haben oder nicht?«, fragte Nick böse.

Ben schluckte. »Ja, ich will es haben.«

»Dann halt die Schnauze.«

»Wir brauchen es ja!«, fuhr Ben fort. »Das weiß ich genauso gut wie du! Aber …« Er sprach nicht weiter. Nick hatte leicht reden. Wie viel hatte er schon hinter sich mit seinen zweiundzwanzig Jahren!

Das ist schon ein Typ!, dachte Ben. In Italien hatte er mit allem gehandelt, was es gab, und in Deutschland. Jetzt gibt es nichts mehr zu verschachern. Die haben hier schon alles, was sie brauchen. Noch billiger als wir. Was soll man machen, damit man wieder zu Geld kommt?

Für Nick ist das ganz einfach. Der nimmt alles. Was hat er zu Hause alles gemacht! Tausende Jobs, und überall ist er bald hinausgeflogen. Ein Tunichtgut. Aber ich? Ich bin doch ein solider Mensch.

Er dachte an die Farm in Oregon, auf der er jahrelang als Schweißer beschäftigt gewesen war, an die sauberen Maschinen und Geräte, die nur er richtig behandeln konnte und die sein ganzer Stolz gewesen waren. Und er dachte an Mary, mit der er seit sieben Jahren ging. Sie waren fast Kinder gewesen, als sie einander kennengelernt hatten. Sie wartet auf mich, fiel ihm ein. Erst gestern hatte er einen rührenden Brief von ihr bekommen. Ihr könnte ich das nicht erzählen! Und vieles andere nicht. Ich Schwein. Die Weiber. Die Weiber haben mich so weit gebracht. Was soll man machen, wenn sie einem zugelaufen kommen? Mit Briefen kann man nicht schlafen.

Verdammt. Man braucht es doch. Man hat sie auch so leicht bekommen, zu Anfang. Ein paar Zigaretten, Schokolade, wenn es hochkam ein Paar Strümpfe und eine Flasche Whisky, die man zusammen trank. Verdammt noch einmal, jetzt ist alles anders. Eine wirklich gute Frau ist teuer. Cash and carry. Alles ist Geschäft. Liebe? Liebe gibt es nur in Oregon, wenn man sich schon lange kennt, am Sonntag, nach der Kirche. Verdammt.

Und wie soll man ohne Whisky auskommen in diesem verfluchten Land, wenn man am liebsten schon zu Hause sein möchte und seine Arbeit ordentlich machen und mit seinem eigenen Mädel gehn möchte? Ja, Nick. So einer hat's leicht. Der hat ein Mädel noch nie länger als zwei Wochen gehabt. Für den ist alles nur Spaß. Aber es ist kein Spaß, verdammt noch einmal, einen Menschen umbringen zu helfen. Im Krieg war das ganz anders. Die wollten uns ja selbst umbringen. Ich mache da nicht mit.

»Was stierst du so blöd drein?«, fragte Nicks grobe Stimme. »Nimm dich zusammen, der Kerl mit dem Wagen wird gleich da sein.«

Ben sah auf. »Ich habe eine Idee«, sagte er. »Wir bringen den Kerl hin und nehmen das Geld. Und dann gibst du Gas, und wir fahren davon.«

»Mit dem Kerl?«

»Ja!«, frohlockte Ben. »Wir retten ihn.«

»Du bist ein hoffnungsloser Idiot! Wir sollen ihn nicht retten, wir sollen ihn schnappen. Dafür kriegen wir das Geld.«

»Aber ich meine ja, dass wir sie hinters Licht führen! Verstehst du das nicht?«

»Glaubst du, die sind so blöd? Und die tausend haben wir schon!« Nick stürzte sein Bier hinunter. »Das hast du sicher in einem Film gesehen. In der Wirklichkeit gibt's das gar nicht.«

»Aber wir wissen ja gar nicht, wer der Kerl ist! Was hat er denn getan?«

»Getan! Getan! Er ist doch ein Iwan. Was geht uns das an? Lass das die Iwans untereinander ausmachen. Wahrscheinlich hat er sie verraten. An die Nazis. Mit den Nazis wird er gegangen sein.«

»Glaubst du?«, fragte Ben, dem ein neues Licht aufzugehen schien.

»Sicher. Was sonst?«

»Ach so, wenn er wirklich mit den Nazis gegangen ist …«

»Bombensicher.«

»Aber das müsste man …«, begann Ben, stockte jedoch, denn im Eingang erschien Kostoff. Er sah sich kurz um, dann trat er zu ihrem Tisch.

»Are you ready?«, fragte er in schlechtem Englisch. »It is time.«

Die beiden Amerikaner warfen Geld auf den Tisch und gingen hinter ihm hinaus.

»Okay! Okay?«, flüsterte Kostoff an der Tür. »Half hour!« Er zeigte mit den Fingern. »We are waiting! Schwindgasse, you know!«

Draußen stand ein schäbiger Jeep. Kostoff hielt ihnen den Schlag und grinste strahlend zu ihnen auf. Nick ließ Ben einsteigen, der einen Moment zögerte. Kostoff schlug ihm auf die Schulter. »Okay, my boy!«, sagte er rau. Er schwankte etwas. Schon saß Ben auf der harten Bank. Nick ließ sich neben ihn fallen und ließ den Motor an.

»I wait with money!«, rief Kostoff. »Half hour!« Er hob den Zeigefinger. »Okay!«

Der Jeep lief schon auf vollen Touren.

Alexander Pawlenko war ein Wiener Hausmeister wie tausend andere. Er stapfte in Pantoffeln und einer geflickten groben

Jacke durch den Hausflur und schimpfte, wenn die Kinder Lärm machten, wenn sich jemand die Schuhe nicht abputzte oder das Haustor zu laut zuschlug. Mittags ließ er sich von seiner Frau Bier bringen, und abends saß er mit der Pfeife am Küchentisch und las sein Leibblatt. Niemand sah ihm an, dass er einst Major der Roten Armee gewesen war.

1941 war er im Kessel von Kiew in die Gefangenschaft geraten. Im letzten Augenblick gelang es ihm, seine Offiziersuniform gegen die eines einfachen Rotarmisten umzutauschen, und so entging er dem sicheren Tod. Mit Hunderttausenden wanderte er von einem Hungerlager ins andere. 1943 wurde er zur Fabrikarbeit nach Mitteldeutschland gebracht. Dort wurde er von ehemaligen Kameraden erkannt und aufgefordert, der Wlassow-Armee beizutreten, jener russischen Truppe, die aufseiten der Deutschen kämpfte. Er weigerte sich und sollte in ein Konzentrationslager gebracht werden. Aber er floh aus der Fabrik und gelangte in schwierigen Fußwanderungen nach Böhmen. Er nahm diese Gefahren auf sich, nicht weil er überzeugter Kommunist gewesen wäre, sondern weil er mit den Nazis nicht das Geringste zu tun haben wollte.

In Südböhmen fand er schließlich Arbeit auf dem Land in einem kleinen Besitz, wo er sich als vertriebener polnischer Bauer ausgab. Er verstand wirklich etwas von der Landwirtschaft, denn sein Vater war ein Kleinbauer gewesen. Dort, auf diesem Besitz, lernte er Trude kennen. Sie war Kriegerwitwe und lebte dort mit ihrer siebenjährigen Tochter. Aus Angst vor den Bomben war sie aus Wien geflohen. Sie war damals vierunddreißig, und es fehlte ihr der Mann. Sascha Pawlenko kam ihr wie gerufen. In jener raschlebigen, angsterfüllten Zeit kam es schneller als sonst zu Verbindungen, die oft ebenso schnell gelöst wurden. Aber ihre war von Dauer.

Zu Kriegsende flüchtete die Frau, da sie von den Tschechen

Repressalien fürchtete, zurück nach Wien, und Sascha ging mit ihr. Das Kind nannte ihn schon seit einem Jahr Papa.

Trude hatte ihre Wohnung in Wien inzwischen verloren und zog zu ihrer alten Tante, die den Hausmeisterposten in der Laudongasse innehatte. Dort versteckte sie auch Sascha, zuerst vor den Nazibehörden, die den flüchtigen Kriegsgefangenen nicht sehen durften, später vor den Russen, die den ehemaligen Major von ihr getrennt und repatriiert hätten. Erst als im August 1945 die Russen aus der Josefstadt abzogen, weil dieser Bezirk mit einigen anderen zur amerikanischen Zone erklärt wurde, tauchte Sascha Pawlenko zum ersten Mal wieder als legale Person auf. Um diese Zeit starb auch die alte Tante an den Folgen der Entbehrungen und Trude übernahm den Hausmeisterposten. Bald darauf heirateten sie. Die Hausparteien gewöhnten sich bald an Saschas fremdartigen Akzent und er gehörte zu dem Haus, als wäre er immer hier gewesen.

An jenem Maiabend war er gerade damit beschäftigt, der dreizehnjährigen Gerti die Rechenaufgabe zu machen, denn im Rechnen war sie ein bisschen schwach und es war sehr wichtig. Sie kniete hinter ihm auf einem Stuhl, hatte ihr Kinn auf seine Schulter gestützt und sah zu.

»Gehst du dann zusperren?«, fragte Trude aus der Küche. Sie hatte beide Hände im heißen Wasser und wusch das Geschirr ab.

»Ah, schon bald zehn?«, fragte Pawlenko und stand auf. Als er die Tür seiner Souterrainwohnung öffnete, drängten sich gerade zwei amerikanische Soldaten durchs Haustor. Der Hausmeister blieb stehen.

»Zu wem wollen die Herren?«, fragte er diensteifrig. Der größere von beiden trat auf ihn zu.

»Mister Pawlenko?«

»Ja. Das bin ich.«

»Sie kommen mit uns.«

Pawlenko erschrak ein bisschen. »Wieso denn? Was ist denn?«

»Zum Provost Marshall. Ein paar Fragen.«

»Aber das verstehe ich nicht! Mein Akt ist schon längst abgeschlossen.«

Die zwei Soldaten sahen einander an. »I told you so!«, sagte der Junge. »Nazi.«

»Aber das muss ein Irrtum sein!«, rief Pawlenko schnell.

»Nur eine Auskunft«, beruhigte der Junge.

»Come on!«, murmelte der Kleinere.

»Meine Frau – ich muss mich umziehen.«

Der Junge wollte ihm den Weg versperren, aber dann schien er sich wieder zu besinnen und ließ Pawlenko doch vorbei.

»Schnell, schnell!«, sagte er. Die beiden folgten ihm in die Wohnung.

»Was ist denn los?«, rief Trude, als sie die Eintretenden erblickte.

»Ich muss wieder auf die Polizei! Eine Auskunft. Gib mir meine Schuhe.«

»Keine Angst, Frau!«, rief der Junge. »Ihr Mann kommt bald nach Hause!«

Die Frau wischte sich die Hände an der Schürze ab und half Sascha in den Rock.

»Aber warum so spät?«, murmelte sie.

»Ah, nicht spät!«, rief Nick. »Wir arbeiten die ganze Nacht!«

Ben sah sich unbehaglich in der Küche um. Er gewahrte das Mädchen, das auf der Schwelle stand und mit großen Augen auf die Fremden starrte.

»Papa!«, rief sie. »Wo gehst du hin?«

»Ich bin gleich wieder da!«, brummte Pawlenko.

Ben nickte verlegen und begann, in seinen Taschen zu kramen. Endlich holte er ein Päckchen Kaugummi aus der Brusttasche und reichte es Gerti. Dabei errötete er stark. »Take it!«, murmelte er. »You'll enjoy it!«

»Stop it. That's no good!«, rief Nick nervös. Die Narbe über seinem Auge rötete sich. »Schneller!«, sagte er zu Pawlenko. Der hatte seinen Hut gefunden und sah unschlüssig umher.

»Gib mir ein frisches Taschentuch!«, sagte er.

Die Frau lief ins Nebenzimmer und kam mit dem Taschentuch zurück. Dann band sie sich eilig die Schürze ab.

»Ich komme mit!«, rief sie.

»You stay here!« Nick sah sie drohend an.

Die Frau stutzte.

»Nicht aufregen!« Nick wechselte den Ton. »Es passiert ihm nichts!«

Pawlenko trat auf seine Frau zu.

»Lass doch!«, murmelte er. »Ich bin ja gleich wieder da!«

Damit tätschelte er ihr die Wange und ging. »Wiedersehn, Gerti!«, rief er über die Schulter.

»Auf Wiedersehn!«, sagte das Kind schwach. Der Kaugummi lag vergessen auf dem Küchentisch.

Als Pawlenko in den Wagen stieg, verlor er plötzlich die Sicherheit, die er sich vor seiner Frau aufgezwungen hatte. Der späte Besuch war ihm selbst unheimlich. Es hatte ihm einen Stich gegeben, kaum hatte er die Uniformierten erblickt.

Während der Wagen sehr schnell und mit ungewohnt lärmendem Motor durch die Straßen fuhr, dachte er fieberhaft nach. Er war schon ein-, zweimal von der amerikanischen Polizei verhört worden. Sie wollten wissen, warum er nicht nach Hause zurückgekehrt war. Er sagte ihnen, dass er das Regime hasste. Das stimmte nicht ganz. Er hasste es nicht genug, um, gleich vielen Ukrainern, an der Seite der Nazis gegen die Sowjetunion zu kämpfen. Aber er liebte es auch nicht. Sein Vater, der sich 1919 dem Anarchistenführer Nachnow angeschlossen hatte, war von den Bolschewiki liquidiert worden, als sie die Hilfe der Anarchisten im Kampf gegen die Weißen nicht mehr gebraucht hatten. Sascha war damals siebzehn und hatte von seinem Vater einen natürlichen Freiheitsdrang ererbt. Später wurde er Berufssoldat, weil er nichts anderes konnte als kämpfen. In der Armee war er nicht gern gesehen, weil er es nie über sich bringen konnte, ins große Horn zu blasen. Nun war er über das alles längst hinaus. Er war ein stiller, versteckter Hausmeister und wollte nichts anderes sein. Hier war er frei, hier hatte er seine Frau, das genügte ihm. Darum hatte er auch abgelehnt, als ukrainische Landsleute kurz nach dem Krieg versucht hatten, ihn in eine politische Organisation zu holen. Sie waren mehrere Male bei ihm gewesen, aber schließlich hatten sie es dann aufgegeben.

Wenn sie mir Schwierigkeiten gemacht haben, dachte er, werde ich die volle Wahrheit sagen. Den Amerikanern kann ich das ruhig sagen. Ich habe doch keine große Angst, stellte er befriedigt fest. Das sind doch Amerikaner, warum soll ich Angst haben? Angst hatte er nur vor seinen ehemaligen Genossen. Wenn die ihn gefragt hätten, warum er, der Sowjetmajor, nicht in die Heimat zurückgekehrt sei, warum er sich versteckt habe, er hätte keine Antwort gewusst. Er hätte im Übrigen sagen können, was immer er wollte. Sie hätten ihm nichts geglaubt. Für sie war er schuldig.

Der Wagen machte eine halsbrecherische Kurve. Wo sind wir denn?, dachte Pawlenko erschrocken. Das ist ja der Naschmarkt!

»Sie fahren falsch!«, schrie er dem Jungen zu, der starr geradeaus blickte und den Fuß nicht vom Gashebel nahm.

»Wir sind schon längst vorbei!«

»Shut up!«, knurrte der Junge.

Der Kleinere gab ihm einen Rippenstoß und grinste.

»Girls!«, sagte er. »Girls!«

Die sind ja besoffen!, durchfuhr es Pawlenko. Die fahren in die russische Zone! Er war nie in die russische Zone gegangen, auch in die internationale nicht, solange die Russen dort das Kommando hatten. Und jetzt fuhren ihn zwei betrunkene Amerikaner in die Höhle des Löwen!

»Wir müssen zurück!«, schrie er.

Schon fegte der Wagen durch die gekrümmte Paniglgasse. An der nächsten Kurve fuhr er beinahe gegen die Kirche. Aber der Junge fing ihn im letzten Moment ab, und er raste geradeaus.

»Ihr seid ja wahnsinnig geworden!«, brüllte Pawlenko und versuchte aufzustehen. Aber es ging nicht während der rasenden Fahrt.

»Knock him down!«, sagte der Junge, ohne sich umzudrehen. Pawlenko fühlte sich zurückgerissen. Im nächsten Augenblick musste er sich krampfhaft festhalten, denn die Kurve, die nun kam, schleuderte ihn fast vom Wagen. Was nun kam, ging so schnell, dass er es kaum wahrnahm.

Der Wagen stoppte, die beiden Amerikaner sprangen ab, und im nächsten Augenblick saß an seiner rechten Seite ein stämmiger Zivilist. Er spürte den Lauf eines Revolvers in seiner Seite.

»Kein Wort!«, zischte jemand.

Pawlenko war so benommen, dass er überhaupt kein Wort hervorgebracht hätte. Ein komischer kleiner Mann schwankte auf die zwei Amerikaner zu, ein anderer Zivilist sprang auf den Führersitz, und schon schleuderte der erste Satz des Jeeps seinen Kopf nach rückwärts. Er sah nur noch ein parkendes schwarzes Auto und das Glimmen der Zigarre im Mund eines großen schlanken Herrn, der neben dem Wagen stand. Der

Jeep fuhr um ein paar Ecken und hielt dicht hinter einem anderen Jeep, in dem zwei Rotarmisten mit Tellermützen saßen. Die Zivilisten zerrten ihn auf die Straße und schleppten ihn zum Haustor. Er sah in der Nähe einen Park. In diesem Augenblick begann er Widerstand zu leisten. Er schrie und stemmte sich. Gleichzeitig bekam er einen wuchtigen Schlag ins Genick, der ihn kampfunfähig machte. Halb bewusstlos wurde er einige Treppen hinaufgeschleppt. Als er etwas zu sich kam, stand ein hochgewachsener sowjetischer Hauptmann mit blondem, glattem Gesicht vor ihm. Der Hauptmann lächelte.

»Dobri wetscher, tawarischtsch Pawlenko!«, sagte er. »Guten Abend, Genosse Pawlenko. Im Nebenzimmer warten ein paar Herren auf Sie. Wollen Sie bitte hereintreten?«

Alexander Pawlenko wurde kalt wie Eis. Er wusste, dass er verloren war.

Das Geschirr war längst abgewaschen und die Küche in Ordnung gebracht. Gerti hatte sich widerstrebend niedergelegt. Frau Trude saß mit im Schoß gefalteten Händen da und wartete. Ein quälendes Gefühl der Ungewissheit, das sie genauso gehabt hatte, als die Feldpostbriefe ihres ersten Mannes ausgeblieben waren, spürte sie fast körperlich in ihrer Brust. Es war elf Uhr. So waren erst eineinhalb Stunden vergangen, seit man ihren Mann abgeholt hatte, aber sie fühlte, dass es um zwölf und um ein Uhr nicht anders sein würde.

Tausendmal ließ sie sich den Vorfall durch den Kopf gehen. Es half nichts, dass sie sich klarmachte, vor den Amerikanern brauche man keine Angst zu haben. Die große Unruhe war über sie gekommen und ließ sie nicht los.

»Ist der Papa schon da?«

Frau Trude fuhr herum und sah durch den geöffneten Spalt Gerti im Nachthemd an der Tür stehen.

»Was machst du denn? Leg dich nieder!«, rief sie nervös.

»Aber ich habe Stimmen gehört!«

»Das waren die Peters vom ersten Stock. Die waren im Kino.«

»Ich habe geglaubt, das war der Papa. Die haben doch gesagt, er wird in einer Stunde wieder da sein.«

»Geh jetzt ins Bett, ich werde schon auf ihn warten.«

Aber sie konnte nicht länger warten. Kaum war die Kleine verschwunden, sprang sie auf. Ich muss ihn suchen!, ging es ihr durch den Kopf. Waren das überhaupt Militärpolizisten? Hatten die Militärpolizisten nicht weiße Helme? Waren es überhaupt Amerikaner? Und wenn es verkleidete Russen waren? Ein paarmal lief sie ratlos und verloren in der Küche hin und her. Dann ging sie ins Zimmer und machte Licht. Die Papiere!, fiel ihr ein. Ich muss die Papiere suchen! Unseren Trauschein! Meinen Heimatschein. Ich muss für ihn garantieren. Sie öffnete die Kommode und begann darin herumzukramen.

»Was machst du, Mama?«, fragte Gerti aus dem Bett.

»Ich gehe mich erkundigen. Bleib ruhig liegen. Ich hol dann die Frau Dworschak herüber, falls jemand läutet.«

»Wo sollen wir dich suchen, wenn der Papa zurückkommt?«

»Ich gehe zur amerikanischen Polizei. Wir werden uns nicht verfehlen.«

Sie war jetzt ganz entschlossen. Mit einem Schritt war sie bei dem Spiegelkasten, öffnete ihn und begann sich umzuziehen. Wenn sie sich sonst bei dieser Handlung im Spiegel betrachtete, ihren festen, etwas starken, aber noch jugendlichen Körper, überkam sie immer ein Gefühl der Selbstzufriedenheit. Sie wusste, wer sie war und was sie einem Mann bieten konnte. Heute sah sie gar nicht hin. Sie zog sich auch nicht besonders schön an, sondern nahm das dunkle Kostüm, um seriös zu wirken. Dann holte sie Frau Dworschak, mit der sie befreundet war, aus der Nachbarwohnung, erklärte kurz, worum es ging, und verließ das Haus.

Bei der Straßenbahnhaltestelle wartete sie voll Ungeduld, aber als einige Minuten kein Wagen kam, entschloss sie sich zu gehen. Sie lief sehr schnell, sah niemanden an, und die widersprechendsten Gedanken schossen ihr durch den Kopf. Um ihren ersten Mann hätte sie sich nicht so viel Sorgen gemacht. Es hätte ihr auch nichts genützt, denn damals lebte man in der Zeit der Gewalt und des allgemeinen Leides. Man konnte nichts dagegen tun, man war ausgeliefert. Aber heute? Heute lebte man in einem befreiten Lande. Die Auslagen waren voll, die geschäftigen Straßen verbreiteten eine wachsende Atmosphäre des Wohlstands, und die größten Sorgen waren, wann man sich wieder einen Anzug und ein Kleid kaufen konnte und welchen Film man sich ansehen sollte. Man musste für seine Existenz arbeiten, aber das war natürlich. Warum sollte gerade ihr das relativ ruhige Leben nicht gegönnt sein, ihr und Sascha, dessen einziges Vergnügen es war, zum Spiel seiner Mandoline wehmütig ukrainische Lieder zu singen und seine Pfeife zu rauchen. Gerade diese Bedürfnislosigkeit war es gewesen, die ihn ihr so schnell sympathisch gemacht hatte. Er war ein einfacher Mensch, leicht lustig, leicht traurig, stark, gerade und verlässlich. Er prunkte nie mit seiner Bildung und mit seinen Kenntnissen. Nie quälte er andere mit seinen Erinnerungen. Wenn er, was selten genug geschah, von der Vergangenheit sprach, dann war es immer, als spräche er über das Leben eines anderen. Er hatte ganz damit abgerechnet. Er lebte in der Gegenwart. Das Kind war wie sein Kind, und er gehörte ihr. Sie wollte ihn behalten, sie wollte ihn wiederhaben.

Dieser unwiderstehliche Wunsch trieb sie zu noch größerer Eile. Mit einer fast nachtwandlerischen Sicherheit lief sie den richtigen Weg, wich Autos und Passanten aus, ohne hinzusehen. In der Nähe des alten Palais, vor dem ein Posten mit weißem Helm lässig herumstand, blieb sie plötzlich stehen. Sie werden mich gar nicht hineinlassen!, fiel ihr ein. Was soll ich sagen? Die Wahrheit? Sie trat schnell an den Posten heran.

»Mein Mann ist entführt worden.«

Der Posten machte ein langes Kinn.

Sein Gesicht, das ihr jetzt erstaunt entgegenblickte, war mit Pickeln bedeckt.

»Entführt? Kidnapped?«

Sie nickte heftig.

»Wait a minute!« Er läutete. »Just a minute.«

Sie blieb ganz nah bei ihm und trippelte, ohne es zu merken, hin und her.

»Go on!«, sagte der Posten. »This way.« Er zeigte in den Hausflur. »Office.«

Sie taumelte die Treppe hinauf und ging auf die nächste beleuchtete Tür zu. Ein großer junger Mann ohne Kopfbedeckung stand Kaugummi kauend an den Rahmen der offenen Tür gelehnt. Die Hand, um deren Gelenk sich die blinkende Militärnummer spannte, hielt er in der Hosentasche.

»What's the matter?«, fragte er, ohne sich zu rühren.

»Mein Mann …«

»Was ist mit Ihrem Mann?«, fragte der Junge lächelnd. Er sprach reines Deutsch.

»Er ist entführt worden!«

Der Junge zog die Brauen zusammen. »Kommen Sie bitte herein.« Er ließ sie vorbei und schloss die Tür hinter sich. Drinnen saß ein anderer Offizier bequem zurückgelehnt. Er hatte die Füße auf den Tisch gelegt und blätterte rauchend in einer Illustrierten.

Der Junge machte auf Englisch eine Bemerkung, und der

andere nahm die Beine vom Tisch, warf die Illustrierte zur Seite und beugte sich interessiert vor.

»Wer sind Sie?«

Frau Trude zog wortlos ihre Dokumente aus der Handtasche und legte sie auf den kahlen Tisch.

»Sind Sie Russin?«

»Nein, mein Mann ist Russe.«

»Bitte setzen Sie sich. Erzählen Sie.«

Sie berichtete, so gut sie konnte. Es war schnell getan.

»Hat Ihr Mann Aufenthaltsbewilligung?«

»Ja. Auch den IRO-Ausweis. Er hat alles bei sich.«

»Warum glauben Sie, dass es keine Amerikaner waren?«

»Es waren keine Militärpolizisten. Es waren gewöhnliche Soldaten. Sie haben sich sehr komisch benommen.«

»Ich mache Sie aufmerksam: Wenn Sie uns falsche Angaben machen, müssen wir Sie zur Verantwortung ziehen. Wenn Ihr Mann regelrecht verhaftet worden ist ...«

»Sie haben ihn gar nicht verhaftet! Sie haben ihn nur zu einer Auskunft geholt.«

»Zu einer Auskunft? Wohin?«

»Hierher! Zum Provost Marshall!«

»Das ist unmöglich.«

»Nur eine kleine Auskunft, haben sie gesagt.«

Der Offizier schüttelte kurz und ablehnend den Kopf und griff nach dem Telefonhörer.

»Ich habe es gewusst ...«, murmelte sie, und ihre Augen wurden starr. »Und er war so zuversichtlich ...«

Sie hörte den Offizier mehrere kurze Telefongespräche führen. Jedes Mal buchstabierte er den Namen ihres Mannes. Mehr konnte sie nicht begreifen. Sie verstand nur ein paar Brocken Englisch und der Mann sprach sehr schnell. Der Junge, der sie zuerst hereingeführt hatte, wandte sich ihr zu.

»Ihr Mann ist nicht verhaftet worden«, sagte er.

Frau Trude fühlte ihr Blut sturzartig aus dem Kopf weichen. Ihr Herz machte einen Sprung.

»Waren es bestimmt Amerikaner?«

Ihre frühere Vermutung, dass die beiden verkleidete Russen waren, kam ihr wieder in den Sinn.

»Aber sie sprachen doch englisch!«, rief sie.

»Hatten sie Waffen?«

»Nein, ich glaube nicht.«

»Kamen sie zu Fuß?«

»Nein, sie fuhren in einem Jeep.«

»Haben Sie die Nummer gesehen?«

»Nein.«

»Welche Farbe hatte er?«

Sie sah den Jungen mit großen Augen an. »Ich glaube, er war grün.«

Sie hatte den Jeep gar nicht gesehen, sondern nur wegfahren gehört. Aber das kam ihr nicht zu Bewusstsein.

»Hat Ihr Mann Geld bei sich gehabt?«

»Nein. Ein paar Schilling vielleicht.«

»Wertgegenstände? Goldene Uhr? Ring?«

»Nur seinen Ehering!«, sagte Frau Pawlenko und begann zu weinen. Die Fragen stürzten auf sie ein. Der Junge schrieb alles auf, und es erschien ihr trotzdem so überflüssig. Der kahle Raum begann um sie zu kreisen. Das bunte Plakatmädchen an der Wand gegenüber lächelte unerträglich und zeigte seine nutzlosen Beine. Frau Trude wischte sich hastig die Augen und antwortete wie im Traum.

»Würden Sie die beiden wiedererkennen?«

Die Stimme des Jungen schien ihr aus weiter Ferne zu kommen wie die Stimme des Arztes, der an ihrem Bett saß und sie ausfragte, als sie klein und krank war. Sie nickte.

»Können Sie die beiden beschreiben?«

Frau Trude besann sich mühsam. »Der eine war ganz jung, ziemlich groß.«

»Welche Haarfarbe?«

»Ich weiß nicht. Er hatte eine Mütze auf. Ich glaube blond.«

»Blond … groß … haben Sie nicht etwas Besonderes bemerkt?«

»Es ist mir vorgekommen, als ob er aufgeregt gewesen wäre.« Sie erinnerte sich deutlich, wie wütend der Lange gewesen war, als der andere Gerti den Kaugummi gegeben hatte. »Er hatte eine Narbe über dem Auge!«, sagte sie schnell.

»Über welchem?« Der Polizist war plötzlich interessiert.

Frau Pawlenko schloss die Augen und vergegenwärtigte sich ihre Küche. »Über dem rechten Auge!«, sagte sie dann.

»Sehr gut. Eine lange Narbe?«

»Ja. Ziemlich lang.«

Der Polizist überlas seine Notizen. »Sie sagen, er war groß. Was nennen Sie groß?«

»Er war etwas größer als mein Mann. Mein Mann ist eins sechsundsiebzig.«

»Also hundertachtzig? So wie ich?« Er stand einen Augenblick auf.

»Ja, so groß wie Sie.«

»Und der andere?«

»Der andere war viel kleiner und stärker. Er war auch älter. So um dreißig. Er hatte ein sehr rotes Gesicht.«

»Sonst können Sie uns nichts sagen?«

»Nein.«

»Und Ihr Mann?«

»Mein Mann?«, fragte Frau Trude verständnislos.

»Beschreiben Sie uns bitte Ihren Mann.«

Sie wollte ansetzen, aber sie fand keine Worte. Wie war er eigentlich? Groß, stark und gut … Aber was besagte das? Sie kramte ein Foto aus ihrer Handtasche. Dann sank sie in sich zusammen. Es kam ihr alles so fremd und überflüssig vor. Die beiden Offiziere telefonierten an verschiedenen Apparaten. Einmal heulte ganz in der Nähe eine Sirene auf und ein Wagen fuhr an. Es war, als ginge sie das alles nichts an.

Sie waren beide total betrunken. Den ganzen Abend waren sie von einem Lokal ins andere gezogen. Es hatte ihnen nirgends recht gefallen. Die Mädchen waren ihnen nicht gut genug, und die Orchester spielten langweiliges Zeug. Aber sie brauchten heute etwas Besonderes. Sie hatten es verdient. So landeten sie kurz nach Mitternacht im Casino, obwohl ihnen der Bulgare geraten hatte, sich eine Zeit lang dort nicht blicken zu lassen. Sie ärgerten sich, dass sie das Programm versäumt hatten und dass die besten Animiermädchen schon vergeben waren. An der Bar gabelten sie schließlich noch zwei auf, Nick die starke Rothaarige und Ben die kleine Schwarze, die nicht mehr ganz jung war. Er betrachtete sie melancholisch von der Seite und zuckte unter dem lauten Gelächter der Rothaarigen zusammen. Nick war offenbar glänzend aufgelegt. Die Schwarze sah ihn treuherzig an. »Was meinen Sie, trinken wir eine Flasche Sekt? Ich habe so einen Durst. Und ich möchte lustig sein!«

Go to hell!, dachte Ben. »Champagne?«, fragte er mürrisch. »Ich trinke nicht Champagne. Whisky. Geben Sie uns Whisky.« Er glaubte, auf dem Gesicht des Mixers ein spöttisches Lächeln zu sehen, und hatte gute Lust, ihm eine auf den kahlen Schädel zu schlagen. Aber der Mixer war schon weg.

»Bist du verrückt?«, rief die Rothaarige plötzlich laut und schlug Nick auf den Arm. Nick zog die Hand zurück und sah sie an, als wollte er sie auf der Stelle umbringen. Sie klopfte ihm auf die Schulter und lachte. »Also, sei ein braver Junge, ja?«

Nick grinste, schob aber kalt ihre Hand weg und fragte mürrisch: »How much?«

»Du bist aber direkt!« Sie war anscheinend etwas beleidigt. »Nicht hier!«

In diesem Augenblick kam der Whisky. Ben sah verächtlich auf die Gläser.

»Nicht so!«, rief er dem Mixer zu. »Eine Flasche!« Er gestikulierte ärgerlich.

»Bitte sehr!«, rief der Mixer, nahm die Gläser wieder weg und brachte eine Flasche.

»I'll pay«, sagte Ben.

Der Mixer nannte mit eisigem Gesicht einen horrenden Preis, der fast das Monatsgehalt eines kleinen Beamten ausmachte. Die Mädchen sahen einander bedeutungsvoll an, als Ben, ohne die Miene zu verziehen, ein Bündel Geldscheine aus der hinteren Hosentasche zog. Langsam blätterte er die Noten auf die Bar.

»Komm, ich will tanzen!«, rief die Rothaarige und schob ihre Hand unter Nicks Arm.

»Tanzen wir nicht auch?«, schmeichelte die Schwarze dicht an Bens Ohr und fuhr ihm mit dem Zeigefinger neckisch durch die Haare. Ben hatte kaum noch Zeit, sein Geld in der hinteren Hosentasche zu verstauen, so schnell zog sie ihn zur Tanzfläche. Der Pianist begann voll Schwung einen Boogie-Woogie zu präludieren. Alle Orchestermitglieder schienen Ben verständnisinnig zuzulächeln, als sie einfielen. Er merkte, wie er dem Mädchen auf den Fuß trat.

»Du tanzt wunderbar«, sagte sie hingegeben.

Nach ein paar Umdrehungen fühlte er sich nicht wohl. Er lehnte sich an die orientalisch verzierte Säule und spürte, wie sie dicht an ihn herantrat, sodass ihn ihr warmer Atem streifte.

»Gehen wir!«

»Du willst schon gehen?«

»Gehen wir!«, wiederholte er schroff.

An der Säule gegenüber standen Nick und die Rothaarige. Sie küssten einander, ohne aufzusehen. Das Orchester spielte besessen ins Leere.

»Ich hole nur meinen Mantel!«, flüsterte die Kleine. »Warte draußen.«

»Come on!«, rief Ben quer durch den Saal.

Nick schien nicht zu hören. Ben wankte zwischen den Säulen hindurch die teppichbelegten Stufen hinauf und blieb im Gang vor den Bildern der Nackttänzerinnen stehen. Er starrte auf die spiegelnden Fotos mit den nackten Gliedern und es packte ihn ein wütendes Verlangen, mit der Faust das Glas des Schaufensters zu zertrümmern. Aber er stand wie gelähmt.

Die beiden Mädchen kamen schwatzend mit Nick heraus. Die Schwarze trug einen leichten Sommermantel und eine große Tasche. Sie sah damit noch kleiner und unscheinbarer aus. Mit einer triumphierenden Geste zeigte sie auf die Flasche, deren Hals aus der Tasche ragte.

»Ich habe sie nicht vergessen!«, prahlte sie kindisch.

Dann nahm sie vertraulich Bens Arm. Wortlos gingen sie zu viert auf die Straße.

Draußen machte sich Nick los und sah wichtig nach allen Seiten. »Taxi!«, brüllte er.

Die Rothaarige hielt ihm den Mund zu. »Schrei doch nicht so herum, es ist ja gleich um die Ecke!«

Nick ließ sich fortziehen.

Sie betraten eine dunklere Seitengasse und die Kleine ließ Bens Arm los. Er hörte sie mit Schlüsseln klirren. Dann hielt sie das Haustor auf und ließ die drei anderen vorangehen. Dabei hielt sie beschwörend den Zeigefinger an den Mund. »Leise!«, flüsterte sie.

Die Rothaarige hatte eine Taschenlampe und in ihrem Licht tappten die beiden Amerikaner die Stufen hinauf. Die Rothaarige wartete fürsorglich auf jedem Treppenabsatz. Die Kleine lief voraus und öffnete die Wohnungstür. Die beiden Mädchen zischten ununterbrochen, als Ben und Nick durch das Vorzimmer torkelten, und bugsierten sie in ein kleines Zimmer mit einer großen Couch und einem hohen, schmalen Bett. In einer Ecke stand komischerweise ein Regal mit Büchern. Nick ließ sich sofort der Länge nach auf die Couch fallen. Die Rothaarige setzte sich neben ihn auf den Rand, zündete sich eine Zigarette an und sah ihn erwartungsvoll an. Die Beine hatte sie etwas gespreizt. An einem ihrer Strümpfe war die Naht geplatzt. Die Schwarze hatte ihren Mantel ausgezogen und die Tasche weggelegt. Jetzt stellte sie sich vor Ben, der benommen auf das Bett stierte und einen unangenehmen Druck in der Magengegend nicht loswerden konnte. Sie spielte mit seiner Krawatte und fragte: »Schenkst du mir was, Darling?«

Er sah sie böse an und stieß sie weg. Niemand hatte das Recht, ihn Darling zu nennen. Dann sah er, wie Nick sich auf der Couch herumwälzte und der Rothaarigen einen Hundertschillingschein zuwarf. Er holte selbst einen hervor und warf ihn auf den Tisch.

Die Rothaarige lächelte geringschätzig und blieb ruhig sitzen. Nick legte ihr noch einen Schein in den Schoß. Ben griff automatisch noch einmal in die hintere Tasche und legte einen zweiten Schein neben den ersten. Die Kleine sprang auf ihn zu, umarmte ihn und flüsterte ihm heiß ins Ohr: »Aber Liebling! Wir bleiben doch die ganze Nacht! Wie in Paris! Ça c'est l'amour!« Schwerfällig griff Ben zum dritten Mal in die Tasche. Sein Blick fiel auf die Rothaarige, die jetzt gerade ihr Kleid über den Kopf zog. Die Kleine ließ mit erstaunlicher

Schnelligkeit die drei Noten in ihrer Handtasche verschwinden. Dann begann auch sie sich auszuziehen.

»Mach's dir bequem, Liebling!«, rief sie über die Schulter. Ben sah auf Nick, der sich gerade die Hose auszog. Die Rothaarige saß auf der Couch und löste ihren Büstenhalter. Sie hatte nichts mehr an als ein blaues Höschen und die Lackschuhe. Ben zog sich die Bluse aus und drehte sich nach der Schwarzen um, die auf dem Bett saß und schaukelte. Ihre kurzen Beine baumelten herab, ohne den Boden zu berühren; sie hatte nur noch einen Büstenhalter an. Draußen wurde lärmend geklopft.

»Nur eine Nacht möcht ich erleben«, knurrte die Rothaarige ärgerlich, »dass die Gisi nicht besoffen nach Hause kommt!«

Sie hatte sich gerade zu Nick umgedreht, als die Tür aufflog und zwei hochgewachsene Militärpolizisten im Zimmer standen. Die Mädchen kreischten, die Schwarze zog ihre Beine an, und die Rothaarige hielt beide Hände vor ihren Busen. Zwischen den beiden Polizisten drängte sich eine alte, magere Frau ins Zimmer.

»Das ist nicht meine Schuld, Fräulein Heli!«, rief sie weinerlich. »Die Herren …«

»Get out!«, sagte einer der beiden Polizisten. Dann traten sie zu Nick und Ben und verlangten ihre Papiere.

Ben stand wie versteinert. Das ist die Strafe!, dachte er. Ich habe es gewusst! Er sah, wie Nick in Unterhosen von der Couch sprang. Der eine Polizist schlug ihn mit der Faust auf die Nase. Anscheinend glaubte er, dass Nick sich wehren wollte. Nick schrie auf und fiel zurück. Blut lief ihm über das Gesicht. Der Polizist nahm seine Hose und durchsuchte sie. Er zog aus der hinteren Tasche den Ausweis und das Bündel Banknoten. Dann griff er nach Nicks Bluse.

Ben ließ sich widerstandslos perlustrieren. Der Polizist maß ihn mit drohenden Blicken.

Die Rothaarige war schon aufgestanden und hatte ihren Hausrock angezogen. Jetzt drehte sich auch die Schwarze mit komischen Bewegungen von ihrem Bett und griff, den Männern immer den Rücken zeigend, nach ihren Kleidern. Sie hatte sich noch nicht fertig angezogen, und die Polizisten sahen drohend aus, als schon wieder Schritte über den Korridor hallten. Zwei Offiziere und eine Frau traten ins Zimmer. Mit eisigem Schrecken erkannte Ben die Frau des Verschleppten. Sie hatte nicht mehr die weiße Küchenschürze an, sondern trug ein schwarzes Kostüm. Ihr Gesicht war verweint und hart.

»Sind das die beiden?«, fragte einer der Offiziere und drehte sich nach ihr um.

Sie sah erst auf Ben, dann auf Nick, der wieder auf der Couch saß und sich mit einem Taschentuch die Nase hielt. Der Polizist, der ihn geschlagen hatte, riss es ihm aus der Hand.

»Ja, das sind sie«, sagte Frau Pawlenko.

Der Offizier trat zu dem Tisch, auf dem die Polizisten die Ausweise und das Geld deponiert hatten. Der Offizier hob das Geld auf und hielt es Nick vor die Augen.

»Woher habt ihr das?«

Nick sah ihn starr an. »Vom schwarzen Markt!«, murmelte er.

»Was habt ihr mit dem Mann gemacht?«

»Was für ein Mann?«

Der Offizier sah aus, als wollte er sich auf Nick stürzen, dann wandte er sich blitzschnell gegen Ben.

»Wo ist Pawlenko?«

Ben zuckte zusammen. Unwillkürlich sah er auf die Frau, deren harter Blick gerade auf ihn gerichtet war. Warum schreit sie nicht?, fuhr es ihm durch den Kopf. Warum beschimpft sie mich nicht? Ihr Gesicht sah aus, als redete sie unaufhörlich. Das war das Schrecklichste. Nicks Augen flackerten zugleich drohend und flehend. Er sah jämmerlich aus mit seiner zerschlagenen Nase.

»Wo habt ihr Pawlenko hingeschleppt?«

Die Stimme des Offiziers zwang Bens Blick wieder in den seinen. Das war das Gericht. Er starrte mit großen Augen und konnte kein Wort herausbringen.

»Und ihr wollt amerikanische Soldaten sein?«, rief der Offizier mit einem Ausdruck des Ekels.

Ben senkte schuldbewusst den Kopf. Sein Blick überflog den ganzen Raum, der nackt und trostlos war. Gerade hier musste er enden, bei diesen »bitches«, die Geld verlangten für den ärmlichen Ersatz einer Liebe. Das Geld. Er sah es in der Hand des Offiziers, den Rest der sechstausend Schilling, die sie als Kopfprämie bekommen hatten – jeder dreitausend. Das verräterische Geld. Auf dem Boden lagen zu einem Knäuel zusammengerollt die Strümpfe der Rothaarigen, nutzlos und verloren. Alles war verloren. Die Heimat, Mary, seine Arbeit, er selbst, alles.

Die unbarmherzige Erkenntnis stürzte mit voller Wucht auf ihn ein. Er begann zu schluchzen. Dann ließ er sich auf das Bett fallen und erzählte alles, wie es geschehen war.

DIE LIEBE IST EINE HIMMELSMACHT

Petre Margul lehnte sich bequem zurück und schloss halb die Augen. Seit seiner Kindheit war es eine seiner Lieblingsgewohnheiten, Dinge, deren Anblick er genießen wollte, durch die Wimpern zu betrachten. Das hieß, der Wirklichkeit eine traumhafte Perspektive zu geben.

Kyra lag ihm gegenüber auf der Couch. Sie hatte noch ihren weiten, seidenen Schlafrock an. Es war zwölf Uhr mittags; aber da sie immer erst gegen Morgen schlafen ging, stand sie entsprechend spät auf. Er hatte den Anblick dieser leicht verhüllten, etwas trägen schönen Glieder gern und fühlte sich in ihrer Nähe fast in die Heimat zurückversetzt. Das war angenehm, aber auch gefährlich. Wozu sollte es gut sein, sich hier, auf der schwankenden Grundlage eines Flüchtlingsdaseins, ein neues Heim aufzubauen?

»Ich möchte heute Abend ins Casino gehen«, sagte er, einem plötzlichen Einfall nachgebend. »Es macht mir nichts, zu sehen, wie dich die Leute begaffen. Im Gegenteil, das erhöht mein Selbstbewusstsein. Warum willst du eigentlich nicht, dass ich hingehe?«

Kyra richtete sich auf und sah ihn voll an. »Es ist nicht deswegen. Ich möchte keinesfalls, dass du hingehst. Das Casino wird dauernd beobachtet.«

»Wegen der Entführung?«

»Ja, deswegen. Ich glaube, du kennst diesen Kostoff sogar, der im Zusammenhang damit gesucht wird. Kennst du ihn nicht?«

Petre dachte einen Augenblick nach, dann zuckte er die Achseln.

»Aber ja, du musst ihn doch kennen. Der kleine dicke Tierarzt, der so viel gesoffen hat. Für einen Tierarzt war er zu schlecht. Meinen Hund hat er behandelt und der ist daran gestorben, der Arme. Kostoff, bestimmt kennst du ihn.«

»Ich könnte mich nicht erinnern. Woher soll ich den Mann kennen?«

»Durch Georgi.«

»Georgi ...?« Petre sah das Mädchen erstaunt an. »Was hat Georgi mit diesem Mann zu tun?«

»Er ist sein Freund. Das heißt, sie arbeiten zusammen.«

»Ah, mit Zigaretten! Ich verstehe.«

»Nicht nur mit Zigaretten. In allem.«

Petre richtete sich auf und spürte, wie eine angstvolle Erregung ihm den Hals zusammenpresste. »Du meinst, dass er mit dieser Geschichte zu tun hat?«

»Natürlich. Das ist doch seine Bande. Er ist der Kopf. Glaubst du, dass er irgendein kleiner Zwischenhändler ist?« Sie zündete sich eine Zigarette an und Petre betrachtete sie, als vollführte sie irgendein Wunder. »Auch dieser Russe, der mich neulich eingeladen hat, ist sein Freund. Ein Oberst, oder was er ist. Ich mag die Visage nicht. Ich will nichts mit diesen Leuten zu tun haben.«

»Aber das sind doch nicht alles Menschenräuber«, sagte Petre ein bisschen verletzt. »Wie kannst du das so vom Himmel herunter behaupten?«

»Ich sage nicht, dass sie alle es sind. Aber der ist es bestimmt.«

»Und Georgi ...«

»Der steckt mit ihm unter einer Decke. Und mit Kostoff. Ich kenne die Brüder doch schon eine ganze Zeit lang und sehe ihnen lange genug zu. Ich weiß es. Du kannst dich drauf verlassen.«

Petre sah sie ausdruckslos an. »Ich glaube es nicht«, flüsterte er. »Ich glaube es nicht.«

»Ich möchte auch nicht, dass du noch viel mit ihnen umgehst«, sagte sie. »Wer weiß, in was für Sachen du da hineinkommen kannst! Schau, ich bin gewiss kein moralischer Mensch. Ich war es vielleicht einmal.« Ihre Lippen hob der Anflug eines etwas wehmütigen Lächelns, und sie sah einen Moment träumerisch ins Leere. »Aber man wird alt und hart und ausgepicht. Ich stelle keine übertriebenen moralischen Forderungen. Ich bin das, was man eine vorurteilslose Frau nennt.«

Sie setzte sich mit einer ausladenden Bewegung.

»Georgi war mir immer sympathisch«, fuhr sie fort. »Wir kennen uns schon sehr lange Zeit. Aber seit ich das von ihm erfahren habe ...« Sie schüttelte kurz und abweisend den Kopf. »Nein, dazu gibt man sich einfach nicht her. Nicht um Millionen. Das macht man nicht.«

»Er hat mir einen Anzug gekauft«, sagte Petre tonlos, wie aus einer tiefen Trance. »Er hat mir Geld gegeben. Ich habe ihm leidgetan.«

Kyra fuhr heftig auf und wollte etwas sagen, aber plötzlich schien Petre zu erwachen. Er hob flehend die Hand. »Ich bin nicht sentimental!«, rief er. »Ich verstehe nur nicht. Ich verstehe das einfach nicht. Ich kenne Georgi noch länger als du. Dreizehn ... fünfzehn Jahre! Er war immer ein leichtsinniger Hund. Er hat gespielt, Schulden gemacht, er hat vielleicht sogar hie und da einmal betrogen. Aber richtige Verbrechen ... ein richtiger Verbrecher ist er nicht gewesen.«

»Jetzt ist er es«, sagte Kyra laut und klar.

»Ja, jetzt ist er es. Das verstehe ich eben nicht. Was machen sie nur aus dem Menschen!«, rief er aus. »Was machen sie nur aus uns!«

Kyra schüttelte wieder den Kopf und sah ihn mit einem Ausdruck mütterlichen Mitleids an. »Du bist eben ein Dichter«, lächelte sie müde. »Sage mir nur nicht, dass vielleicht auch du dich zu solchen schmutzigen Diensten hergeben würdest. Was haben sie aus ihm gemacht? Was er aus sich machen ließ. Einen Mörder. Aber nicht jeder wird ein Mörder. Er ist einer.«

Petre Margul beugte sich weit vor und schlug mit der geballten rechten Faust gegen die Handfläche der Linken.

»Er ist mein Freund!«, murmelte er. »Bei jedem anderen würde ich mich durch Beweise überzeugen lassen. Aber ihn kenne ich doch von Jugend auf. Meine Mutter hat uns Tee und Brote aufs Zimmer gebracht. Wir haben über Gott und die Welt diskutiert. Er ist ein Außenseiter, ein Nihilist, er ist ohne Verantwortungsgefühl, ein Spieler – aber nein, Kyra. Man wird nicht so geboren. Sie machen einen dazu. Langsam und sorgfältig brechen sie dir ein Stück deines Gewissens nach dem anderen heraus. Sie sagen dir: Du darfst töten, du sollst, du musst – für irgendeinen Kalbskopf, der nicht einmal aus Gold ist, sondern nur aus Dreck. Nur aus Dreck. Und wenn du das einmal begriffen hast, dann tötest du von allein weiter, für dich selbst. Für deinen eigenen Kalbskopf. Ist da ein so großer Unterschied?«

Er hatte sich warm geredet, die Sache war ihm ganz klar. Georgi war ein Gefallener, ein missbrauchter Mensch. Er erinnerte sich, wie er mit ihm getrunken hatte. »Ich bin draußen gestanden!« So ähnlich hatte Georgi gesagt. »Alle haben dick verdient, und mich haben sie verrecken lassen.«

Kyra unterbrach seine Gedanken. »Aber rede doch nicht, Petre!« Sie trat zu ihm und legte ihm ihre warme Hand auf die Schulter. »Da verteidigst du die Mörder, die dich verfolgen, vor denen du geflohen bist, die du so hasst, nur weil du zufällig einen Mann dabei hast, der einmal dein Freund gewesen ist.

Du bist rührend. Aber zum Redakteur dürfen sie dich wirklich nicht mehr machen. Du würdest alle deine Leser zu Mördern bekehren. Dabei kannst du keiner Fliege etwas tun; du Dichter.« Sie ließ sich auf seine Knie nieder und zog seinen Kopf an sich.

»Vergiss ihn«, murmelte sie zärtlich. »Er ist es nicht wert, dass man sich um ihn Sorgen macht. Vergiss es.«

Ihr plötzlicher Zärtlichkeitsausbruch kam ihm ganz unerwartet. Einen Moment fiel ihm ein: Alles stürzt über mich herein – Enttäuschung, Verzweiflung, Liebe, alles auf einmal. Er ließ sich nicht fallen, er war ganz bewusst, nur seinen Oberkörper ließ er in ihren Schoß sinken, und während sie ihm mit beiden Händen über das nervös verzerrte Gesicht fuhr, dachte er bitter und ironisch: Da hört also alles auf, die Moral und die Zukunft, die wichtigen Gedanken über Mord und Ethos, im Schoß einer Nackttänzerin. Gleich darauf bat er ihr die unausgesprochene Herabsetzung im Geist ab. Sie hat mich warnen wollen!, dachte er verwundert. Er fasste Vertrauen zu ihrem geraden Sinn und stellte plötzlich mit tiefer Überraschung fest, dass sie ihn liebte.

Aber so schnell wie Kyra, die sich mit geschlossenen Augen seinen raschen, ungeschickten Küssen hingab, konnte er Georges nicht vergessen. Selbst die Huren wenden sich mit Grauen von ihm, dachte er, und dann wurde ihm klar, dass er Kyra im Geist Hure genannt hatte.

»Du bist es nicht«, murmelte er, während er sich ganz an sie drängte, »du bist es nicht.«

»Was denn?«, fragte sie mit geschlossenen Augen.

»Lassen wir das«, murmelte er, und dann zog ihm eine halb vergessene Operettenmelodie durchs Hirn: Die Liebe, die Liebe ist eine Himmelsmacht.

»Du siehst fast wie ein Knabe aus«, sagte Georges, indem er Ilses Wuschelkopf betrachtete.

»Warum? Gefällt es dir nicht?«, fragte sie. »Ich bin mir auch komisch vorgekommen, als ich heute vom Friseur kam. Aber alle Frauen tragen jetzt kurz.«

»Natürlich gefällt es mir. Man sieht jetzt erst richtig, was für einen klugen Kopf du hast.«

Sie lachte ein kleines befriedigtes Lachen. »Der Friseur hat mir auch Komplimente gemacht. Er wollte mich sogar für die Auslagen fotografieren lassen, weil mir die Frisur angeblich so gut steht. Aber das hat er bestimmt nur so gesagt.« Sie musste sich plötzlich an ihren Backfischtraum erinnern, ein großer Filmstar zu werden, und bemerkte mit leichtem Staunen, dass ihr jetzt gar nichts mehr daran lag.

Georges' schwerer Blick, der unausgesetzt auf ihr ruhte, irritierte sie. Sie sprang schnell auf, trat vor den großen Wandspiegel und begann sich zu kämmen. Aber Georges' Blick folgte ihr. Sein Spiegelbild erschien ihr noch schärfer und eindrucksvoller als die Wirklichkeit. Sekundenlang empfand sie die Einmaligkeit der Situation. Eine historische Stunde!, dachte sie mit leichter Selbstironie. Sie hatte schon mit so manchem Mann das Zimmer geteilt, aber dieses Zimmer hatte für sie eine besondere Atmosphäre. Sie wusste, dass dieser Mann ein gefährliches Spiel spielte, und das war es im Grunde, was sie an ihm reizte. Sie glaubte, ihm nicht verfallen zu sein, aber sie sah, ohne es zu wissen, zu ihm auf wie ein kleines Mädchen, und sooft sie sich auch sträubte, ihm zu gehören, kam sie doch immer wieder.

»Lange Haare, kurzer Verstand«, sagte Georges. »So heißt es bei uns in Rumänien. Ich muss mir auch die Haare schneiden lassen, damit sie nicht länger werden als deine. Sonst wirst du noch klüger als ich.«

»Vielleicht bin ich es!«, erwiderte Ilse ironisch.

Georges lachte. »Vielleicht. Du kommst nur nie dazu, es zu beweisen. Ich muss dir einmal Gelegenheit dazu geben.«

»Ja!«, rief sie und wandte sich um. »Gib mir Gelegenheit. Ich möchte etwas tun.«

»Ich werde dir eine bessere Chance geben, als es je ein Regisseur könnte«, sagte Georges langsam.

Sie kam neugierig auf ihn zu und setzte sich neben ihn auf den Diwan. Er zündete sich umständlich einen Zigarillo an.

»Du bist erste Klasse, das weiß man seit deiner Aktion beim ›Weißen Kreuz‹, als du Boris bei dem Wagen geholfen hast. Man muss dich nur richtig einsetzen. Du könntest noch mehr leisten.«

»Was soll ich denn machen?«, fragte sie erregt. »Soll ich diesem Freddie Hirsch den Kopf verdrehen oder mit dem Polizeipräsidenten kokettieren?«

»Würdest du es tun?«, fragte Georges.

Ilse dachte nach. Es musste interessant sein, mit dem Polizeipräsidenten zu flirten. Sie stellte sich ihn als einen dicken, schwerfälligen Mann mit speckigem Nacken vor. Es musste interessant sein, zuzusehen, wie die Beamten auf einen Wink von ihm flogen, und gleichzeitig zu wissen, dass er ihr fünf Minuten später mit einem demütigen Blick die Hand küssen würde.

»Mit dem Polizeipräsidenten?«, fragte sie spontan.

Georges lachte herzlich. »Aber nein!«

»Mit Freddie Hirsch?«

Er tat ihre Frage mit einer Handbewegung ab. »Freddie Hirsch, der ist längst erledigt. Ich frage nur so im Allgemeinen. Würdest du jemandem den Kopf verdrehen, wenn ich es dir sage?« Er sah durch den Rauch des Zigarillos aus kleinen Augen auf sie.

Sie wich seinem Blick aus. »Das kommt darauf an«, sagte sie spielerisch. »Wenn er hübsch ist …«

»Nein. Ich meine, wenn du ihn noch gar nicht kennst.«

»Das kann ich doch nicht im Voraus sagen.« Sie hob die Schultern.

»Ich müsste es aber vorher wissen. Hundertprozentig. Sonst hat es keinen Zweck.«

»Wer ist es denn?«

»Ein Ungar. Ein dicker, reicher Ungar, der mit Schiebungen viel Geld verdient hat.«

»Und was müsste ich aus ihm herauskriegen?«

»Gar nichts. Du musst ihn uns selbst bringen. Den ganzen Mann.«

»Das verstehe ich nicht. Kannst du nicht selber zu ihm gehen?«

»Nein, das geht wirklich nicht. Der Mann wohnt in Salzburg. Mit mir würde er wahrscheinlich nicht gehen.«

»Ist er dir Geld schuldig?«, fragte Ilse.

»Nein. Ich kenne ihn gar nicht. Es ist ja auch nicht so wichtig, warum ich ihn brauche. Und es würde dir bestimmt nicht schwerfallen, ihn so weit zu bringen. Du müsstest ihn nur dazu bringen, eine kleine Reise mit dir zu machen. Es ist so ungefähr dasselbe wie damals mit dem Chauffeur. Nur dass er nicht deinen Koffer tragen soll. Aber ich glaube, bei deinem Geschick und bei deiner Anziehungskraft müsste es dir ein Leichtes sein, ihn dazu zu bringen. Er hat sicherlich für hübsche Mädchen etwas übrig.«

Ilse verstand noch immer nicht. »Aber wozu?«, fragte sie eindringlich. »Darfst du nicht über die Demarkationslinie? Wirst du dann auf dieser Seite auf ihn warten?«

»Ich werde nicht selbst warten, aber Boris fährt mit dir. Er weiß dann schon, was mit ihm zu geschehen hat. Das ist dann gar nicht mehr deine Sache.«

»Boris fährt mit?«, unterbrach sie ihn heftig.

»Ja. Warum nicht?«

»Das ist mir gar nicht recht!«, sagte sie entschieden. »Ich mag ihn nicht.«

»Er wird dir nicht gefährlich werden«, lächelte Georges.

Nein, das kann er wirklich nicht!, dachte Ilse. Sie wunderte sich jetzt, dass sie sich überhaupt einmal mit Kostoff eingelassen hatte.

»Ist er vielleicht schon dort?«

»Ja«, sagte Georges gedehnt. »Er wird schon dort sein.«

»Aber die Polizei sucht ihn doch!«, begehrte Ilse auf. »Wenn ich mit ihm zusammenkomme, bin ich ja auch in Gefahr! Vielleicht schnappen sie mich mit ihm.«

Georges klopfte sorgfältig die Asche von seinem Zigarillo. »In Gefahr? Ist das eine Neuigkeit für dich?«, fragte er leichthin. »Ich bin auch in Gefahr. Wir sind es alle. Immer leben wir gefährlich. Jetzt kann die Tür aufgehen und sie können hereinkommen, um uns zu holen. Und – ist etwas dabei? Schreckt es dich? Das ist doch der Witz unseres Lebens, dass wir unsere Haut riskieren, um dieser ganzen satten Bande das zu entreißen, was wir zum Leben brauchen und was sie uns nicht gutwillig gibt. Wir können es natürlich nicht ewig tun. Wenn wir genug haben, gehen wir von hier weg, und das wird bald sein. Sobald dieses eine Geschäft abgewickelt ist, können wir reisen. Das Spiel wird weitergehen, aber dann sind wir oben.«

Sie ließ kein Auge von seinem Mund, als er ihr seine Ansichten so eindringlich erklärte. Er kam ihr sehr weitblickend und überlegen vor. Sie war davon durchdrungen, dass er wusste, was er wollte.

»Also, was muss ich tun?«, fragte sie.

»Es ist ganz einfach. Ich habe dir schon erklärt, du …«

»Ja! Aber was wollt ihr mit dem Mann machen?« Es war ihr wieder eingefallen, warum sie sich gesträubt hatte.

»Mach dir darüber keine Sorgen. Wir werden ihn übergeben. Er ist ein Kriegsverbrecher.«

»Den Russen?«

»Ja. Wir müssen ihnen leider diesen Gefallen tun. Ich brauche sie.«

Ilse musste plötzlich aufspringen und ein paar Schritte durchs Zimmer gehen. Sie war bereit gewesen, für Georges zu tun, was er von ihr verlangte. Aber nun fiel ihr das Schicksal ihrer Eltern ein. Waren sie nicht auch als Kriegsverbrecher bezeichnet und behandelt worden? Sie wusste es nicht. Sie wusste überhaupt nichts von ihnen. Sie waren einfach verschwunden, und sie konnte nichts über ihr Schicksal erfahren, obwohl sie sich eine Zeit lang verzweifelt darum bemüht hatte. Sie wusste nur, dass die Russen sie von ihr getrennt hatten.

»Was hast du denn?«, fragte Georges nervös. »Das geht uns doch nichts an, was mit dem Mann geschieht. Bestimmt hat er genug auf dem Gewissen, sonst würden sie ihn nicht suchen.«

»Das weißt du gar nicht!«, rief Ilse heftig und warf sich in den Fauteuil. »Sie sagen von vielen, dass sie Kriegsverbrecher sind, nur weil sie ihre Gegner sind. Ich kann da nicht mittun.«

Georges stand auf. »Ich will dich nicht zwingen«, sagte er düster. »Du musst dir aber wirklich keine Sorgen machen. Der Mann hat für sie gearbeitet, und dann hat er sie verraten. Er ist ein Schwein. Er ist nicht unschuldig. Aber wenn du nicht willst, musst du natürlich nicht.«

Ilse sah hilflos zu ihm auf. »Gibt es denn gar keine anderen Mittel?«, fragte sie zaghaft. »Muss es immer so grausam zugehen?«

»Leider!«, sagte Georges, indem er mit großen Schritten hin und her zu gehen begann. »Ich habe die Lebensgesetze nicht gemacht. Es gibt nur Getriebene und Treiber. Man muss das Spiel mitmachen, oder man gibt sich damit zufrieden, immer gestoßen zu werden. Ich hätte auch ein kleiner Beamter werden können und mir eine hausbackene Frau nehmen und drei Kinder mit ihr haben. Und sparen und einteilen und zittern, dass man nicht hinausgeworfen wird.«

Ilse lächelte. »Ich kann mir dich als Familienvater wirklich nicht vorstellen«, sagte sie.

»Nichts gegen die Familienväter. Jedem das Seine. Aber das kann ich wieder nicht. Du bist vielleicht anders veranlagt. Du siehst zwar nicht so aus, aber vielleicht bist du es. Spring ab. Mädchen, spring ab! Werde ein braves Hausmütterchen, koch deinem Gatten Sauerkraut und führe deine Kinder in den Park! Ein ruhiger und sicherer Platz hat auch seine Reize, wenn er auch klein ist. Klein, aber fein und mein.«

Sie folgte ihm mit den Augen, wie er hin und her ging und heftig auf sie einsprach. Sie sah sich im Geiste wirklich schon in irgendeine winzige, dunkle Küche verbannt, und es überlief sie ein Schauer.

»Warum beraubst du dann nicht gleich die Banken?«, fragte sie unvermittelt. »Mit einer Bande und Maschinengewehren und Schießereien? Warum machst du das, was du willst, nicht im Großen?«

»Ich? Ich bin kein Räuber. Ich mache Geschäfte, ich vergieße kein Blut. Warum soll ich mir die Hände schmutzig machen?«

»Soll der Mann vielleicht auf Erholung geschickt werden?«

»Nein, wahrscheinlich nicht. Aber das ist doch wirklich nicht unsere Sache. Wir spielen am grünen Tisch, und wir sind auch nicht schlechter als die Diplomaten, die in schwarzen Anzügen herumlaufen und Frieden schließen und Kriege erklären. Die bekommen sogar eine Pension, wenn sie damit aufhören, und sind hochbegabte Leute. Sie zerbrechen sich auch nicht den

Kopf darüber, was mit den Menschen geschieht, über die sie bestimmen, und das sind viel mehr Menschen. Warum sollen wir uns an die Wand spielen lassen? Das sehe ich überhaupt nicht ein.«

»Du hast für deine Person vielleicht recht«, sagte sie mutlos. »Aber jeder ist nicht so wie du.«

»Du sollst sein wie ich!«, rief er und trat auf sie zu. Er umklammerte ihre Schultern, als wollte er von seiner Kraft etwas auf sie übertragen. »Ich will nicht, dass du untergehst wie irgendein kleines Mädchen. Du gehörst mir. Wir werden zusammen weiterkommen.«

»Du hast genug Freunde«, sagte sie schwach und fühlte, wie ihr die Tränen kamen.

»Ich pfeife auf alle Freunde!«, sagte er an ihrem Ohr. »Ich will dich haben. Nur dich.«

»Ich will ja bei dir bleiben«, flüsterte sie. »Aber muss ich es mir so schwer verdienen? Geht es nicht ohne das?«

»Natürlich geht es auch ohne das! Ich verlange ja nichts von dir. Aber was ist das für eine Kameradschaft, wenn man nicht alles zusammen erkämpft? Ich will dir nichts schuldig sein, und ich glaube, dass du mir auch nichts schuldig sein willst. Sonst würdest du auf die Dauer nicht bei mir bleiben. Ich kann es dir auch nicht zumuten. Warum sollst du meine Gefahr teilen, ohne mein Spiel geteilt zu haben?« Er sprach mit dem Fanatismus eines Agitators, aber zugleich warm und nahe bei ihr wie ein großer Bruder, der sie auffordert, ins Wasser zu springen, und ihr sagt: Es wird ja nicht so gefährlich sein, ich bin ja bei dir. Sie fühlte sich schwach werden unter dem Griff seiner Finger, die ihre Schultern umklammerten.

»Aber du wirst nicht bei mir sein!«, flüsterte sie.

»Ich werde immer bei dir sein. Dieses eine Mal musst du dich überwinden, für zwei Tage, und dann gehen wir zusammen fort und werden uns nie mehr trennen, unser ganzes Leben lang. Willst du das nicht? Willst du das?«

»Ja …«, sagte sie kaum hörbar.

Es war feierlich wie ein Abschied. Zum ersten Mal kam es Georges zu Bewusstsein, dass er sie vielleicht verlieren könnte. Mit einer impulsiven Bewegung zog er sie an sich und drückte sie fest in seine Arme.

EIN BEDAUERLICHER IRRTUM

Boris Kostoff hatte sich schon lange nicht so wohlgefühlt. Er kam sich vor wie in der Sommerfrische. Sie hätten ihn in keine angenehmere Gegend schicken können als gerade nach Salzburg. Es war ein sonniger Vormittag, etwa zehn Uhr. Er saß in einem Gasthausgarten an der Hellbrunner Allee, legte gemütlich eine Patience und trank Coca-Cola mit Kognak. Das war seine neueste Entdeckung. Die Mischung war ausgezeichnet.

Die Patience ging nicht auf, aber das machte nichts. Er hatte Zeit. Er wartete nur auf Ilse. Sie mochte kommen oder nicht, das war ihm ziemlich gleichgültig. Die Sache würde schon in Ordnung gehen. So eilig hatte er es nicht. Bis die drei Wagenladungen Zigaretten, die sie glücklich nach Wien gebracht und verteilt hatten, verkauft waren, würden mindestens vierzehn Tage vergehen. Vorher hatte er in Wien nichts verloren. Außerdem suchte man ihn dort.

Er wollte die schönen Salzburger Tage genießen und sich des wiedergewonnenen Lebens freuen. Um ein Haar hätten sie ihn geschnappt. Nachdem ihn die zwei Amis verzinkt hatten, war er zehn Tage lang in Mönichkirchen gehockt und hatte gewartet auf einen neuen Pass und darauf, dass ihm der Schnurrbart wuchs. Jetzt saß er in der Hochburg der amerikanischen Zone Österreichs und fühlte sich ganz westeuropäisch. Er hieß Victor Nebel und war gebürtig aus Lausanne. Dass er Französisch nur ein paar Brocken sprach, die sich in »Comment ça va?« und »Merci bien« beinahe erschöpften, spielte keine Rolle. Der Pass war ausgezeichnet. Er sah echter aus als ein echter. Zu Anfang war er funkelnagelneu gewesen, viel zu neu. Aber Boris Kostoff war ein paarmal darauf herumgetreten und hatte ihn ein bisschen zerknittert. Jetzt war er prima. Der Gendarm an der Demarkationslinie hatte sich verbeugt, als er ihn dem distinguierten älteren Herrn zurückgegeben hatte. Auch die Brille aus feinem Golddraht, deren Gläser Fensterglas waren, und der volle gestutzte Schnurrbart waren prima. Der Schnurrbart erinnerte ihn an seine Studienzeit. Damals hatte er auch einen getragen, nur ein bisschen schütterer, um älter zu wirken. Der Mädchen wegen natürlich. Er lächelte vor sich hin. Heute musste man sich nicht so anstrengen. Das Leben war einfach geworden. Leichter, angenehmer. Man musste auch nicht mehr kranke Kühe behandeln, Pferde, Hunde, Kanarienvögel. Wie nett das Leben sein konnte, das merkte er erst jetzt so richtig. Er warf einen Blick in die Runde, auf das volle, saftige Grün und auf die blauen Berge dahinter. Urlaub!, dachte er und seufzte vor Vergnügen. Was ist dagegen die dumpfe Atmosphäre des Casinos? Und das Herumschachern, das Versteckenspielen, die nervöse Hetze des Geschäftes! Hier musste er nur sitzen, ein bisschen in der Sonne sitzen und warten. Alles Weitere ging automatisch. Es war eine Sache des Hirns.

Er atmete befriedigt und ließ die Karten durch seine kurzen Finger gleiten. Ich werde mir noch eine Coca-Cola bestellen, dachte er, mit doppeltem Kognak. Dann rief er nach der verschlafenen Kellnerin. Aber statt ihr stand plötzlich Ilse vor ihm. Mit einem halben Gruß ließ sie sich an seinem Tisch nieder. Sie sah etwas finster drein und hatte die Lippen fest zusammengepresst. Kostoff, der nicht einmal aufgestanden war und ihren Gruß mit einem kurzen Nicken quittierte, betrachtete sie eingehend. Sie sah gut aus im tief ausgeschnittenen neuen Dirndlkleid, das sie sich offenbar hier gekauft hatte.

»Schön hast du dich ausstaffiert!«, sagte er im Ton eines

wohlwollenden Onkels. »Wie eine waschechte Salzburgerin schaust du aus. Ich habe mich auch schon entschlossen, mir einen Steireranzug zu kaufen und einen Hut mit Gamsbart dazu, damit wir zueinander passen.«

Er lachte, und sie blitzte ihn finster und voll Hohn an. Aber er wollte sich seine gute Laune nicht von einem Frauenzimmer verderben lassen.

»Schau, Coca-Cola!«, sagte er und deutete auf die Flasche. »Hast du schon probiert? Mit Kognak musst du es trinken. Schmeckt ausgezeichnet.« Er rief wieder nach der Kellnerin.

»Lass das!«, fuhr sie ihn kurz an. »Wir haben Wichtigeres zu reden.« Sie sah sich nervös um. Die Zischlaute ihrer scharf akzentuierten Sprache waren Kostoff unangenehm. Ihre Anwesenheit war ihm überhaupt unangenehm. Ilse war für ihn eine verlorene Schlacht.

»Sehr richtig«, sagte er ärgerlich. »Wir haben wichtige Geschäfte. Aber die Sache hängt von dir ab. Wie weit bist du?«

»Wie weit? Weit genug. Aber es geht nicht dort. Es wohnen noch Leute in dem Haus.«

»Was heißt: Dort geht es nicht?«

»Du hast mir doch gesagt, ihr wollt ihn von dort abholen. Ich soll ihn einschläfern oder wie du dir das vorgestellt hast.«

»Das lass nur meine Sorge sein. Die Frage ist, wie gut du mit ihm stehst. Bist du schon so gut mit ihm, dass er mitgeht, wenn du ihn irgendwo hinführst?«

»Du glaubst, gleich auf die russische Kommandantur in Wien? Nein, so gut bin ich nicht mit ihm.«

»Das wäre aber am einfachsten!«, grinste Kostoff behaglich.

Ilse errötete zornig. »Ich verstehe überhaupt nicht, was du noch willst! Ich habe den Mann kennengelernt, ich fahre schon mit ihm in der Stadt herum – willst du, dass ich mit ihm schlafen gehe?«

Kostoff hob die Schultern.

»Das ist deine Sache. Ich kenne den Mann nicht. Ich habe nur seine neue Identitätskarte. Die erste Identitätskarte, die ich jemandem umsonst verschaffe. Außer dir.«

»Ich werde dir etwas sagen!«, rief Ilse wütend. Gleich darauf presste sie wieder die Lippen zusammen, denn die dicke Kellnerin räumte umständlich und geräuschvoll das Tablett weg, dann entfernte sie sich. Ilse wartete, bis sie hinter den Linden verschwunden war. Dann begann sie wieder zu zischen.

»Ich werde dir sagen, wie die Sache vor sich gehen wird, mein lieber Boris. Ich warte nicht mehr lange, ich habe genug. Ich werde ihn heute Abend einschläfern, wie ihr mir gesagt habt, und dann gehe ich weg. Ihr könnt ihn abholen. Macht, was ihr wollt. Aber ihr werdet erwischt werden. Ich habe dir schon gesagt, in dem Hause sind Leute.«

Kostoff wurde aufmerksam.

»Ich verstehe gar nicht, warum du so ungeduldig bist. Es ist doch eine herrliche Gegend hier. Wir brauchen alle ein bisschen Erholung.«

»Für dich ist es vielleicht eine Erholung. Für mich nicht. Glaubst du, es ist einfach, diesen Mann so lange zum Narren zu halten?«

Du musst ihn ja nicht zum Narren halten!, dachte Kostoff. Er hätte sie gern in einer intimen Situation mit dem Ungarn gewusst, schon aus Rache für ihren Verrat an ihm. Aber er sagte es nicht. Er machte eine ernste Miene.

»Gut, gut. Ich sehe, dass du schon nervös bist. Das ist zwar eine schwierige Sache, die man nicht so einfach übers Knie brechen kann, aber ich werde mein Möglichstes tun. Kannst du arrangieren, dass wir uns heute Abend mit ihm treffen?«

»Du und Charly?«, fragte Ilse verständnislos.

»Ja, natürlich. Du stellst uns als alte Bekannte vor und bist ganz begeistert über das Wiedersehen. Dann werden wir zusammen trinken, und das Weitere überlass mir.«

»Aber ich muss doch wissen …«, begann Ilse verstört.

»Ich werde dir schon Nachricht zukommen lassen. Du musst ihn nur dazu bringen, dass er dann tut, was wir ausmachen.«

»Was willst du denn mit ihm ausmachen?«

Kostoff tätschelte ihr spöttisch die Wange.

»Zerbrich dir nicht deinen Kopf.«

Er schnaufte befriedigt, denn eben brachte die Kellnerin die Coca-Cola.

»Also wo?«, fragte er, als sie weggegangen war.

»Auf dem Mönchsberg. Ihr müsst mit dem Lift hinauffahren.«

»Gut. Ganz modern. Schauen wir uns die Stadt von oben an. Das wollte ich schon immer.«

Niemand kannte sich in den Affären des Doktor Imre Zoltan aus. So dachte er wenigstens. Er war nicht nur Rechtsanwalt, sondern auch bäuerlicher Herkunft, also schlau genug, um alle Spuren seiner verworrenen Tätigkeit zu verwischen.

Doktor Zoltan war Anwalt in einer ungarischen Provinzstadt gewesen und bis 1943 ein eifriger Horthy-Anhänger. Stalingrad hatte ihn bewogen, von nun an mit den Gegnern des Regimes zu sympathisieren, was ihm 1945 ein Mandat auf den Listen der Kleinlandwirtepartei eintrug.

Als nach der Flucht des Ministerpräsidenten Ferenc Nagy die Kleinlandwirtepartei von den kommunistischen Machthabern gleichgeschaltet wurde, war es für Doktor Imre Zoltan höchste Zeit, sich außer Landes zu begeben. Dabei hatte er Pech und wurde erwischt. Aber seiner Verhandlungstüchtigkeit gelang es, der Verschickung in ein Zwangsarbeitslager zu entgehen. Er durfte schließlich ausreisen, allerdings mit der Verpflichtung, im Ausland für den ungarischen Geheimdienst zu arbeiten. Seine Frau und seine zwei Kinder ließ er als Geiseln zurück.

In Salzburg wurde er vom Ungarischen Komitee der Grünen Internationale als Kleinlandwirtemärtyrer mit offenen Armen empfangen. Bald spielte er eine führende Rolle in Emigrantenkreisen. Er reiste unermüdlich von Lager zu Lager, predigte Demokratie und handelte mit gefälschten alten königlich-ungarischen Pässen, auf die einige westliche Länder Visa erteilten. So wurde er bald eine unter Flüchtlingen sehr begehrte Persönlichkeit. Seine Popularität und seine Verbindungen nützte er dazu aus, mit Informationen über ungarische Industrieanlagen und militärische Einrichtungen Handel zu treiben. Dabei erfüllte er aber trotzdem getreulich die eingegangenen Verpflichtungen. Er lieferte nicht nur einer westlichen Macht Informationen über Ungarn, er lieferte auch Ungarn Informationen über die Organisation der Grünen Internationale und über politische Vorgänge im Westen Österreichs. Seine Landsleute waren anfänglich sehr zufrieden mit ihm, aber später verlangten sie mehr. Und er tat es gern, zumal sie dafür auch mehr bezahlten. Es handelte sich um Menschen.

Da er in ungarischen Flüchtlingslagern als Agent einer westlichen Macht galt, fiel es ihm nicht schwer, Beziehungen zu verschiedenen jungen Neuankömmlingen anzuknüpfen. Nachdem er ihnen für Nachrichten aus Ungarn kleinere Beträge gezahlt hatte, bewog er sie durch das Angebot einer ungeheuren Summe, für kurze Zeit zu einer wichtigen Mission in die Heimat zurückzukehren. Er zahlte Vorschüsse aus und versorgte die jungen Leute mit falschen Papieren. Die Pässe nützten den Pseudoagenten aber nichts, denn an der ungarischen Grenze wurden sie erwartet und sofort verhaftet. Doktor Zoltan hatte ihre genauen Signalements vorausgeschickt. So lieferte er im Laufe eines Jahres sechzehn junge Männer in die unersättlichen Reservoirs der östlichen Zwangsarbeitslager. Die Protokolle über ihre Aussagen schickte er zum Beweis des Landesverrates nach und auch zum Beweis dafür, dass er sie nicht anderweitig verwendete. Aber die Kopien verkaufte er dann doch. So verdiente er von beiden Seiten und schmeichelte sich, der privilegierte Inhaber eines unfehlbaren diabolischen Systems zu sein. Er wusste nicht, dass das System nicht ganz so unfehlbar war.

Drei Agentenberichte aus letzter Zeit besiegelten sein Schicksal: der Bericht eines östlichen Agenten, dass Zoltan die Kopien verkaufe; der Bericht eines westlichen Agenten, dass Zoltan Flüchtlinge ausliefere; und der Bericht eines östlichen Superagenten, dass dies einer westlichen Macht bereits bekannt sei. Die beiden östlichen Berichte befanden sich in den Händen des Hauptmanns Gubarew. Das Schicksal des Doktor Imre Zoltan war besiegelt. Aber Doktor Imre Zoltan wusste noch nichts davon.

Der hat doch wirklich nichts anderes zu tun, als eine liebenswürdige Miene zu ziehen, dachte Ilse, als sie Charlys ausdrucksloses Gesicht betrachtete. Sie wetzte jetzt nicht mehr unruhig hin und her, denn das Gespräch war in sicheres, gemächliches Fahrwasser geraten. Die Herren waren schon ziemlich betrunken und klagten einander gegenseitig ihr Leid. Man sprach in zusammenhanglosen Sätzen von Geschäften.

Von der Seite sah sie Imre Zoltans Hornbrille, eigentlich nur ihren massiven rechten Bügel, und ein Stück seiner rauen, roten Gesichtshaut. Kostoff, der ihr behaglich gegenübersaß, zwinkerte ihr manchmal unmerklich zu. Die Jazzband spielte »Only Five Minutes More!«. Der Wein war nicht schlecht, und es war auszuhalten. Sie war dabei geblieben, während Kostoff und Zoltan schon längst Kognak tranken. Kostoff spielte die

Rolle des leutseligen, etwas naiven Schweizers hinreißend. Seine sonderbare Sprachfärbung fiel dem Ungarn nicht auf. Kostoff hatte ihn gewonnen, als er auf seine Erzählung von einem Schweizer Bundesrat Röttinger, den Zoltan kannte, lebhaft reagierte und behauptete, er sei mit ihm in einem Kegelklub gewesen. Die Champions des Klubs waren natürlich Röttinger (der so gern Scharfes aß, erinnern Sie sich?) und er, Monsieur Nebel. Kostoff hatte dann die Flasche bestellt und Zoltan eingeladen. Ilse war froh, dass man sie vergessen hatte. Charly hatte sie ein paarmal zum Tanzen aufgefordert, aber sie hatte immer abgelehnt, denn sie hatte ihn schon in Wien nicht leiden können. Er war einer jener unangenehm eingebildeten Männer, die glauben, sie brauchten eine Frau nur anzuschauen, um sie für sich zu gewinnen. Jetzt aber saß er da und schaute mit gezwungener Liebenswürdigkeit ins Leere.

»In Wien liegt das Geld auf der Straße«, sagte Kostoff mit sorgenvoller Miene. »Wenn wir nur so könnten, wie wir wollten!«

»Wieso? Aber Sie sind doch oft in Wien?«, fragte Zoltan.

»Ja, gewiss. Man macht Geschäfte, wo es geht. Wir sind Demokraten. Aber das ganz große Geschäft – da kann man doch nicht so einsteigen, wie man möchte. Das ist das Geschäft mit den Russen.«

»Mit den Russen?«, fragte Zoltan angeregt.

Ilse war die Gesprächswendung nicht angenehm. Aber sie erkannte, dass Zoltan nicht aus blinder Vertrauensseligkeit auf ihre Bekannten eingegangen war, sondern aus Neugier. Vielleicht aus Gier.

»Natürlich mit den Russen. Sie verkaufen fünfzig Prozent unter dem Weltmarktpreis – was Sie wollen. Was Ihr Herz begehrt. Es kostet sie ja nichts. Es ist doch alles Beute. Und für Dollars zahlen sie den besten Kurs. Das ist ein Geschäft, an dem man doppelt verdienen kann. Aber leider … schließlich ist man es seinem Prestige schuldig, dass man sich nicht zu tief mit ihnen einlässt. Ich bin Demokrat«, wiederholte er, und seine goldene Brille blitzte vor Ehrlichkeit.

»Baratom!«, sagte Doktor Zoltan ergriffen und legte Kostoff die Hand auf die Schulter. Sie waren beide überfreundlich, aber Ilse wusste, dass ihr Gespräch mehr ein Abtasten war. Sie würden nicht eher aufhören, als bis sich etwas Konkretes ergeben würde. Kostoff erzählte von seinem angeblichen Aufenthalt in Zürich. Sie nannten Namen von Straßen und Hotels, es klang ziemlich glaubwürdig. Dann begann Zoltan begeistert, von seinen internationalen Beziehungen zu schwärmen.

»Eigentlich suche ich jemanden«, sagte er nach einer Trinkpause, »der mir in einer nicht unwichtigen Auslandsangelegenheit behilflich ist.« Der kleine dicke Mann mit den missglückten bourgeoisen Allüren zögerte einen Augenblick. »Ich brauche nämlich ein Schweizer Konto. Und Sie können sich denken, lieber Freund, es schaut doch komisch aus, wenn man jemanden, mit dem man gesellschaftlich auf gutem Fuß steht, ich meine, eine Persönlichkeit …«, er zögerte wieder. »Wenn man da plötzlich mit so einem Anliegen kommt. Ich brauche einen Schweizer, der für mich garantiert. Aber schauen Sie, der Bundesrat Röttinger, den ich doch wirklich gut kenne, also wir waren miteinander auf der Entenjagd. Schauen Sie, das geht doch nicht. Das kann man doch nicht. In was für eine Situation kommt man da? Persönlich, geschäftlich – unmöglich. Aber wir zwei, wenn ich Sie so anschaue, lieber Freund: Sie sind doch ein vernünftiger Geschäftsmann.«

»Ah …«, sagte Kostoff mit einer breiten Geste. »Das lässt sich selbstverständlich machen. Ich kenne Sie zwar erst zwei Stunden – aber: So etwas merkt man. Sie sind ein anständiger Mensch. Sie kennen ihn doch schon lange, Fräulein Ilse, sagen Sie selbst: Habe ich recht?«

»Ach, ich kenne ihn seit Monaten!«, sagte Ilse geistesgegenwärtig, obwohl sie dem Gespräch kaum zugehört hatte. Der Jazzdirigent hatte begonnen, ihr Männchen zu machen, und sie hatte ihn unverwandt betrachtet. »Ich sage Ihnen, Herr Nebel, so einen anständigen Menschen finden Sie nicht so bald wieder.«

Doktor Zoltan grinste ihr geschmeichelt zu.

»Alles Psychologie!«, sagte Kostoff selbstgefällig und deutete lächelnd auf sich.

»So etwas merkt man eben einfach!«, warf nun Charly ein. Es klang dumm und verhallte. Dann entstand eine verlegene Pause.

»Natürlich regle ich Ihnen das, und mit Vergnügen!«, ermannte sich Kostoff.

»Aber Herr Nebel«, begann der Beau, der offenbar seinen Fehler gutmachen wollte: »Was ist mit unserem Geschäft? Wir wollten doch nach Linz fahren!«

»Natürlich!«, erwiderte Kostoff begütigend. »Das hat doch damit nichts zu tun. Natürlich fahren wir. Nach Zürich komme ich sowieso erst nächste Woche. Der Bursche ist nämlich sehr intelligent«, wandte er sich erklärend an Zoltan. »Er hat fortlaufend gute Ideen. Sein einziger Fehler ist, dass er nie Geld hat. Er verdient viel, aber er verbraucht es gleich wieder.« Er zwinkerte, und die beiden älteren Herren lachten verständnisvoll.

Nach einigem belanglos-anzüglichen Gerede über Frauen – wobei Ilse gütigst ausgenommen wurde – konnte Doktor Zoltan nicht umhin, auf das Geschäft zurückzukommen.

Sein Interesse war nun einmal geweckt.

»Ich kenne ja den jungen Mann nicht näher«, begann er vorsichtig. »Aber vielleicht könnte man einmal etwas gemeinsam machen. Man müsste die Sache prüfen. Worum handelt es sich denn?«

Kostoff machte eine gequälte Miene, als würde er sich fragen:

Soll ich es ihm verraten oder nicht? Dann sagte er geheimnisvoll: »Bril-lan-ten«.

Bei diesem Wort trat sein bulgarischer Akzent deutlich hervor. Aber Doktor Zoltan war schon zu betrunken, um das noch zu merken.

»Schöne Steine?«, fragte er mit großen Augen.

Kostoff begann plötzlich zu kichern. »So schön, wie es sie nur in Budapest gibt. So ein Zufall! Sie stammen von Ihren Landsleuten!«

»Wieso in Budapest?«, fragte Doktor Zoltan argwöhnisch.

Wieder schaltete sich der Beau ein. »Nicht in Budapest, in Linz!«, sagte er laut. »Wir kaufen die Steine von Flüchtlingen. Da ist ein …«, er stockte. »Da ist eine Familie, die mir ein Angebot gemacht hat. Fantastisch. Steine von zwei und drei Karat. Lupenrein. Und –«

»Und zu einem sehr kulanten Preis«, unterbrach ihn Kostoff. »Spottbillig eigentlich. Ein fantastisches Glück hat der Bursche gehabt, dass er mich hier getroffen hat. Sie bleiben ihm bis morgen im Wort. Er hat ihnen als Anzahlung gegeben, was er bei sich gehabt hat, damit sie vorläufig zu leben haben. Den Rest habe ich jetzt aufgebracht. Der Jammer ist, dass wir nicht alles nehmen können. Ich habe diesmal leider zu wenig Franken mitgenommen. Trotzdem, wir müssen uns beeilen, dass wir rechtzeitig kommen. Dass sie niemand über den Tageskurs aufklärt. Ich kann Ihnen nur so viel sagen: das Geschäft des Jahres. Ein Jammer.«

»Wie heißen die Leute?«, fragte Doktor Zoltan plötzlich nüchtern.

»Karady. Warum?«

»Kenne ich nicht. Wie viel würde Ihnen fehlen?«

»Ach, eine Kleinigkeit. Ich könnte mir den Kopf abreißen, dass ich nicht mehr transferiert habe. Zwanzig.«

»Zwanzigtausend?«

»Ja. Und wegen dieser Bagatelle verliert man hundert. Immerhin runde dreizehntausend Franken. Kein Haus, aber ein schönes Weekend.«

»Dreizehntausend Franken?«, fragte Doktor Zoltan nachdenklich. »Und Sie sagen, Sie haben niemanden, von dem Sie das Geld jetzt leihen können?«

»An leihen habe ich gar nicht gedacht. Nein, eigentlich nicht.«

»Und hätten Sie etwas dagegen, wenn ich mich an der Sache beteiligen würde?«

Kostoff und der Beau sahen einander an.

»Ich habe schon etwas dagegen!«, lachte Kostoff. »Es ist doch eigentlich unser Geschäft!«

»Aber Sie haben nicht genug Geld. Schön, ich bin mit achtzig Prozent von meinem Anteil zufrieden. Natürlich müsste ich die Steine erst sehen.«

»Er will die Steine sehen«, sagte Kostoff zu Charly.

»Er soll sie sehen«, erwiderte Charly.

Dann klopften sie einander auf die Schultern, lachten, lärmten und waren glänzend aufgelegt. Zoltan, weil er glaubte, den naiven Schweizer hereingelegt zu haben, und Kostoff, weil er seine Beute kommen sah. Nur Ilse war nicht gut aufgelegt. Sie kam sich überflüssig vor und musste plötzlich an Georges denken. Hatte er das alles so vorausgesehen? Hatte er recht gehabt, sie zu schicken? Liebte er sie denn?

Und wenn ich jetzt abspringe?, dachte sie. Wenn ich diesem fetten Schwein einen Zettel schreibe, der ihm die Augen öffnet? Der Gedanke erregte sie, und sie begann auf ihrem Stuhl zu wippen.

Unlustig stapfte Kostoff durch das kahle Hotelzimmer. Alle zwei Minuten sah er nervös auf die Uhr.

»Wir hätten doch alle zusammen fahren sollen!«, knurrte er wütend. »Es ist halb neun. Um viertel hätte sie da sein sollen.«

»Das Mädchen hat etwas gegen dich«, sagte Charly kühl. Er saß seelenruhig auf dem zerschlissenen Diwan und rauchte.

Kostoff drehte sich brüsk um und maß ihn.

»Was? Gegen mich? Was soll sie gegen mich haben? Ich habe sie doch aus dem Dreck gezogen!«

»Vielleicht darum«, sagte der Beau. »Du spielst zu gern den Wohltäter. Manche Leute mögen das nicht. Ich auch nicht.«

Kostoffs goldene Brille zitterte.

»Du Trottel!«, fuhr er Charly an. »Wenn sie jemanden nicht mag, dann dich mit deinem blöden, geckenhaften Benehmen! Was schmierst du dich so an sie an?«

»Ich brauche sie nicht. Ich habe Mädchen genug. An jedem Finger ... drei!« Er spreizte seine langen, tabakgebräunten Finger und hob sie triumphierend hoch. »Aber du mit deinem Bauch! Das war eine Niederlage für einen Wohltäter! Ha!« Er lachte schallend.

Kostoff war nervös. Es war ihm speiübel vor Angst, dass die Sache schiefgehen könnte. Aber er sagte nichts und zuckte gleichmütig die Achseln.

Zu dieser Zeit saßen Ilse und der Ungar noch immer im Bahnhofsrestaurant. Es war Ilses Idee gewesen, hinzugehen. Sie hatte vorgegeben, Hunger zu haben. Nun aß sie behaglich und schien gar keine Eile zu haben. Sie spielte noch immer mit dem Gedanken, dem dicken Doktor die Wahrheit zu sagen. Auf jeden Fall wollte sie die Entscheidung hinausschieben. Jetzt lag noch einmal alles an ihr.

»Wir müssen aber doch bald gehen«, drängte Doktor Zoltan. »Die Herren warten bestimmt schon auf uns.«

Ilse sah ihn sich sorgfältig an. Aus seinem schwammigen Gesicht glänzten Erregung und Gier. Es machte ihr Vergnügen, ihn so aufgeregt zu sehen. Da rennt er begeistert in sein Verderben!, dachte sie. Ich könnte ihn noch aufhalten.

Er neigte sich über den Tisch, ergriff ihre Hand und küsste ihre Fingerspitzen. Sie beobachtete, wie er bittend zu ihr aufsah.

»Sie wollen schon gehen?«, fragte sie langsam.

»Ja, wenn es Ihnen nichts ausmacht, meine Gnädigste. Es ist doch ein Geschäft! Ich würde mit Vergnügen stundenlang neben Ihnen sitzen, aber es ist doch ein Geschäft ...«

»Ja«, sagte sie nachdenklich. »Lassen Sie mich den Wein noch austrinken.« Ihr Blick fiel auf die Fassade des Bahnhofs, auf der in großen Buchstaben die Reklameschrift der Pfandleihanstalt »Dorotheum« angebracht war. Sie war schon einmal hier gesessen. Damals hatte sie diese Schrift mit anderen Augen betrachtet. Sie hatte sich gefragt: Was könnte ich noch versetzen? Aber es war nichts mehr da gewesen. Und so hatte sie Wochen, Monate gelebt, von der Hand in den Mund. Alles war ungewiss, alles sinnlos gewesen. Jetzt ... jetzt war sie oben. Nur noch diese eine Sache, hatte Georges gesagt. Sie wusste, dass es noch nicht ihre letzte Aufgabe sein würde. Trotzdem lohnte es sich, dabei zu sein. Nicht nur wegen des Geldes. Wieder kitzelte sie jenes seltsame Lustgefühl, wenn sie das rote, leicht schwitzende Gesicht betrachtete.

»Gehen wir!«, sagte sie und machte sich zum Aufstehen bereit. »Herr Nebel wird schon warten.«

Doktor Zoltan sprang auf und bot ihr seinen fetten, kurzen Arm.

»Nachher werden wir groß ausgehen!«, murmelte er vertraulich. »Ich kenne ein nettes Lokal in Linz. Aber nur wir zwei allein. Können Sie es irgendwie regeln, dass Herr Nebel ...«

Sie lächelte ihm von der Seite verführerisch zu, wiegte den Kopf und sagte: »Wir werden sehen.«

So weit hatte die Sache geklappt. Doktor Zoltan saß auf dem abgeschabten Fauteuil, während Ilse ans Fenster getreten war und mit ihrem schmalen Feuerzeug spielte.

»Also, wo sind die Leute?«, fragte Doktor Zoltan und schaute verwundert von einem zum andern.

»Ja, wo sind die Leute?«, sekundierte Kostoff und sah vorwurfsvoll auf den Beau, der als Einziger stand und die Hände in den Taschen hielt. »Hoffentlich ist das kein Luftgeschäft!«

»Luftgeschäft?«, rief Charly. »Ich habe die Steine doch in der Hand gehabt!«

»Und wo sind sie?«

»Ja. Wo sind sie?«, wiederholte Doktor Zoltan.

»Das ist doch stark!«, rief Kostoff. »Glaubst du, wir sind zum Vergnügen nach Linz gereist? Wir sind da, das Geld ist da –«, er zog ergrimmt die Brieftasche, aus der einige Tausendschillingscheine lugten, und schlug sie gegen die flache Hand. »Und wo bleiben die Steine?« Er wandte sich, Einverständnis suchend, zu Doktor Zoltan. »Sie haben doch auch Ihr Geld mit, Herr Doktor?«

»Zuerst müssen die Steine her«, sagte der Ungar ausweichend.

»So rede doch!«, rief Kostoff. »Sind sie vielleicht schon verkauft?«

»Aber nein!«, sagte Charly ärgerlich begütigend. »Sie haben einfach Angst bekommen, den Schmuck so lange bei sich zu tragen. Sie haben ihn bei einem Juwelier deponiert. Wir müssen hinfahren. Herr Nebel hat ohnedies seinen Wagen da. Eine Sache von zehn Minuten.«

»Wo ist das?«, fragte Doktor Zoltan, plötzlich misstrauisch geworden.

»Zehn Minuten von hier. An der Urfahrer Brücke.«

»In Urfahr?«

»Ja, aber gleich bei der Brücke.«

»Das ist doch russische Zone!«, rief Doktor Zoltan. »Da kann ich nicht hinüberfahren!«

»Sie können nicht hinüberfahren?«, wunderte sich Kostoff. »Sie haben doch Papiere?«

Doktor Zoltan schüttelte den Kopf.

»Er hat keine Papiere«, nickte Kostoff. »Was machen wir da?«

»Aber das ist doch keine Affäre!«, sagte der Beau. »Hier wird doch kaum kontrolliert. Ich gebe Ihnen die Identitätskarte von meinem Schwager. Er schaut Ihnen sogar ähnlich. Sie müssen nur die Brille herunternehmen.«

»Aber ja, mit mir. Ich bin Schweizer. Da kann gar nichts passieren.«

»Das tu ich nicht!«, sagte Doktor Zoltan tonlos und richtete sich steif auf. »Auch nicht um hunderttausend Franken!«

»Er will also nicht!«, sagte Kostoff und machte Ilse mit den Augen ein Zeichen. »Es bleibt nur mehr die Möglichkeit, dass wir dem Burschen hier unser Geld mitgeben. Aber das will ich nicht riskieren; bei aller Freundschaft.«

In diesem Augenblick ging Ilse zur Tür. Doktor Zoltan stand auf.

»Nein, nein!«, rief er, indem er ebenfalls zur Tür schritt. »Ich will keine Geschäfte machen! Es tut mir leid! Unter diesen Umständen spring ich ab –«

Er konnte nicht zur Tür, durch die Ilse eben den Raum verlassen hatte, weil ihm der Beau im Wege stand.

»Schau, er will abspringen!«, sagte Kostoff gemütlich.

Jetzt erst, als Charly ihm ganz eindeutig den Weg verstellte, begriff Doktor Zoltan den Ernst der Lage.

»Ich habe kein Geld bei mir!«, schrie er und riss seinen Rock auf. Er hatte die Aktentasche mit den Banknoten vorsorglich am Bahnhof deponiert. Nun würde ihn die Vorsicht retten, wie schon so oft. Aber sie hatten es gar nicht auf sein Geld abgesehen, sie wollten sein Leben. Ehe er noch einen weiteren Gedanken fassen konnte, schlug ihn Charly mit einem Totschläger, den er plötzlich aus der Tasche gezogen hatte, seitlich hinter das Ohr, und Doktor Zoltan brach zusammen.

»Schieb ihm den Ärmel hoch!«, rief Kostoff halblaut und machte sich mit einer Injektionsspritze zu schaffen. Das Weitere ging sehr schnell.

»Du hast verdammt fest zugeschlagen!«, sagte Kostoff und horchte den Ohnmächtigen kurz ab. »Aber er lebt. Halt ihm den Arm hoch. Vor einer halben Stunde darf er nicht aufwachen.«

Charly sah beunruhigt zu, wie Kostoff mit großer Hast zwar, aber doch fachmännisch die intravenöse Injektion gab.

»Was spritzt du ihm da ein?«, fragte er.

»Evipan. Zum Schlafen.« Kostoff zog die Nadel heraus und tupfte den winzigen Blutpunkt ab. Dann schob er die Spritze in die Tasche, stand auf und sah sich kurz um. »Etwas vergessen? Nein.«

Sie nahmen den Bewusstlosen in die Mitte und schleppten ihn rasch die lärmenden Holztreppen hinunter. Dabei spielten sie die Betrunkenen. Der Portier war nicht in seiner Loge. Ilse hatte ihn verabredungsgemäß abgelenkt. Sie erreichten ungeschoren den Wagen, verstauten den plötzlich sehr schwer gewordenen Doktor Zoltan im Fond und warfen die Tür zu. Kostoff hupte ununterbrochen, um Ilse herbeizurufen. Da kam sie auch schon atemlos angerannt.

»Neben ihn!«, rief ihr Kostoff zu. »Halt ihn fest! Charly, gib ihr seine Identitätskarte!«

Schon raste der Wagen los. Kostoff lenkte, neben ihm saß der Beau, der immer unruhiger wurde, im Fond hielt Ilse krampfhaft den schweren Oberkörper ihres Galans aufrecht. Der Wagen raste, und Zoltans Kopf flog hin und her wie ein Luftballon im Wind.

»Fahr doch langsamer!«, schrie sie Kostoff zu. »Er rutscht mir herunter!« In der Linken hielt sie krampfhaft die falschen Ausweise. Ihren eigenen, den sie schon im Laufen herausgezogen hatte, und den für Zoltan, den ihr Charly in die Hand gedrückt hatte. Aber Kostoff schien nicht zu hören. Der Wagen rumpelte wie ein Ochsengespann, und die Hauskanten sausten haarscharf vorüber. Einmal hörte sie das schrille Kreischen einer zurückspringenden Frau.

Das Ganze war für sie ein höchst aufregendes Spiel und sie wunderte sich, wie gut sie es beherrschte. Beim Portier hatte sie die Hysterische gemimt und so glaubwürdig von einem Mann gefaselt, der angeblich unter ihrem Bett lag, dass der Portier sich irgendeine Zimmernummer aufschwätzen ließ und mit ihr hinaufging. Es gelang ihr, selbst als der Portier stutzig wurde und sich erinnerte, dass sie gar kein eigenes Zimmer hatte, ihn durch ihr dramatisches Geschrei bis in den dritten Stock hinaufzulotsen. Noch immer ging ihr Atem in kurzen Stößen, obwohl sie schon seit fünf Minuten im Wagen saß.

Kostoff verlangsamte plötzlich die Fahrt. Da war die Brücke. Schon sah sie ihre beiden dunklen Bogen und das beleuchtete Schilderhaus davor. Der Wagen bremste. Ein amerikanischer Militärpolizist kam an den Schlag und streckte die Hand aus. Kostoff kurbelte das Fenster herunter und reichte ihm Wagenpapiere und Ausweise. Ilse erhob sich halb und wollte ihre beiden Ausweise über Kostoffs Schulter strecken, aber in diesem Augenblick trat ein anderer Militärpolizist, um die Prozedur zu beschleunigen, von links an den Wagen heran und öffnete den hinteren Schlag. Zoltans Körper fiel ihm entgegen und wäre ganz auf die Straße gefallen, hätte ihn nicht Ilse im letzten

Moment zurückgerissen. Schon streckte sie die Ausweise über ihn hinweg zur Tür hinaus.

»What's the matter?«, fragte der Militärpolizist und zeigte auf Zoltan.

»Mein Mann ist krank!«, sagte Ilse schnell.

Kostoff dreht sich um.

»Sick!«, schrie er. »Very sick!«

»Wir müssen sofort ins Krankenhaus!«, klapperte Ilse herunter.

Aber der Amerikaner hatte unwillkürlich nach Zoltans herunterhängender Hand gegriffen und zog ihm jetzt das linke Augenlid hoch.

»That man is dead!«, sagte er laut.

In diesem Augenblick gab Kostoff Gas. Der Wagen machte mit schlagenden Türen einen wahnsinnigen Satz und raste über die Brücke. Schüsse peitschten. Plötzlich knallte es ihnen überlaut in den Ohren und der Wagen schien sich im Kreis zu drehen. Das Ganze dauerte nur eine halbe Sekunde. Mitten auf der Brücke knallte der Wagen gegen einen Pfeiler. Schon kamen die Amerikaner gelaufen. Der Einzige, der sich retten konnte, war Charly. Er war mit blutender Hand herausgesprungen und rannte dicht am Geländer auf das nächste Schilderhaus los. Man hörte undeutliche »Stoi!«-Rufe.

Ilse konnte sich nicht rühren. Der Leichnam lag mit seinem ganzen Gewicht auf ihr. Kostoff war nicht bei Bewusstsein. Er war mit dem Kopf durch die Windschutzscheibe gefallen. Sein Gesicht war von Blut übergossen und nicht zu erkennen. Fürsorglich trugen ihn die Amerikaner zurück. Dann holten sie Ilse, die in die unnatürliche Starre einer Wachsfigur verfallen war, zuletzt die Leiche. Zwanzig Minuten später wurde auch der Wagen abgeschleppt.

DER RETTENDE ENGEL

Die beiden Männer schlugen auf die Kiste ein. Sie vernagelten die Zigaretten. Sie schlugen mit großen Hämmern auf das Holz und es krachte überlaut. Dabei war das Haus umstellt und die draußen mussten alles hören. »Macht doch nicht solchen Lärm!«, schrie Georges wütend, aber Leo Wiesingers Vollmondgesicht grinste ihn nur teilnahmslos an. Der andere war Charly Nemecek, auch er hieb wie ein Wilder drauflos, ohne zu hören. Georges sprang auf und wollte Leos Hand mit dem Hammer zurückreißen, aber sie fühlte sich an wie ein Schwamm, entglitt ihm und hämmerte weiter.

»Ihr verratet uns!«, schrie Georges außer sich. »Ich schlage euch die Schädel ein!« Der Lärm wurde ohrenbetäubend.

Plötzlich war es nicht mehr die Kiste, die hallte, sondern die Tür. Es war noch dunkel. »Georges!«, schrie es draußen. »Georges! Mach auf!«

Was ist das nur für eine Stimme?, quälte sich Georges. Zuerst schien sie ihm aus einer anderen Welt zu kommen. Sein Kopf schmerzte. Dann begriff er und sprang aus dem Bett. Einen Augenblick blieb er mit verhaltenem Atem mitten im Zimmer stehen, während es weiter an der Tür hämmerte und die fremde Stimme »Georges!« rief. Dann lief er zum Bett zurück, holte den Revolver unter dem Kopfkissen hervor und rief: »Wer ist da?« Er wunderte sich, wie rau seine Stimme klang.

»Paul!«, rief die Stimme. »Kastalides! Mach auf!«

Kastalides?, fragte sich Georges. Warum nennt sich der Idiot Kastalides? Bei mir braucht er das doch nicht! Es musste etwas geschehen sein. Mit einem schalen Geschmack im Mund öffnete er die Tür. Draußen stand Binder in seinem kurzen blauen Regenmantel; neben ihm mit verdattertem Gesicht der Portier.

»Was ist los?«

»Lass mich herein, ich muss mit dir sprechen. Warum machst du kein Licht?«

»Schon gut, Sie können gehen«, sagte Georges zu dem Portier und ließ Binder eintreten. Als er Licht machte, bemerkte er erst, dass er die Pistole noch immer in der Hand hielt. Verdrossen steckte er sie in die Tasche des Schlafrocks. Dann suchte er nach der Kognakflasche. Er konnte sich nicht zurechtfinden.

»Wir haben nicht viel Zeit«, sagte Binder. »Zieh dich an.«

»Was ist denn geschehen?«, fragte Georges jetzt schon ärgerlich und fand endlich die Kognakflasche.

»Du musst weg.«

Georges überkam der Wunsch, die Flasche auf die fliehende Stirn des blonden Burschen niedersausen zu lassen. Nicht genug, dass er ihn mitten in der Nacht aus dem Schlaf gerissen hatte, nun sprach er auch noch in Rätseln und wollte ihn mir nichts, dir nichts auf die Straße hetzen.

»Also sag schon, was geschehen ist!«

»Man hat sie geschnappt.«

»Wen?«

»Deine Freunde.«

»Wieso weißt du das? Wann?«

»Gestern Abend in Linz. Gerade ist das Fernschreiben gekommen.«

»Hast du es da? Zeig her!«

»Ich habe es nicht. Aber es stimmt alles. Ein blondes Mädchen mit einem Ausweis auf den Namen Ilse Baumgartner und der angebliche Schweizer Victor Nebel mit goldener Brille und einem Schnurrbart. Das ist doch Kostoff. So hat er ausgesehen, als er weggefahren ist. Und eine Leiche. Angeblich ein Stephan Baumgartner. Aber der Mann war bekannt. Er hieß Doktor Imre Zoltan. Er sollte verschleppt werden. Du musst weg.«

Während dieser Erzählung hatte Georges die Kognakflasche geistesabwesend in die andere Tasche des Schlafrocks gesteckt. Jetzt kam ihm zum Bewusstsein, dass er bedroht war und dass er sich wehren musste. Er umklammerte in der Tasche die Pistole.

»Warum? Warum kommst du damit zu mir? Was habe ich damit zu tun?«

Er trat einen Schritt auf den Burschen zu, der ihn gespannt beobachtete und nun um dieselbe Entfernung zurückwich.

»Wer hat dich geschickt?«

Der Journalist schüttelte den Kopf und lächelte überlegen.

»Georges, du bist nicht ganz bei Sinnen. Ich war in der Bar. Nach Mitternacht bin ich noch einmal in die Redaktion gegangen. Dort habe ich das Fernschreiben entdeckt. Morgen Mittag erscheint es. Ein Dreispalter mit der Überschrift ›Menschenraub in Linz – ein Toter im Auto‹. Du wirst es lesen. Aber dann wird es zu spät sein.«

Georges zog die Flasche heraus und nahm einen tiefen Zug. Der Journalist trat leise auf ihn zu, nahm ihm die Flasche aus der Hand und trank ebenfalls.

»Du bist im Irrtum«, sagte Georges beherrscht. »Ich habe damit nichts zu tun.«

Binder setzte die Flasche ab und stellte sie vorsichtig auf den Tisch. »Das sagst du. Aber was werden deine Freunde sagen? Vielleicht haben sie dich verpfiffen. Die werden jetzt verhört. Was meinst du. Seit sieben Stunden.«

Unwillkürlich sah Georges auf die Uhr. Halb fünf. Er fühlte plötzlich, dass er keine Sekunde zu verlieren hatte. Nervös sah er sich um. Er suchte krampfhaft nach einem Gedanken, aber der war ihm entfallen.

»Wer ist im ersten Bezirk?«

»Die Amerikaner.«

Eine ganze Weile ging Georges im Zimmer hin und her, ohne zu wissen, was er eigentlich zu tun hatte. Der andere beobachtete ihn die ganze Zeit. Erst als Georges die Zigarillos entdeckt und einige Züge getan hatte, kam er ganz zu sich. Er sprang zum Kasten, holte mit einer einzigen Bewegung den Koffer herunter und setzte ihn mit einem Schlag auf den Boden. Dann riss er die Kastentür auf.

»Soll ich dir helfen?«, fragte der Journalist und kam langsam näher.

»Danke. Ich bin gleich fertig.« Fieberhaft riss Georges die Anzüge von den Bügeln und warf sie in den Koffer. Als er sah, dass nicht alles hineingehen würde, warf er sie wieder in den Kasten. Nur zwei ließ er im Koffer. Dann begann er sich rasch anzuziehen. Der Journalist trank.

»Weißt du, ich bin momentan etwas knapp«, begann er nach einer Weile.

Georges verstand ihn nicht. Er fuhr gerade in die Hose.

»Was?«

»Ich meine, ich bin etwas knapp bei Kasse. Könntest du mir eine Kleinigkeit leihen?«

»Wie viel?«

»Wie viel ist dir dein Leben wert?«

Georges war gerade zum Nachttisch getreten und hatte die Lade herausgezogen. Jetzt sah er den blonden Burschen fassungslos an.

»Du wirst mir dankbar sein«, fuhr Binder unbeirrt fort, »dass ich mitten in der Nacht zu dir gerannt bin. Ich täte es umsonst, aber ich bin, wie gesagt, knapp. Die Steuer. Ich habe fünf Personen zu versorgen. Und Alimente. Gerichtlich. Nächste Woche soll ich gepfändet werden. Da kann man nichts machen, jeder schaut, wo er bleibt.«

»Aber red nicht so viel!«, unterbrach ihn Georges. Dann raffte er einige Geldscheine aus der Lade und hielt sie dem Blonden hin, ohne aufzusehen. Er steckte den Rest des Inhalts in seine Brieftasche.

Der Journalist kam eilfertig hinzu und nahm Georges das Geld aus der Hand. »Ich danke dir«, sagte er unterwürfig. »Ich werde mich noch revanchieren. Du kannst dich auf mich verlassen.« Er rollte das Geld zusammen und sah es dabei genau an.

»So?«, fragte er plötzlich und hielt Georges das Geld hin. »Das nehm ich nicht. Da hast du, nimm es wieder.«

Georges sah irritiert auf. Der Journalist hielt ihm sechs oder sieben Hundertschillingscheine vor die Nase.

»Ach so«, sagte Georges. »Ich habe nicht hingeschaut.«

Er gab ihm noch zweitausend Schilling. »Genug?«, fragte er nervös.

»Danke. Weißt du, ich würde es nicht verlangen, aber –«

»Schon gut.«

Georges war fertig. Er klappte den Koffer zu und setzte den Hut auf.

»Ich gehe.«

»Dein Kognak –«

»Nimm ihn mit.«

Georges war schon auf der Treppe. Unten verlangte er von dem verdutzten Portier die Rechnung.

»Monsieur Maine … reisen ab?«

»Ja. Ich muss nach Paris.«

»Bitte sehr …«, sagte der Portier verdutzt. »Ich stelle sofort die Rechnung zusammen.« Er raschelte mit Papieren, beugte sich tief über seine Glasplatte und war sehr geschäftig.

Der Journalist trank unbekümmert aus der Flasche. Georges sah durch die Glastür den fahlen Dämmerschein des Morgens. Er fröstelte.

»Ich schicke dann jemanden, der den Rest abholt«, sagte er. Dann gab er noch ein fürstliches Trinkgeld und ging. Erst in der Gulaschhütte im zweiten Bezirk, der der russischen Zone angehörte und den er per Taxi in einigen Minuten erreicht hatte, fand er die Ruhe, über die Geschichte nachzudenken.

Kostoff war also geschnappt worden. Und Ilse. Was hatten sie nur angestellt? Warum war der Mann tot?

Das kleine Orchester spielte jämmerlich. An den Gesichtern der Musiker sah man, dass sie gelangweilt und übermüdet waren. Sie hatten vorher in einem anderen Lokal gespielt. Diescs hier öffnete erst um vier Uhr. Es waren nur wenige Gäste da.

Georges ärgerte sich, dass er so ohne Weiteres auf die Warnung reagiert hatte. Er kam sich jämmerlich vor. Eigentlich wusste er gar nichts außer einigen dürren Tatsachen; aber er musste mehr wissen.

Er sprang auf, erkundigte sich nach einem Telefon und rief den Journalisten an. Lange meldete sich niemand. Georges trippelte unruhig hin und her und verfluchte sämtliche Journalisten der Welt. Endlich hörte er die zirpende Stimme einer Greisin.

»Hallo? Mein Sohn ist nicht zu Hause. Darf ich ihm etwas ausrichten?«

»Nein. Danke.«

Wen soll ich anrufen?, dachte er grimmig. Warum habe ich ihn nur gehen lassen? Wo kann ich ihn finden? In der Redaktion. Er blätterte fieberhaft im Telefonbuch.

In der Redaktion meldete sich nach Minuten eine unwirsche Männerstimme.

»Hallo? – Binder? – Jetzt? Der ist nicht da. Was wolln S' denn von ihm?«

Georges knallte den Hörer auf die Gabel, ohne zu antworten. Wo steckte dieser Schuft? Sicherlich versoff und verhurte er jetzt das Geld, das er ihm gegeben hatte. Aber in Wien gab es tausend Lokale und ein paar Dutzend Stundenhotels. Wo sollte man es versuchen? Da fiel ihm das Casino ein. Offiziell hatte es um vier gesperrt. Aber vielleicht war noch Betrieb. Es war eine schwache Hoffnung, aber er rief trotzdem an. Und das Unternehmen glückte. Herr Kastalides war zugegen. Er meldete sich etwas erstaunt.

»Hör zu, Paul. Willst du noch etwas verdienen?«

»Bist du es, Georges?«

»Ja. Ich brauche das Fernschreiben. Verschaffe es mir. Ich gebe dir noch tausend. Wenn du mich suchst, ich bin in der Gulaschhütte.«

Einige Sekunden lang schwieg der Draht. Dann kam die Antwort.

»Zweitausend.«

»Wir werden sehen. Nimm dir ein Taxi. Beeil dich.«

Herr Kastalides versprach, sich zu beeilen.

Georges ging etwas erleichtert, aber noch immer unruhig an seinen Tisch zurück. Er saß kaum eine Minute, als ein Herr mit gestutztem blonden Schnurrbart auf ihn zutrat.

»Darf ich Ihre Papiere sehen? Kriminalpolizei.«

Georges' Herz begann wild zu klopfen, aber er brachte es fertig, seine Papiere gelassen aus der Brusttasche zu ziehen.

»Danke sehr. Was haben Sie in dem Koffer?«

»Meine Sachen. Meine Frau hat mich hinausgeworfen.«

»Aber in den Papieren steht, dass Sie ledig sind«, sagte der Schnurrbart voll Genugtuung über seine Schlauheit.

»Meine Lebensgefährtin. Rufen Sie an. Sie heißt Kyra Popescu. Wollen Sie die Nummer?«

»Danke, das genügt«, sagte der Schnurrbart. »Entschuldigen Sie die Störung.« Er wandte sich ab. Georges atmete auf, nun, da die Gefahr vorüber war. Es war nur einer jener kleinen Beamten gewesen, die mit der Überwachung der Nachtlokale beauftragt waren. Es fiel ihm ein, dass er im schlimmsten Falle das Verlangen auf Überstellung an die russische Kommandantur hätte äußern können. Mit einigen Drohungen wäre es ihm sicher geglückt. Er glaubte zu fühlen, wie die Blicke aller Gäste auf ihn gerichtet waren. Er war nervös. Krampfhaft suchte er in seinen Taschen nach einem Zigarillo. Er hatte die Schachtel auf seinem Nachttisch vergessen. Unlustig rief er den Kellner.

»Der Herr wünschen?«

»Drei Havanna.«

»Havanna.«

»Zigarillos.«

»Zigarillos? Leider nein.«

»Zigarren?«

»Haben wir leider auch nicht. Zigaretten vielleicht? Chesterfield, Camel, Lucky Strike?« Er sagte »Stri-ke«.

»Danke.«

Der Kellner zuckte die Achseln.

»Aber das sind die besten! Sie können auch österreichische haben, wenn Sie wollen. Donau, Johnny, Sport, Memphis, wir haben alles …«

Georges schüttelte den Kopf. Der Kellner entfernte sich beleidigt. Dann schien ihm etwas einzufallen, und er kam zurück. »Wollen Sie vielleicht englische? Navy Cut?« Er sagte »Kuht«.

»Nein. Geben Sie mir eine Schachtel Chesterfield.«

Der Kellner nickte und griff in die Tasche. Es gab doch niemanden, der dem Zauberwort Chesterfield widerstehen konnte.

»Sie werden sehr zufrieden sein. Zehn Schilling.«

Georges zahlte und scheuchte ihn weg. Als er ein paar Züge

geraucht hatte, begann er zu lächeln. Er war sein eigener Konsument geworden. Der Gedanke gab ihm einige Sicherheit wieder.

Es war nun draußen ziemlich hell geworden. In den Lagern, in denen er während des Krieges gewesen war, war er oft so früh erwacht. Der graue Tagesbeginn mit seiner unerbittlichen Schärfe und Trostlosigkeit erinnerte ihn an jene Zeit.

Nach einer Stunde etwa fuhr ein Taxi vor und Paul Binder-Kastalides betrat mit betont forschen, ein bisschen schwankenden Schritten das Lokal.

»Hier habe ich den Bericht«, sagte er schnaufend, als er sich setzte. »Frag mich nicht, was mich das gekostet hat. Die Redaktion war zu, kein Mensch da. Na, es ist ja egal.«

Georges war es auch egal. Er griff hastig nach dem Papier, das Binder ihm reichte. Es war ein ganz verschmutztes Papier, an dessen mit großen Buchstaben getipptem oder vielmehr telegrafiertem Inhalt man bereits herumgestrichen und korrigiert hatte, offenbar, um einen Zeitungsartikel daraus zu machen. Die Überschrift lautete: »Menschenraub in Linz – ein Toter im Auto«.

Georges las, aber nach der Lektüre wusste er nicht viel mehr, als Binder ihm schon gesagt hatte.

»Neuer Bericht ist keiner da? Was ergibt die Obduktion? Woran ist der Mann gestorben?«

»Keine Ahnung. Er hat einen Schlag auf den Schädel bekommen, aber davon ist er nicht gestorben. Vielleicht ist er sehr erschrocken … Herz …«

»Agenten sollten keine schwachen Herzen haben«, knurrte Georges.

»Ja, der Mann scheint ein Waschlappen gewesen zu sein. Pech für ihn. Und für euch. Ich bekomme zweitausend Schilling.«

»Hol dich der Teufel!«

Georges gab ihm achthundert Schilling.

»Ich wüsste jemanden, der mehr zahlen würde. Für eine kleine Information.«

Hoffentlich bin ich dich bald los!, dachte Georges. Er gab ihm noch fünfhundert. Dabei wurde ihm klar, dass er durch sein Verhalten stillschweigend seine Mitschuld zugegeben hatte.

»Siehst du Kyra Popescu?«, fragte er dürr.

»Wenn du willst, ja.«

»Bring ihr meinen Koffer. Und sag ihr, sie soll mein Gepäck im Hotel abholen lassen. Warte, ich gebe dir eine Vollmacht für sie mit.«

Er bekritzelte ein Papier.

»Du hast wirklich keinen Grund, dich zu beklagen«, sagte Binder währenddessen ins Leere. »Ich bin doch der einzige Mensch, auf den du dich in der Not verlassen kannst.«

»Das walte Gott!«, grinste Georges. Dann verabschiedete er den Journalisten rasch, bestellte ein Taxi, zahlte und verließ das Lokal.

Während das Auto ihn durch die Innere Stadt trug, ließ er die Hand nicht von dem Revolver. Er konnte nicht sicher sein, ob er nicht schon avisiert war. Einmal begegnete ihm ein amerikanischer Jeep mit zwei Soldaten. Sein Herz hämmerte noch Minuten nachher. Endlich winkte ihm die vertraute Silhouette der Karlskirche. Als er den kühlen Flur des Hauses betrat, in dem Gubarew wohnte, dachte er mit einem Seufzer der Erleichterung: Ich bin gerettet!

Das Stubenmädchen öffnete ihm.

»Entschuldigen Sie, dass ich so früh komme. Ist der Herr Hauptmann schon auf?« Er hatte mit keiner bejahenden Antwort gerechnet, aber der Hauptmann war schon aufgestanden.

Er trat ihm gestiefelt, umgeschnallt und frisch rasiert entgegen.

»Schöne Sachen stellen Sie mir an, Herr Maniu!«, rief er unwillig aus. Es schien, als habe er Georges erwartet.

»Sie wissen schon?«

»Vor einer halben Stunde hat man mich angerufen. Ich muss sofort ins Büro. Bitte, warten Sie hier auf mich. Kognak? Zigaretten? Mein Mädchen wird Sie bedienen. Bleiben Sie hier, es ist am sichersten für Sie. Ich komme zurück. Dann sprechen wir.«

Ehe Georges noch etwas erwidern konnte, war er gegangen. Ein frostiger Empfang!, dachte Georges. Na, setzen wir uns! Er hatte keine Angst mehr. Er war vor dem Zugriff der Amerikaner gesichert. Kostoff mochte plappern, was er wollte. Ilse tat ihm ein bisschen leid. Oder eigentlich tat er sich selbst leid, weil er sie nie mehr um sich haben würde. Jetzt hätte er sie gern bei sich gehabt. Nun: Sie war ein hübsches Mädchen. Sie würde sich durchschlagen. Das Spiel ging weiter. Er hatte lange genug die gute Karte gehabt. Jetzt galt es, die schlechte mit Fassung zu nehmen und sich von der Pechsträhne nicht überwältigen zu lassen.

Das Stubenmädchen brachte ihm Kognak. Einige anzügliche Bemerkungen, die er anbringen konnte und die sie errötend, aber neugierig anhörte, verbesserten seine Laune. Sie gab ihm bereitwillig auch einige der Zigarillos, von denen offenbar Gubarew nur für sich ständig einen kleinen Vorrat hielt. Diese Aufmerksamkeit rührte ihn. Er fühlte sich jetzt viel wohler und in Sicherheit. Er würde sich für einige Zeit zurückziehen und abwarten, bis sich der unvermutet aufgewirbelte Staub ein bisschen gelegt hatte. Die alte Glückskarte musste wieder kommen. Zuversichtlich erwartete er die Rückkehr des Hauptmanns.

Gubarew sah besorgt aus, als er auf leisen Sohlen eintrat.

»Die Sache steht schlecht«, begann er. »Ihr guter Herr Kostoff scheint den Mund nicht gehalten zu haben. Man sucht Sie.«

Obwohl Georges damit gerechnet hatte, gab es ihm doch einen Stich. Ausgerechnet Boris Kostoff musste ihn verzinken.

»Und wo ist Nemecek?«, fragte er.

»Nemecek ist in Sicherheit. Von ihm wissen wir auch, was Ihr Herr Kostoff alles falsch gemacht hat. Er hat den Ungarn durch eine Überdosis Evipan getötet. Dadurch ist die Sache überhaupt erst entdeckt worden. Die Amerikaner haben einen Steckbrief gegen Sie erlassen, Herr Maniu. Wie konnten Sie auch einen solchen Idioten für eine so heikle Mission auswählen?«

Georges fand keine Worte.

»Das Ganze ist leider eine kriminelle Angelegenheit geworden. Herr Kostoff scheint in voller Absicht gehandelt zu haben. Er hatte es offenbar auf das Geld des Ungarn abgesehen.«

»Aber das ist doch lächerlich!«, rief Georges. Sein Gesicht rötete sich vor Ärger. »Geld? Das haben Sie erfunden! Kostoff braucht kein Geld. Der Ungar kann gar nicht so viel gehabt haben, dass es Kostoff gereizt hätte. Wir haben Sie immer kulant bedient, Herr Hauptmann! Wenn einmal ein Missgeschick passiert, können Sie das nicht mir in die Schuhe schieben!«

»Davon rede ich gar nicht!«, besänftigte ihn der Hauptmann. »Tatsache ist, dass Sie wegen eines kriminellen Deliktes von den Amerikanern gesucht werden. Sie gelten als der Auftraggeber. Wir können es uns nicht leisten, Sie den Amerikanern in die Hände fallen zu lassen. Wir müssen Sie in Schutzhaft nehmen, Herr Maniu. Regen Sie sich nicht auf, Sie werden gut behandelt werden. Wir werden Sie schützen. Es ist das Beste für Sie, wenn Sie eine Zeit lang verschwinden.«

Georges stand auf. Er stierte den lächelnden Hauptmann an. »Schutzhaft?«, fragte er heiser. »Was soll das heißen?«

»Bitte keine Szene. Sie sind doch ein vernünftiger Mensch.«

»Und wenn ich nicht will?«

»Das wird Ihnen wenig helfen. Wir werden in Ihrem Interesse Maßnahmen ergreifen, die für Ihre Sicherheit notwendig sind.«

Der Hauptmann stand kühl und unangreifbar vor ihm. Er lächelte nicht mehr.

Das Gefühl, dass er umzingelt war und dass er sich wehren musste, überkam Georges von Neuem, und der Griff der Pistole drängte sich ihm unwiderstehlich auf.

»Ich gebe Ihnen mein Wort«, sagte Gubarew nun feierlich, »dass Ihnen nichts passieren wird, gar nichts.«

In diesem Augenblick schob sich ein runder Kopf mit Tellermütze durch die Tür, und eine kehlige Stimme fragte: »Moschno?«

»Moschno«, sagte Gubarew.

Der Militärpolizist kam auf Georges zu – es war ein riesenhafter, pockennarbiger Kirgise – und fasste ihn am Arm.

»Dawai!«

Georges sah Hilfe suchend auf Gubarew, aber Gubarew wandte sich ab.

Draußen stand ein zweiter. Als Georges ihn sah, machte er impulsiv eine Bewegung zum Revolver. Im gleichen Augenblick krachte ein Faustschlag in sein Genick. Sie nahmen ihm nicht nur die Waffe, sondern seinen ganzen Tascheninhalt, und prügelten ihn unter Flüchen die Treppe hinunter, als wäre er niemals der anerkannte Zigarettenkönig von Wien gewesen.

AUCH MÖRDER HABEN ANGST

Das Lager befand sich auf dem Gelände eines ehemaligen deutschen Truppenübungsplatzes in Niederösterreich. Es bestand aus einigen morschen Baracken, die von einem Stacheldrahtzaun umgeben waren. Die Wachmannschaften und das Lagerkommando waren in einem einstöckigen, steinernen Gebäude untergebracht. Die nächste Ortschaft war fünf Kilometer entfernt.

Die russischen Soldaten zeigten sich unnahbar und barsch, solange sie zu mehreren waren. Sobald einer aber allein war, was insbesondere bei den Außenkommandos der Fall war, die zum Holzfällen oder zum Beladen von Lastautos ausgeschickt wurden, zeigte er sich zugänglicher, und es war einfach, ins Gespräch mit ihm zu kommen.

Georges hatte die ersten Stunden seines Lageraufenthaltes teilnahmslos in einer Baracke liegend verbracht. Er hatte sich unendlich leidgetan und seine Wunden hatten ihn geschmerzt. Der triste Anblick des Lagers und die stumpfen Gesichter der Mitgefangenen hatten ihm für den Moment jede Hoffnung genommen. Unter den Mitgefangenen waren nur wenige Österreicher. Die meisten waren DPs wie er oder russische Deserteure, die man wieder eingefangen hatte. Es war allen klar, dass es sich um ein Durchgangslager handelte, und es war das Gerücht verbreitet, dass in den nächsten Tagen ein Transport in die Sowjetunion abgehen würde. »Nach Kolma«, behaupteten die einen, »Karaganda!« weissagten die anderen. Wieder andere sagten, man werde nach Swerdlowsk und von dort in die

Bergwerke des Nordural verschickt werden. Sie erzählten, es gebe Millionenstädte dort, die noch auf keiner Landkarte verzeichnet seien, und man dürfe dort sogar ins Kino gehen. Zu denen, die diese Version vertraten, gehörte vor allem ein Tischler aus Brünn, der illegal zu seinen Verwandten nach Wien hatte fahren wollen und kurz nach Überschreiten der Grenze von österreichischen Gendarmen geschnappt und auf ausdrücklichen Befehl der russischen Kommandantur überstellt worden war. Er hatte sich Österreich anders vorgestellt und die Gendarmen freudig begrüßt, aber nach dem ersten Schock hatte er seine ursprüngliche Lustigkeit wiedergefunden und freute sich nun auf ein Abenteuer mit einer kriegsgefangenen deutschen Krankenschwester. Georges befürchtete, dass den lustigen Tischler seine Träume aufs Neue trügen würden, aber bei der Unterhaltung mit diesem weltfremden Typen begannen seine eigenen realistischen Gedanken wieder zu arbeiten. Die Behandlung, die ihm zuteilgeworden war, hatte Gubarews Worte eigentlich Lügen gestraft. Es stand jedenfalls fest, dass er den Russen durch den Skandal unangenehm geworden war und dass sie ihn auf einige Zeit verschwinden lassen wollten. Aber wie viel war einige Zeit? Es konnten drei Wochen sein und auch dreißig Jahre.

Nannten sie das Schutzhaft? Bei den Russen konnte man nie wissen.

Sie schienen meist von einer kindischen Launenhaftigkeit zu sein. Aber bei genauerer Überlegung musste man doch annehmen, dass ihrem ungleichmäßigen Verhalten ein System zugrunde lag. Aber welcher Art war dieses System? Vielleicht würden sie ihn bald wieder brauchen? Vielleicht hatten sie ihn nur verhaftet, und das natürlich möglichst echt, um sich in der Öffentlichkeit reinzuwaschen, und würden ihn nach kurzer Zeit unter einem anderen Namen wieder auftauchen lassen? Dieser Gedanke erlangte schließlich die Oberhand. Aber dazutun konnte man nichts. Man musste sich in das Unvermeidliche fügen und sehen, wie man die Wartezeit gut überstand. Er wusste das aus seinen Erfahrungen in den Nazilagern. Meist gingen nur jene zugrunde, die sich selbst aufgaben. Man musste sich betätigen, dann bekam man auch mehr zu essen und konnte sich eher bei Kräften halten. Darum beschloss Georges, die passive Resistenz des ersten Tages, die niemandem nutzte, einzustellen, und meldete sich am nächsten Tag zum Holzschlagen.

Als die kleine Kolonne im Morgengrauen durch das knarrende Tor schritt, erkannte Georges plötzlich zu seiner größten Verblüffung in der dritten Reihe vor sich den Hollywoodkopf Charly Nemeceks. Er wollte ihn in der ersten Aufregung sofort beim Namen rufen, aber er unterdrückte es mit einem Blick auf den kleinen blonden und kurz geschorenen Posten, der links von ihm mit umgehängter Maschinenpistole und finsterem Gesicht über die Wiese stapfte, und beschloss, bei nächster Gelegenheit mit Charly zu sprechen.

Diese Gelegenheit ergab sich unerwartet rasch. Die Kolonne erreichte nach einstündigem Marsch ein Wäldchen, und die vier Posten verteilten sich mit je vier Mann zum Baumfällen. Da sich die Kolonne dabei auflöste, gelang es Georges, sich zu Charly Nemecek vorzuschwindeln und mit ihm gemeinsam eine Säge zu bekommen. Charly riss Mund und Augen auf, als er Georges plötzlich neben sich sah. »Du?«, stieß er fassungslos aus. Aber Georges legte schnell einen Finger auf den Mund, und erst, als sie zusammen einen Stamm ansägten, begann er zu sprechen. Der kleine kurz geschorene Posten saß zwanzig Schritt entfernt auf einem Baumstumpf, legte die Maschinenpistole über die Knie und betrachtete einige Minuten lang wachsam die beiden Paare. Dann begann er, sich sorgfältig eine Zigarette zu drehen.

Die stumpfe Säge quietschte im feuchten Holz und die beiden Männer begannen zu schwitzen.

»Seit wann bist du hier?«, fragte Georges schnell.

Charly schien die Frage zu überhören. »Was machst du denn da?«, fragte er, was seine Blicke schon die ganze Zeit gefragt hatten. »Ich hab mich fortwährend auf dich berufen. Ich hab geglaubt, dass du mich herausholen wirst. Du warst meine letzte Hoffnung. Jetzt bist du da!«

Georges lachte. Er hatte einen Augenblick selbst daran gedacht, Charly irgendwie zu verständigen und ihn um Hilfe zu bitten.

»Seit wann bist du hier?«

»Ich bin heute Nacht gekommen.«

»Wo haben sie dich geschnappt?«

»Sofort an der Urfahrer Brücke. Vorgestern Abend. Die Amerikaner haben uns nachgeschossen und ich bin zu den Russen hinübergelaufen. Ich hab geglaubt, sie werden mich mit offenen Armen aufnehmen. Aber sie haben mich sofort festgenommen.«

»Wie war das? Was haben sie dann mit dir gemacht?«

»Zuerst haben sie mir alles weggenommen und mich verprügelt. Kein Mensch hat mir geglaubt, dass ich für sie gearbeitet hab. Alle haben gesagt, ich bin ein Spion. Dann haben sie mich eingesperrt, und um Mitternacht haben sie mich in einem Jeep nach Wien gebracht.«

»Wohin?«

»Ich weiß nicht. Es war noch dunkel. Es war jedenfalls im vierten Bezirk. Dort haben mich zwei Offiziere verhört. Sie haben mich beschuldigt, dass ich es war, durch den die Sache aufgeflogen ist. Ich soll für die Amerikaner gearbeitet haben. Dabei ist das idiotisch. Kostoff hat den Mann umgebracht, und deswegen sind wir aufgeflogen.«

»Ich verstehe nicht, was in Kostoff gefahren ist!«

»Er hat ihm eine Spritze gegeben, das besoffene Schwein. Na ja, er ist ja selbst hin.«

»Wieso?«

»Er hat sich den Schädel auseinandergehauen. Was mit der Ilse ist, weiß ich nicht.«

»Beide sind verhaftet«, sagte Georges, und er konnte nicht entscheiden, ob ihm Ilse leidtat oder nicht. Er konnte sich jetzt nicht einmal genau erinnern, wie sie aussah.

»Was? Kostoff? Der muss einen harten Schädel haben. Ein zähes Luder.«

»Weiter. Was haben die zwei Offiziere dann mit dir gemacht?«

»Sie haben mich ein Geständnis unterschreiben lassen, dass ich für CIC gearbeitet habe. Die Schweine. In der Nacht bin ich hierhertransportiert worden.«

Georges erschrak. Warum hatten sie Charly ein falsches Geständnis abgepresst? Sie wollten Charly los sein. Sie wollten auch ihn selbst los sein. Man wusste zu viel. All seine Hoffnungen fielen mit einem Schlag zusammen. Lustlos setzte er die Arbeit fort und hatte kaum mehr den Wunsch, mit Charly zu sprechen. Das Essen war gegen alle Erwartungen elend. Es gelang ihm nicht einmal, den gröbsten Hunger zu stillen. Mit finsteren Gedanken trabte er abends in der Kolonne ins Lager zurück. Nachts wälzte er sich mit klopfendem Herzen auf der harten Pritsche und konnte keinen Schlaf finden.

Er war in dieselbe Falle geraten, die er früher anderen gestellt hatte, eine Falle, aus der es kein Entrinnen gab. Er sah klar vor sich, was mit ihm geschehen würde. In einigen Tagen würden sie verladen werden, in Viehwaggons gepfercht, unter Kolbenstößen und Flüchen, ohne Essen und ohne Licht. Die Reise ins Dunkel würde wochenlang dauern. Und eines Morgens würde er in einem trostlosen sibirischen Kaff erwachen, mit einem langen Bart und ausgehungertem Magen, und der feine doppelreihige Anzug würde zerrissen und verdreckt an seinen Knochen herunterhängen. Und dann würde er zur Arbeit geprügelt werden, eine Nummer unter Millionen, gequält von ewigem Hunger und endlosen Träumen von einer glänzenden Vergangenheit, und das fünf Jahre lang, zehn Jahre, dreißig Jahre. Bis zum Tod. Verlassen und vergessen von allen Menschen, als hätte es ihn nie gegeben.

Schweiß brach ihm aus und er warf sich stöhnend auf seinem Lager herum. Das kann nicht das Ende sein!, fieberte er. Das darf nicht sein!

Er war schon einmal in einer ähnlichen Situation gewesen. Zwei Jahre hatte er in einem deutschen Zwangsarbeiterlager in Rumänien verbracht. Im Sommer 1944 war er ganz heruntergekommen gewesen. Die Befreiung im August war im letzten Augenblick gekommen. Bald darauf hätten ihn die neuen Machthaber als asoziales Element um ein Haar wieder in ein Lager gesteckt. Asoziales Element! Die Kommunisten hatten dieselben Ausdrücke für ihn wie die Nazis.

Er verdiente seinen Lebensunterhalt sozusagen aus der Luft. Anfangs vermittelte er kleine Tauschgeschäfte zwischen den verschüchterten Einheimischen und den Russen, deren Sprache er verstand: Speck gegen Uhren, Tabak gegen Kleidungsstücke, Schnaps und Mehl gegen Stiefel. So erwarb er sich ein kleines Grundkapital, das er bald im illegalen Saccharin- und Zuckergeschäft anlegte. Nach den russischen Konsumartikeln wurden bald die amerikanischen aktuell: Zigaretten, Schokolade, Fleischkonserven und Nylonstrümpfe. Bei den Zigaretten war er dann geblieben. Es war ihm egal, was er tat und wie er sein Geld verdiente. Genauso, wie es den anderen egal war, ob er leben konnte oder krepierte. Es kam nur auf das Glück an. Das Glück musste man erzwingen. Wer das nicht konnte, war ein Trottel und verdiente nichts anderes, als vom Schicksal überfahren zu werden. Das war die Atmosphäre gewesen, in der er gelebt hatte. Er hatte sich niemals Gedanken gemacht über die Menschen, die er ausgeliefert hatte. Jetzt saß er selbst in der Tinte. Jetzt quälten ihn Gedanken. Freilich taten ihm nicht die anderen leid, die durch seine Schuld vor ihm den gleichen Weg gegangen waren. Nur er selbst tat sich leid.

Das darf nicht geschehen, dachte er schweißnass. Aber wie komme ich aus dieser Todesfalle heraus? Wer kann mir dazu helfen? Wer wird mir helfen?

Er vergegenwärtigte sich die Gesichter all der Menschen, die in den letzten Jahren um ihn gewesen waren. Seine Geschäftsfreunde? Seine Komplizen? Keiner von ihnen würde einen Groschen für ihn riskieren. Vielleicht Freddie Hirsch, hätte er es nicht mit ihm verdorben. Es blieben nur Mädchen.

Er hatte in Wien viele Mädchen gehabt, aber fast alle hatte er wieder aus den Augen verloren. Sie waren ein Vergnügen für ein paar Nächte. Zu mehr waren sie nicht zu gebrauchen. Die Mädchen verraten einen, dachte er. Es gab nur ganz wenige, auf die man sich verlassen konnte. Ilse ... Aber Ilse war eingesperrt. Wahrscheinlich rechnete sie jetzt mit seiner Hilfe. Grete ... Mit Grete war er lange fast wie verheiratet gewesen. In seinen Anfängen hatte er bei ihr gewohnt. Zusammen hatten sie Speck und Zucker gewogen. Sie hatte viele Bekannte und setzte die Ware kleinweise ab. Sie hatte auch die ersten Verbindungen zu den Amerikanern hergestellt. Und um mit ihnen besser ins Geschäft zu kommen, hatte er sie einem amerikanischen Sergeanten geradezu in die Arme gedrängt. Sie wollte nicht, aber bald fand sie Vergnügen an der Abwechslung. Obwohl sie rasch von Hand zu Hand ging, hatte er immer noch das Gefühl, dass sie irgendwie an ihm hing. Warum wäre sie sonst so oft ins Café gekommen, als um ihn zu sehen? Er erinnerte sich, wie sie ihm, als er vor einigen Tagen zusammen mit Petre Margul ins Café gekommen war, bedeutungsvoll zugenickt hatte. An sie konnte er sich vielleicht wenden. Aber hatte sie überhaupt Geld? Sie war doch ganz heruntergekommen … mit ihrem Freund, der Kokain schnupfte … Petre Margul! Die Erleuchtung kam ihm wie ein Blitz. Petre würde ihm helfen, wie er ihm geholfen hatte. Petre konnte Russisch. Man musste ihm einen Kassiber schicken. Aber hatte er denn Geld? Er würde es auftreiben. Man musste einen Posten überreden. Hundert Dollar für dich, Iwan. Der goldene Westen, Petre Margul würde es schaffen. Er und Kyra. Sie konnten ihn nicht zugrunde gehen lassen. Die alte Heimat. Sein Herz begann wild zu klopfen, als er an sie dachte, und er setzte sich auf seiner Pritsche auf. Es war dunkel um ihn. Ringsum war das Schnaufen und Stöhnen der Kameraden und vor ihm die Vision der Freiheit, in leuchtenden Farben, wie er sie nie gesehen hatte.

Aber ich werde sie nie erreichen, dachte er eine Minute später. Der Posten wird mich über den Haufen schießen, wenn ich ihn bestechen will. Ich komme nie mehr hier heraus.

In den Morgenzeitungen stand nichts. Gubarew zerriss beim hastigen Durchblättern ein Blatt. Aber er konnte nichts finden. Auf dem Tisch lagen noch immer die gestrigen Abendblätter, in denen sein Name stand: »Im Auftrag des Sowjethauptmannes Gubarew. Geständnis der Menschenräuber.« Gubarew. Ohne Druckfehler. Und in den Morgenblättern stand nichts. Kein Wort mehr. Die Sache war erledigt. Aber die Leser werden fragen: Was weiter? Was ist jetzt mit diesem Hauptmann Gubarew? Ja, was ist jetzt mit ihm?

Noch immer war Hoffnung vorhanden. Aber die Spannung war quälend. Besser nicht daran denken! Der bleierne Geruch der fetten Druckerschwärze war nicht zu verjagen. »Menschenschmuggel!«, schrien die Balkenlettern. Wütend fegte er die Zeitungen vom Tisch und stapfte ins Bad. Es war eine Erleichterung für ihn, als er den Schlafrock abwerfen und die kalte Brause aufdrehen konnte. Sein Kopf war wüst und leer, und das kalte Wasser stach ihn wie tausend Nadeln. Gleich werde ich mich frisch fühlen!, suggerierte er sich. Er hatte kaum schlafen können. Es war, als habe die Zeitungsnotiz ihn aus der schützenden Mauer der Anonymität herausgerissen und nackt vor die gehässigen Blicke einer feindlichen Öffentlichkeit gestellt. Hätte er den Feigling Kostoff, der seinen Namen preisgegeben hatte, jetzt vor sich gehabt, er hätte ihn zertreten.

Durch den Schleier des rauschenden Wassers hörte er plötzlich das nervöse Schrillen des Telefons. Er schlug sich den Kopf an, als er auffuhr. Er warf sich ein Handtuch um den Nacken und rieb sich die jäh aufsteigende Beule, als er ins anstoßende Zimmer lief. Die Tür zum Bad ließ er in der Eile offen. Er hätte nicht so schnell laufen müssen; das Telefon schrillte noch immer.

»Gubarew.«

»Major Jewremow.« Es war eine ganz fremde Stimme, ein unbekannter Name. »Genosse Gubarew, Sie brauchen sich nicht in Ihr Büro zu bemühen. Bitte warten Sie auf mich in Ihrer Wohnung.«

Das Wasser im Bad rauschte noch immer. Gubarew war im Zweifel, ob er richtig gehört habe.

»Hallo?«

»Jawohl«, sagte Gubarew. »Woher sprechen Sie, Major ...?«

»Jewremow. Aus Ihrem Büro.«

»Aus meinem Büro?«, wiederholte Gubarew verständnislos.

»Ja, ich mache hier Ordnung«, sagte die fremde Stimme. »Es ist entsetzlich viel Material. Aber ich bin bald fertig. Sie warten auf mich, ja?«

»Ja …«, sagte Gubarew.

Das Telefon schnappte ab. Obwohl Gubarew es bemerkte, rief er noch ein paarmal: »Hallo!« Dann legte er rasch auf und wählte in fieberhafter Eile die Nummer seines Büros. Was ist das schon wieder?, dachte er. Ich kenne keinen Jewremow. In ganz Wien existiert kein Jewremow. Eine amerikanische Finte? Warum ruft nicht mein Chef an?

Am anderen Ende wurde abgehoben.

»Jewremow!«, sagte die Stimme von vorhin.

Gubarew warf den Hörer in die Gabel. Er sitzt wirklich in meinem Büro. Was ist das für ein Mann? Wer hat ihn geschickt? Was ist mit Oberst Rischkin? Ich muss ihn anrufen. Schon wählte er wieder. Das Wasser im Bad rauschte betäubend. In der Wohnung des Obersten Rischkin meldete sich niemand. Vielleicht war er schon ins Büro unterwegs. Gubarew rief Rischkins Büro an. Auch dort meldete sich niemand. Ist denn alles verhext?, fluchte Gubarew bei sich. Endlich wurde geantwortet.

»Wo ist Oberst Rischkin?«

»Oberst Rischkin? – Wer ist dort?«

»Hauptmann Gubarew.«

»Gubarew? Einen Moment, bitte.«

»Jewremow. Wer ist dort?«

Gubarew hatte gerade loslegen wollen, aber jetzt verschlug es ihm die Stimme. Langsam ließ er den Hörer sinken. Säuberung! Panik ergriff ihn. Rischkin ist verhaftet. Der Nächste bin ich. Dieser Jewremow durchwühlt meine Akten. Gleich wird er hier sein.

Gubarew hatte den Eindruck, dass es das Nötigste war, das Wasser abzudrehen. Das Rauschen lähmte ihn. Ja, es war das Rauschen. Wütend lief er hinüber und drehte ab. Dann riss er den Kasten auf. Uniform? Zivil? – Zivil! Er warf den stahlblauen Anzug über das Bett. Ein Hemd. Wohin? Wagen? Meinen nicht. Taxi. Das Telefon wird abgehört. Das Mädchen. Er drückte dreimal auf den Klingelknopf. Dann zerrte er das Hemd über den Kopf. Wo steckt das Mädchen? Er läutete noch einmal. Die Hose. Lackschuhe? Nein, das fällt auf. Die blöde Gans kommt nicht. Nervös schlüpfte er in die Halbschuhe, die drückten. Mit offenen Schnürsenkeln lief er zur Tür. Das Mädchen stand am anderen Ende des Korridors und sah bleich und zitternd auf ihn. Zwischen ihnen standen zwei Posten mit Maschinenpistolen. Als sie den Hauptmann sahen, nahmen sie Haltung an, ohne eine Miene zu verziehen.

»Die lassen mich nicht herein!«, rief das Mädchen weinerlich. »Sagen Sie ihnen …«

Gubarew warf die Tür zu. Gefangen. Unwillkürlich lief er zum Fenster und spähte hinunter. Es waren fünfzehn Meter. Aussichtslos.

Es klopfte schüchtern an der Tür.

»Darf man?«, fragte eine leise Männerstimme.

Gubarew verließ das Fenster.

»Ja.«

Einer der Posten steckte den Kopf herein, dann öffnete er die Tür ganz.

»Genosse Hauptmann, bitte Ihre Pistole.«

Gubarew zeigte stumm auf das Nachttischchen. Der Posten ging mit ungefügen Schritten hin und nahm die Pistole aus der halb geöffneten Lade. Beim Hinausgehen ließ er die Tür offen.

Was werden sie tun, wenn ich zumache?, dachte Gubarew sinnlos. Sein nächster Gedanke war: Ich muss meine Uniform anziehen. Aber sie sehen jeden meiner Schritte. Ganz unbefangen sein! Er ging zum Kasten und zog sich um. Langsam und umständlich, während er wachsame Blicke auf sich gerichtet fühlte. Wer mag dieser Jewremow sein? Rischkin, ich oder irgendeiner. Heute der, morgen der. Jeder. Und jeder kann morgen Gubarew sein. Oder auch schon heute. Sogar vorgestern kann er es schon gewesen sein. Nur gewusst hat er es bisher noch nicht. Die Knie wurden ihm weich und er musste sich setzen. Ich muss die Zigaretten einstecken, dachte er, als er die Schachtel vom Tisch nahm und sich eine anzündete. Wer weiß, ob sie mir welche geben werden?

Er wollte langsam rauchen, aber es ging nicht. Er sog den scharfen Rauch so tief und gierig ein, als würde er vom Nikotin eine rettende Idee erwarten. Er hatte auch den heftigen Wunsch, etwas zu trinken, aber er wagte nicht, zu seiner reich gefüllten Hausbar zu gehen, aus Angst, man würde ihm das als Zeichen seines Schuldbewusstseins auslegen; oder als Beweis für seinen bourgeoisen Lebenswandel.

Das war überhaupt der Kern, dieser Lebenswandel. War es der Kern? Werden sie mir das vorwerfen? Was werden sie mir vorwerfen?

Die erste Rüge hatte er nach der Verhaftung Pawlenkos bekommen. Oberst Rischkin hatte sie ausgesprochen, ganz beiläufig, mit einer fast lächelnden Miene. Dabei hatte der Oberst selbst den Auftrag gegeben. Er hatte einen Irrtum begangen, nicht Gubarew. Rischkin hätte wissen müssen, dass Pawlenko ein ganz harmloser Einzelgänger war und keine Verbindung mit sowjetfeindlichen Elementen unterhielt. Aber das war gar nicht der Fehler. Man konnte ruhig einmal einen weniger Schuldigen verhaften. Es durfte nur nicht herauskommen, und es war herausgekommen. Der Fehler war, dass die beiden Amerikaner erwischt worden waren. Was kann ich für ihre Dummheit?, dachte Gubarew wütend. Natürlich kann ich dafür. Ich hätte die Leute besser aussuchen müssen.

Das hatte auch Rischkin gesagt. In väterlichem Ton und mit einem Lächeln. Man muss konspirativ sein. Ganz richtig. Aber wie kann ich konspirativ sein, wenn ich gezwungen bin, mit Banditen zusammenzuarbeiten? Wo finde ich einen ehrlichen Menschen, der das aus Idealismus tut? Die anderen haben es leicht. Die holen ihre Schäfchen aus dem Zug, an der Demarkationslinie. Man sagt einfach, die Papiere waren nicht in Ordnung. Gut, die Zeitungen schreiben ein bisschen, aber ist es in meinem Fall anders? Hunderte sind schon an der Demarkationslinie geschnappt worden, und hundertmal haben die Zeitungen darüber geschrieben. Jetzt schreiben sie über mich. Was weiter? Deswegen werden sie mich doch nicht verhaften!

Nein. Wer spricht von Verhaftung? Vielleicht werde ich versetzt? Hier lassen können sie mich natürlich nicht, nachdem mein Name kompromittiert ist. Ich werde eine neue Aufgabe bekommen, ganz woanders, wo niemand mich kennt. Dieser Jewremow übernimmt das Büro, das ist alles. Er muss sich orientieren, natürlich. Und die Posten? Man hat vielleicht Angst, dass ich die Sache falsch auffasse? Wer spricht von Verhaftung?

Erregt griff er nach einer neuen Zigarette. Mit aller Kraft redete er sich ein, dass es gar nicht so schlecht um ihn stand, wie er zu Anfang gefürchtet hatte. Vielleicht eine kleine Untersuchung?, dachte er. Aber es wird bald vorübergehen. Er wollte sich einlullen, nicht an das Schreckliche denken, das kommen würde, weil er Angst hatte. Eine Angst, die ganz tief drinnen saß und die er schon seit vielen Jahren gehabt hatte, ohne es genau zu wissen. Und tief drinnen wusste er auch, dass sie ihm all dies gar nicht vorwerfen würden, nicht einmal die Salzburger Katastrophe. Er hatte doch im Auftrag gehandelt; und ein Schnitzer konnte jedem passieren. Sie würden ihm keinen Vorwurf daraus machen. Wer hätte das besser wissen sollen als er? Er war doch von der Branche. Es würden auch weiter solche Aufträge gegeben werden. Wie sollte man sie geschickter ausführen? Es ging ihm in diesem Augenblick wie einem

Spezialarzt, der immer und überall sofort die richtige Diagnose stellt und die beste Therapie kennt; nur wenn er selbst krank wird, ist er hilfloser als irgendeiner seiner Patienten.

Aber die Hilflosigkeit dauerte nicht ewig. Langsam rangen sich die schärferen Gedanken durch den Gefühlsnebel der Selbstverteidigung. Sie würden ihm keine fachlichen Vorwürfe machen, gegen die er sich besser verteidigen konnte als irgendeiner. Sie würden ihn ganz anderer Verfehlungen anklagen. Verfehlungen, die er nicht leugnen konnte, weil er sie wirklich begangen hatte: dass er gelebt hatte wie ein Bourgeois, dass er sich die teuersten Getränke und die teuersten Weine geleistet hatte, dass er den Dienstwagen zu Spazierfahrten missbraucht und sich Luxusartikel gekauft hatte. Verstohlen sah er auf die goldene Schweizer Stoppuhr, die verräterisch an seinem Handgelenk glänzte. Sie würden ihn anklagen, dass er die Repräsentationsgelder zu privaten Zwecken verwendet und sich am Zigarettengeschäft bereichert habe. Und Jewremow würde seine Dollars finden, hier, im Schreibtisch. Er hätte aufstehen können, um sie zu verbrennen; aber er fand keine Kraft.

Natürlich hatte man das alles längst gewusst. Und man hatte es stillschweigend geduldet. Man hatte es gebilligt, solange man ihn brauchte. Jetzt würde man es ihm zur Last legen. Und wäre das nicht gegen ihn zu verwenden gewesen, so hätte man irgendetwas anderes gefunden; es mochte schon lange zurückliegen und er selbst mochte es längst vergessen haben. Irgendeinen Angriffspunkt gab es in jedem Leben. Ihn herauszufinden waren die Jewremows da.

Ein kleiner dicker Mann stand in der Tür. Es war der Major; er trug eine schwarze Hornbrille und eine dicke Aktentasche. Er verbeugte sich und lächelte.

»Jewremow«, sagte er freundlich.

Gubarew stand auf und grüßte.

»Das war eine Überraschung!«, sagte er und lächelte ebenfalls, obwohl es ihn schwer ankam.

»Sie werden mir erlauben, mich hier ein bisschen umzusehen«, fuhr der Major fort und stellte seine Aktentasche auf den Fauteuil. »Die beiden Jungen werden Sie inzwischen hinunterbegleiten.«

Gubarew gab es einen Riss.

»Ich habe ein gutes Gewissen«, sagte er schwach. »Oberst Rischkin kann alle meine Angaben bestätigen.«

Der kleine dicke Major hatte sich bereits geschäftig über den Schreibtisch hergemacht.

»Oberst Rischkin kann leider nichts bestätigen«, murmelte er dabei. »Er hat heute früh Selbstmord begangen.«

Warum habe ich das nicht auch getan?, dachte Gubarew schmerzlich. Dann nahm er seine Mütze. Als er sie aufsetzte, tat ihm die Beule weh, die er sich im Bad geschlagen hatte.

EIN ELEMENT AM RANDE DER PARTEI

Das letzte Licht, das Petre Margul sah, war die matte Lampe in dem halb verfallenen Bahnhofsgebäude der kleinen niederösterreichischen Station. Von da ab spielte sich alles in Dunkelheit ab. Lange noch hörte er das Geräusch des davonfahrenden Pendelzuges. Dann erstarb auch dieses.

Langsam gewöhnten sich seine Augen an die Nacht. Es war eine relativ helle Juninacht. Er war nur wie erblindet gewesen, als er den beleuchteten Zug verlassen hatte. Nun vermochte er schon die Konturen der Hügel und Bäume zu erkennen. Er musste den Waldrand erreichen, so viel war ihm klar. Dort musste irgendwo die Scheune stehen, bei der er den Russen treffen sollte.

Er blieb stehen und zog die primitive Zeichnung heraus, die Georges seinen kurzen Zeilen beigelegt hatte. Mit brennenden, verschlafenen Augen stierte er im Licht der rußenden Feuerzeugflamme auf das Gekritzel. Ja. Wenn Gott wollte, war er auf dem richtigen Weg. Er raffte sich zusammen und stapfte drauflos.

Heute Mittag hatte ihn das Schrillen der Türglocke aus tiefem, bleiernen Schlaf gerissen. Verstört war er hinausgewankt. Schlaftrunken starrte er umher, und dann hörte er im oberen Stockwerk die Schritte des Briefträgers.

Gleich darauf entdeckte er auch den Brief. Es war ein kleines beschmutztes Kuvert. Er war ganz ratlos, denn er bekam nie Post. Der Einzige, der seine Adresse wusste, war der Verleger.

Hatte er sich etwa entschlossen, seinen Gedichtband doch schon herauszubringen? Aber warum nahm er ein so schäbiges Kuvert?

Im dunklen Vorzimmer noch riss er den Brief auf, aber er konnte nichts lesen und schlurfte in sein Kabinett. Dann wurde er starr vor Staunen und Erschrecken. Es war Georges' Brief.

»Liebe Kyra, lieber Petre!«, las er. »Ihr müsst mir helfen …«

»Hundert Dollar!«, stieß er gleich darauf hervor. »Wo soll ich hundert Dollar hernehmen?«

Er las den Brief drei-, viermal durch, bis er ihn ganz verstanden hatte. Dann fiel ihm ein, dass er zu Kyra gehen musste.

Sie war zu Hause. Auch sie war ausgeschlafen. Er drängte sich ohne ein Wort an ihr vorbei und lief ihr voraus. In ihrem Zimmer reichte er ihr den Brief.

»Georges!«, sagte er heiser. »Wir müssen ihm helfen.«

Dann zündete er sich mit nervösen Fingern eine Zigarette an.

»Hast du hundert Dollar?«, fragte ihn Kyra herausfordernd, als sie den Brief mit zusammengezogenen Brauen gelesen hatte.

»Nein. Du musst sie mir geben.«

»Ich denke nicht daran. Damit musste unser lieber Georges rechnen, als er sich auf die Geschichte eingelassen hat.«

»Aber die Russen selbst haben ihn geschnappt! Ausgerechnet sie! Das ist doch keine Gerechtigkeit, das darfst du doch nicht zulassen!«

»Hör mir auf«, sagte sie. »Das ist doch ganz egal. Er hat etwas verbrochen, und nun muss er es büßen.«

»Gut«, sagte Petre. »Gib mir den Brief. Ich werde ihm helfen. Ich werde die hundert Dollar anderswo auftreiben.«

Sie sah ihn vollkommen verblüfft an, dann begann sie zu lachen.

»Aber geh, wo willst du denn hundert Dollar auftreiben?«

Er stand beleidigt auf und machte Anstalten zu gehen. Als er schon an der Tür war, holte sie ihn ein und ergriff seinen Arm.

»Schau, warum willst du dich denn darauf einlassen? Das ist doch gefährlich, was er da will!«

»Ich muss es tun«, sagte Petre eigensinnig. »Er hat mir auch geholfen, als ich in der Tinte saß.«

»Ich gebe dir die hundert Dollar!«, rief sie schnell. »Aber nur deinetwegen!«

»Das ist mir egal«, sagte er trotzig. »Die Hauptsache, du gibst sie mir.«

Und er fuhr los, wie Georges geschrieben hatte, mit zwei Fünfzigdollarnoten, der kleinen Bleistiftskizze und einem kleinen, mit Perlmutter besetzten Damenrevolver, den ihm die besorgte Kyra zuletzt noch zu seinem persönlichen Schutz aufgedrängt hatte. Nun war er an Ort und Stelle, und er wanderte dahin wie in einem schweren Traum.

Links von sich, draußen in der baumlosen Ebene, gewahrte er nun das beleuchtete Rechteck des Lagers. Geradeaus, am Fuße des Hügels, begann der Wald. Zu Anfang schienen ihm die Bäume ein Schutzwall aus lebenden Wesen zu sein, die immer weiter zurückwichen, je mehr er seine Schritte beschleunigte. Es hatte kurz vorher geregnet, und seine Schuhe waren bald voll Lehm.

Plötzlich, er wusste nicht warum, kam ihm die Bukarester Redaktion in den Sinn, die er freiwillig verlassen hatte. Jenes warme, bergende Zimmer erschien ihm nun wie eine Insel der Sicherheit und des Friedens. Man musste nur die Sätze auswalken und umstilisieren, die einem von einer zuverlässigen Maschine geliefert wurden. Er erinnerte sich an das süßliche, bebrillte Gesicht des Zellenobmannes. »Schauen Sie, Genosse Margul«, hörte er die behaglich schnurrende Stimme. »Wir wissen: Sie sind ein Element am Rande der Partei. Nichts gegen Ihre Fähigkeiten. Aber Sie können Ihre bourgeoisen Fähigkeiten nicht verleugnen. Wir müssen härter sein, Genosse Margul, härter und unnachsichtiger mit den Feinden des Volkes. Sie müssen sich zusammenreißen, Genosse, sich dem klassenbewussten Denken anpassen – wir ziehen doch alle an einem Strang! Jedem stehen die Aufstiegsmöglichkeiten offen. Wir fragen nicht nach Ihrer Herkunft, Genosse, wenn Sie sich bedingungslos eingliedern …«

Die sanfte Stimme hatte ihn schließlich bis in den Schlaf verfolgt. Sie hatte ihm nie gedroht. Sie hatte ihn nur geduldig umgaukelt, Tag und Nacht. »Sie müssen sich entscheiden, Genosse Margul. Diese Entscheidung bleibt heute niemandem erspart.« Man wollte, dass er in die Partei eintrat. Hohlköpfe wurden befördert, und er blieb an seinem winzigen Schreibtisch. Er trat nicht ein. Er leistete stillen, aber zähen Widerstand. Er variierte weiterhin die von oben gelieferten Nachrichten, hörte sich das schnurrende Liebeswerben höflich an und arbeitete mit gesenktem Kopf. Bis ihm eines Tages alles über wurde. Ein warmes, bergendes Zimmer. Eine Insel des Friedens. Eine Bastion der Lüge und des Massenmordes. Er war geflohen.

Wen gehe ich da retten?, fragte er sich komisch berührt. Einen, der ihnen liebenswürdig das Henkergeschäft abgenommen hat. Aber jetzt henken sie ihn selbst. Er ist vielleicht ein Idiot, ist blindlings hineingetaumelt. Mir hat er geholfen. Er ist mein Freund.

Plötzlich sah er die Scheune vor sich. Sie war ein schwarzer plumper Block in der helleren Nacht. Ohne auf den Weg zu achten, war er direkt auf sie zugeschritten. Er blieb stehen und sah auf die Uhr. Es war ein Uhr und siebenunddreißig Minuten. Um halb zwei sollte er den Russen treffen. Hoffentlich war der Mann nicht schon hier gewesen und unverrichteter Dinge wieder abgezogen!

Vorsichtig ging Petre um die Scheune herum. Es war niemand da. Er beschloss, auf alle Fälle zu warten.

»He!«

Petre fuhr zusammen, als hätte ihn ein Schuss getroffen. Sofort drehte er sich um. In zwanzig Schritt Entfernung stand jemand unter einem Baum. Er fasste sich rasch und ging auf den Fremden zu. Es war ein kleiner russischer Soldat, der in der hohlen Hand eine Zigarette rauchte.

»Dobri wetscher!«, sagte Petre unsicher.

»Strasd!«, antwortete der Soldat. Er hatte eine helle, jugendliche Stimme.

»Du sollst von mir Geld bekommen«, sagte Petre auf Russisch, als er ihm auf drei Schritte nahe gekommen war.

»Ja.«

Petre sah ihn genau an. Er war unbewaffnet oder schien es mindestens zu sein. Ohne viel Umstände zu machen, zog Petre den einen Fünfzigdollarschein aus der Hosentasche und reichte ihn dem Russen. Der Russe zog heftig an seiner Zigarette und besah sich im Licht der Glut den Schein.

»Wenig!«, sagte er, ohne sich zu rühren.

Petre hatte damit gerechnet.

»Fünfzig bekommst du noch, wenn der Mann da ist.«

»Eh!«, rief der Russe. »Ich muss zurück.«

»Ich warte beim Lager.«

»Gut. Komm in einer halben Stunde. Beim linken Turm stehe ich. Kommst du?«

»Ich komme«, sagte Petre. »Wirst du dort stehen?«

»Ja.«

»Allein?«

»Ja. Pfeif, wenn du kommst. Katjuscha. So.« Er begann, die ersten Takte des melancholischen russischen Schlagers zu pfeifen.

Petre fiel ein. Er kannte das Lied.

»Gut!«, sagte der Russe. Dann ging er langsam davon.

Petre gefiel sein Gehabe nicht. Seinem Gefühl nach hätte der Russe länger feilschen müssen. Aber man musste sich auf ihn verlassen. Es gab keine andere Möglichkeit.

Nachdenklich setzte er sich auf den feuchten Boden. Er versuchte, sich das Gesicht und die Stimme des Postens ins Gedächtnis zu rufen. Aber sie fielen ihm nicht mehr ein. Wieder hatte er das starke Gefühl, als sei alles nur ein Traum.

Er saß da, ohne feste Gedanken, und sah alle Augenblicke auf die Uhr. Es schien, als rührten die Zeiger sich nicht von der Stelle. Dann ertappte er sich bei dem Versuch, ein französisches Gedicht zu rekonstruieren. Kyra saß jetzt in ihrer Garderobe und zog sich um. Sie war blass. Der Spiegel, vor dem sie saß, gab ihr Gesicht mit einer bläulichen Aureole wieder. Ihre Nylonstrümpfe waren lila. Sie hob die Knie, die spitz waren und doch rund. Georges lag in seiner Baracke wach und zählte die Minuten. Der Nachtredakteur in Bukarest versperrte das Büro. Wer mochte es sein? Der alte verblödete Carolescu oder irgendein Junger, der aus Ehrgeiz Überstunden machte? Er war es jedenfalls nicht. Er hockte auf dem feuchten Lehmboden. Es war zwei Uhr.

Die Kriegsbrandstifter krümmen ihre aufgedunsenen Leiber!, fiel ihm ein, als er aufstand, um zum Lager zu gehen. Eine schöne Schlagzeile für unser Blatt. Er hielt sich scharf links, und nach einer Weile erspähte er den Turm. Es war zwei Uhr fünfzehn, als er ihn beinahe erreicht hatte. Das letzte Stück war er gekrümmt gelaufen. Nun richtete er sich auf und begann »Katjuscha« zu pfeifen. Nichts.

Er begann wieder zu pfeifen, diesmal stärker. Der hölzerne Turm schien leer zu sein. Er empfand ein Gefühl der Bedrohung, das ihm die Backenmuskeln krampfte, sodass sein Pfeifen erstarrte. Als er tief Atem geholt hatte und mit neuer Kraft zu pfeifen beginnen wollte, ertönte ein scharfer, trockener Knall, dem gleich darauf zwei weitere folgten. Dicht über sich hörte er ein gefährliches Singen. Gehorsam warf er sich platt auf den Bauch. Die Soldaten erwiderten das Feuer!, dachte er, als er seinen Revolver zog. Im gleichen Augenblick knatterte vom Turm eine Salve. Petre zog seinen Kopf in die Schultern und wühlte sein Gesicht in den Lehm. »Du Schwein!«, knurrte er grimmig. »Du verfluchtes, verkommenes Schwein!«

Er lag etwa fünfzig Meter von dem Lattenzaun entfernt, über dem an einem Draht eine lange Reihe von Glühbirnen schwankte. Das Maschinenpistolenfeuer kam in kurzen Abständen wieder. Voll Wut und Verzweiflung betrachtete er die elegante kleine Waffe. Wie soll ich damit auf fünfzig Meter treffen?, fragte er sich höhnisch. Aber in diesem Moment spritzte ihm Erde ins Gesicht. Ein paar Projektile waren dicht neben ihm in den Boden geschlagen. Da überkam ihn namenloser Zorn. Er hob die Waffe und feuerte blindlings alle sechs Schuss ins Leere. Daraufhin schwieg das Feuer. Vielleicht habe ich ihm die Gurgel durchgeschossen!, dachte Petre. Aber der Gedanke beruhigte ihn nicht. Im Gegenteil, er bekam Angst. Zitternd begann er zurückzukriechen. Dann lief er auf allen vieren. Doch das ging ihm zu langsam. Er sprang auf und lief gebückt auf den Wald zu. Er kam nur ein paar Hundert Meter weit, denn jetzt begann das Feuer von Neuem, viel stärker als vorhin. Es schien aus allen Richtungen zu kommen. Er glaubte, getroffen worden zu sein. Die Halsmuskeln schmerzten ihn wahnsinnig. Er rannte weiter. Ich werde mich verbinden, wenn ich im Wald bin, dachte er. Hoffentlich blute ich nicht aus bis dahin. Der Gedanke gab ihm Flügel. Die Wiese vor ihm wurde plötzlich blendend hell wie unter dem Licht eines Scheinwerfers. Er warf sich nieder und ließ sich seitlich den Abhang hinunterkollern. Nun hockte er in einer Mulde und war sicher. Unverletzt, stellte er erleichtert fest, nachdem er sich abgetastet hatte. Er konnte die Leuchtkugeln beobachten, die, blendend weiß, in steilen Kurven über den Nachthimmel surrten und ihr Licht über den Boden ergossen. Das Schießen hatte noch immer nicht aufgehört.

Petre unterschied jetzt auch ein Maschinengewehr. Aber es schoss in eine ganz andere Richtung.

Als er schon im rettenden Wald war, verließ ihn plötzlich die Kraft. Er ließ sich fallen und begann vor ohnmächtiger Wut in sich hineinzuweinen. Man hatte ihn überrumpelt. Der Posten hatte die fünfzig Dollar genommen. Nun wollte man ihn erschießen, um ihm die restlichen fünfzig Dollar abzunehmen und den Zeugen für seine Verfehlung auszuschalten. Und Georges war nicht gerettet. Im Gegenteil, nun würden sie sogar ihn selbst verfolgen und einsperren. Aber sie sollten ihn nicht kriegen. Er begann sich hastig durch das dichte Gestrüpp zu schlagen, aber nicht in die Richtung auf die Station, an der er ausgestiegen war, sondern dorthin, wo er die nächste Station vermutete. Eilends schlug er die Zweige auseinander und zwängte seine Beine durch das Unterholz. Bald war er ganz zerkratzt, und der neue Anzug, den ihm Georges gekauft hatte, war an vielen Stellen zerrissen.

Wenn ich jetzt jemandem begegne, dachte er fast belustigt, hält er mich für einen Dieb. Hoffentlich komme ich gut nach Wien zurück.

Auf einmal war der Wald zu Ende. Vor Petres Blicken fiel eine breite Böschung ab, und ihm gegenüber hob sich eine breite Böschung zu einem anderen Waldrand. Unten verlief der Hohlweg. Kurz versuchte er sich zu orientieren, dann entschloss er sich, links neben dem Hohlweg hinunterzulaufen, und sprang die Böschung hinunter.

Als er, etwas verschnaufend, ein paar Hundert Meter gegangen war, schien ihm, als höre er hinter sich laufende Schritte. Er blieb stehen und horchte. Ja. Es waren Laufschritte. Sie waren gar nicht mehr weit. Schnell überlegte Petre. Über die Böschung hinauf konnte er nicht mehr, dann musste ihn der Verfolger sehen. Es war zu spät, sich zu verstecken. So machte er Front gegen die rasch herankommende Gefahr, lud seinen Revolver und steckte ihn schussbereit in die Hosentasche. Atemlos wartete er zwei Sekunden. Dann sah er den Mann. Das Erste, was ihm auffiel, war, dass er keine Mütze aufhatte. Es war ein Zivilist.

»Georgi!«, schrie er plötzlich aus Leibeskräften.

Der Mann blieb stehen; es schien, als gehe er in die Knie.

»Georgi!«, wiederholte Petre und lief auf ihn zu. »Ich bin es! Petre! Hallo!« Dabei bemerkte er nicht, dass er in seiner Erregung mit dem Revolver herumfuchtelte. Dann umarmten sie einander.

»Sie sind hinter mir her!«, stieß Georges hervor.

Ohne ein weiteres Wort der Verständigung trabten sie nebeneinander den Hohlweg entlang.

»Wann geht ein Zug?«, rief Georges, halb erstickt vom atemlosen Laufen. »Gib mir den Revolver!«

Petre drückte ihm die Waffe in die ausgestreckte Hand. Georges lachte verächtlich auf.

»Wann geht der Zug?«

»Kurz vor fünf Uhr. Aber ich glaube, wir sind auf dem Weg zu einer anderen Station.«

»Bis dahin haben sie alles alarmiert. Wir müssen von der Straße weg.«

Sie schlugen sich eine halbe Stunde lang schweigend durch den Wald, bis sie auf einem Hügel ein alleinstehendes Haus gewahrten. In dessen Nähe ließen sie sich erschöpft nieder.

»Ich habe keine Ahnung, wo wir sind!«, schnaufte Petre.

»Hoffentlich weit genug. Ich bin dir jedenfalls dankbar. Ohne dich wäre ich nie herausgekommen.«

»Aber lass doch!«, sagte Petre und erzitterte. Es fröstelte ihn in der Morgendämmerung.

Georges betrachtete die Pistole.

»Und mit diesem Spielzeug hast du den ganzen Krawall ausgelöst?«

»Hoffentlich habe ich einen getroffen!«, sagte Petre bitter.

»Das glaube ich kaum. Aber du hast die Posten alarmiert. Sie sind alle zum Südturm gelaufen, und inzwischen sind wir über den Zaun gestiegen.«

»Wieso wir?«

»Charly und ich. Der dir den Stoff verkauft hat. Er ist irgendwo liegen geblieben. Ich glaube, sie haben ihn erschossen.«

»Sein Stoff war auch nichts wert«, sagte Petre geistesabwesend und deutete auf sein zerrissenes Hosenbein.

Georges sah ihn verständnislos an. »Habt ihr denn kein Geld aufgetrieben?«, fragte er dann.

»O ja. Kyra hat es mir gegeben. Hundert Dollar. Fünfzig habe ich dem Schwein gezahlt.«

»Dem Posten? Du hast ihn gesehen?«

»Natürlich. Wie du mir geschrieben hast. Die anderen fünfzig wollte ich ihm erst geben, wenn du draußen warst. Stattdessen hat er geschossen. Wahrscheinlich wollte er das Geld und dich.«

»Ah, deshalb ist er auf alles eingegangen und hat den Brief weggeschickt. Ich hatte schon Angst, dass er mich anzeigen würde.« Und unvermittelt fügte er hinzu: »Du bist ein feiner Kerl!« Er legte Petre die Hand auf die Schulter. »Mit dir gehe ich durch dick und dünn.«

»Aber ich mit dir nicht!«, sagte Petre betont. »Du sollst nicht glauben, dass ich mit allem einverstanden bin, was du tust.«

»Was tu ich denn?«, fragte Georges gereizt.

»Ich habe alles in der Zeitung gelesen. Mit so einem schmutzigen Geschäft will ich nichts zu tun haben. Zigaretten, gut, Kokain, gut. Was du willst. Aber ...« Er wollte »Menschenjäger« sagen, sprach es aber nicht aus.

»Schon gut, Petre. Reg dich nicht auf. Ich fange ein neues Leben an.« Er sah ihn verschmitzt von der Seite an, wie ein kleiner Bub, der seinem Vater feierlich verspricht, in Zukunft brav zu sein, aber selbst nicht an seine Worte glaubt.

»Das hoffe ich. Deshalb bin ich gekommen. Es kann mir übrigens egal sein. Ich will jedenfalls nichts damit zu tun haben.«

»Das ist sehr schön gesagt.« Georges lachte. »Dichterisch. Für den Augenblick sind wir jedenfalls verdammt aufeinander angewiesen. Zuerst müssen wir einmal sehen, wie wir nach Wien kommen. Ich bin sicher, die Hunde haben die ganze Gegend alarmiert. Wenn wir gesund durchkommen, können wir eine Messe lesen lassen.«

Petre ertappte sich dabei, dass er in den grauenden Morgen hinaushorchte, und ein Schauer überlief ihn.

VA BANQUE

Das Taxi fuhr an und bog gleich um die Ecke, sodass Georges die Kameraden nur noch einmal kurz durch das Hinterfenster sehen konnte. Petre winkte; er wollte anscheinend optimistisch wirken, aber er sah traurig und verlassen aus. Das Taxi erreichte nach zwei Minuten die Mariahilfer Straße, und von dem Augenblick an, da Georges sich auf dem Boden der französischen Zone befand, spürte er ein unbeschreibliches Gefühl der Erleichterung. Die Franzosen suchten ihn im Augenblick sicher nicht; höchstwahrscheinlich hatten sie nicht einmal sein Signalement.

Vor fünf Stunden hatte die Situation noch wesentlich düsterer ausgesehen. Bei der Bahnstation hatte Petre zuerst rekognosziert und die Luft war rein gewesen. Aber von dem fahrenden Bimmelzug aus hatten sie russische Patrouillen gesehen, die vorüberfahrende Autos kontrolliert und die Insassen perlustriert hatten. Die Arbeiter und Bauern, zwischen denen die beiden eingekeilt waren, hatten sofort gewusst, dass es sich um eine Großrazzia handelte. »Die suchen einen Deserteur!«, hatte es geheißen. »Das kommt öfter vor.« Es war zu erwarten, dass in den Bahnhöfen eine Kontrolle durchgeführt werden würde, aber offensichtlich rechneten die Russen nicht damit, dass der Flüchtling es wagen würde, ein öffentliches Verkehrsmittel zu benutzen. Immerhin bereitete Georges die bevorstehende Ankunft in Wien die größte Angst. Als der Zug seine Fahrt verlangsamte, um in die Station einzufahren, sprangen die beiden Landsleute auf der der Station abgewandten Seite vom

Trittbrett und liefen auf dem schnellsten Weg zur Straßenbahn. Dort fühlten sie sich relativ sicher. Petre wollte im Taxi fahren, aber Georges widersprach. Auch in der russischen Zone der Stadt, die sie in ihrer ganzen Tiefe durchfahren mussten, bewegte er sich lieber auf Schienen fort als auf offener Straße. Tatsächlich gewannen sie ungehindert die Ringstraße.

Hier begannen neue Probleme: Wo sollte er sich verstecken, woher bekam er Geld, was sollte weiter geschehen? Freilich hatte er sich die ersten Punkte seines Programms während der stundenlangen gefährlichen Fahrt durch Feindesland schon überlegt. Sein Anfangskapital würden die fünfzig Dollar sein, die der Russe glücklicherweise nicht genommen hatte. Petre musste sie ihm vorstrecken. Er würde sie Kyra in den nächsten Tagen zurückgeben. Inzwischen musste er sich Papiere verschaffen, eine bessere Waffe und viel mehr Geld. Die Situation war lächerlich. Auf einer Schweizer Bank hatte er einige Zehntausend Franken liegen. Aber es war unmöglich, sie schnell genug herüberzukriegen. In der Tasche hatte er nichts. Mit Ilse hatte er mehr als zehntausend Schilling und tausendfünfhundert Dollar, die er in ihrer Wohnung deponiert hatte, verloren. Mit Kostoff hatte er noch nicht abgerechnet. Auch er musste noch dreißigtausend Schilling bei sich gehabt haben. Das alles hatten jetzt die Amerikaner. Was er bei sich gehabt hatte, hatten ihm die Russen weggenommen. Geschäftlich war er zugrunde gerichtet. Jetzt ging er, die Scherben seines finanziellen Glücks zu sammeln. Diese Scherben erschienen ihm jetzt wichtiger als sein ganzer früherer Reichtum. Sie bedeuteten das Leben.

Petre leistete ihm die erste Hilfe. Er ging in das große Café, in dem stets Devisen gehandelt wurden, während Georges unter einem Pfeiler der zerstörten Oper auf ihn wartete. Er erledigte alles ganz schnell, aber Georges schien es eine Ewigkeit.

Als Petre endlich kam, stellte sich heraus, dass man ihn hereingelegt und ihm nur drei Viertel des Schillingwertes gegeben hatte. Immerhin: Dieses Geld war vorläufig die Rettung. Die nächste Etappe war Charly Nemeceks Wohnung, ziemlich weit draußen in Ottakring.

Er traf dort Charlys Mutter an.

»Wo ist mein Sohn?«, fuhr sie ihn an, kaum hatte sie ihm die Tür geöffnet. Es war, als hätte sie ihn erwartet.

Einen Augenblick sah Georges die schmächtige grauhaarige Frau mit dem gelben, zerkerbten Gesicht entgeistert an. Sie trug noch immer schwarze Witwenkleider, obwohl ihr Mann schon lange tot war. Das gab ihr ein strenges, unheimliches Aussehen.

»Was haben Sie mit Karli gemacht?«

»Ich? Was soll ich mit ihm gemacht haben?«

Georges trat ein und schloss die Tür hinter sich.

»Was?«, rief sie. »Da fragen Sie noch?« Sie begann zu zittern und wandte sich plötzlich um.

Georges folgte ihr in die Küche und sah verständnislos zu, wie sie einen Pack Zeitungen von der Stellage holte. Er warf einen gehetzten Blick darauf. Das oberste Blatt trug in Balkenlettern die Schlagzeile: »Menschenraub in Linz – ein Toter im Auto.« Er erinnerte sich, diesen Satz schon einmal gehört zu haben. Binder!, fiel ihm ein. Sein erster Impuls war, den Pack an sich zu reißen und die Spalten der Zeitungen zu überfliegen. Aber er bezwang sich.

»Sie gehen noch frei herum?«, rief Frau Nemecek. »Sie, der Anführer! Und auf meinen Sohn schießt man! Dass Sie sich überhaupt hierhertrauen, wo Sie meinen Sohn auf dem Gewissen haben, Sie Mörder!«

Es kostete Georges große Anstrengung, sich zu beherrschen. Dann setzte er sich und fragte gefasst: »Aber schauen Sie, gnädige Frau: Deswegen regen Sie sich auf?« Er machte eine verächtliche Geste gegen die Zeitungen hin. »Wegen dieser hysterischen Übertreibungen? Ihr Sohn ist noch nicht verloren.«

Jetzt sah sie ihn verblüfft an.

»Wieso sagen Sie das? Wo ist er?« Ein Schimmer von Hoffnung war plötzlich in ihrem Gesicht. »Wo ist Karli?«, wiederholte sie bittend. »So sagen Sie mir doch endlich, was ist mit ihm geschehen?«

»Er ist bei den Russen.«

»Bei den Russen?« Sie sah enttäuscht und verängstigt aus. »Um Gottes willen …«

»Machen Sie sich keine Sorgen. Die Russen tun ihm nichts. Ich stehe gut mit ihnen.«

»Warum holen Sie ihn dann nicht heraus? Er ist doch Ihr Freund! Ihr engster Mitarbeiter!« Sie begann, sinnlos in den Zeitungen zu kramen, offenbar, um Georges diesen Ausdruck zu zeigen.

»Ich bin eben dabei, gnädige Frau«, sagte er fest. Es kam ihm vor, als hätte er die Wahrheit gesagt. Die ganze Situation erschien ihm unwahrscheinlich. Es war ihm, als ginge es nicht ums Leben, sondern als sei alles nur ein Spiel, in dem man sich gut halten musste.

»Seit zwei Tagen verhandle ich mit den Russen. Aber Sie wissen – mit denen wird man nicht so einfach fertig. Sie verlangen Kaution.«

»Geld?« Die alte Frau sah ihn groß an.

»Ja, natürlich!«, sagte Georges gereizt. »Haben Sie noch nie etwas von einer Kaution gehört? Ich verlange gar nichts. Ich will mein Geld von Ihnen holen. Wir haben Unglück gehabt, das wissen Sie. Es kommt auf jeden Groschen an.«

»Ihr Geld?«, fragte die Frau misstrauisch. »Karli hat mir nichts davon erzählt.« Sie schien aufgeregt und errötete. An ihrem Ton glaubte Georges zu erkennen, dass ihr Charly Geld zur Aufbewahrung gegeben hatte oder dass sie wusste, wo sein Geld lag.

»Das werden wir ja herausbekommen«, sagte er finster. »Wenn Charly frei ist, wird er mir schon Auskunft geben. Ich verstehe Sie gar nicht, Sie schaden ihm doch. Dreißigtausend habe ich schon beisammen, aber die verlangen fünfzigtausend. Ich brauche noch zwanzigtausend.«

»Zwanzigtausend?«, entsetzte sich Frau Nemecek. »Wo soll ich die hernehmen? Holen Sie ihn zuerst heraus, dann können Sie mit ihm abrechnen. Sie sind doch an allem schuld!«

»Ich opfere keinen Groschen für ihn«, sagte Georges kalt, »wenn Sie mir dabei nicht helfen. Ich finde Ersatz für ihn, aber Sie nicht.«

Die Frau erblasste und musste sich an der Stuhllehne festhalten.

»Ich gebe Ihnen, was ich im Haus habe. Das ist aber nicht so viel …« Sie begann eifrig in der Küchenkredenz zu kramen und förderte einige Notenbündel zutage. Georges sah schweigend zu, wie sie sie auf den Tisch zählte. Es waren insgesamt etwas über siebzehnhundert Schilling.

»Das ist alles!« Sie sah ihn Hilfe suchend an.

Die Alte verstellt sich!, dachte er wütend, als er das Geld einsteckte.

»Er muss über hunderttausend haben«, sagte er kalt.

Die Frau erschrak und machte eine Handbewegung, die verriet, dass sie davon wissen musste.

»Das ist unmöglich …«, brachte sie hervor.

Georges glaubte ihr nicht.

»Wenn Sie es mir schon nicht anvertrauen wollen«, sagte er barsch, »dann schauen Sie wenigstens, dass es aus der Wohnung verschwindet. Sie werden hier bald Hausdurchsuchung haben. Auch die Waffen. Wo hat er seine Waffen?«

»Waffen …? Aber wir sind hier französische Zone, da können die Russen doch nicht herkommen!«

Georges lachte auf. »Die lassen einfach eine Anzeige machen wegen illegalen Waffenbesitzes. Bei der Polizei. Dann kommt die Polizei und nimmt Sie gleich mit.«

Die Frau sah ihn mit offenem Mund an und konnte sich nicht rühren.

»Kommen Sie«, sagte er grob, »zeigen Sie mir …«

Er wartete nicht, bis sie sich entschloss, sondern ging ihr voraus. Er war einige Male in Charlys neu eingerichteter Wohnung gewesen. In Charlys Zimmer machte er sich sofort über den modernen Schreibtisch her, den sich der Gernegroß zugelegt hatte. Die Laden, die er aufriss, waren leer. Er wandte sich zum Wäschekasten und sah im selben Augenblick, wie die Frau zusammenfuhr. Hier war also etwas. Er begann, Charlys Seidenhemden auf den Boden zu werfen.

»Was machen Sie denn da?«, fragte die Frau kraftlos. Sie wollte noch etwas sagen, aber das Wort erstarb ihr im Mund, denn eben zog Georges eine Steyr-Pistole aus einem Haufen Unterwäsche. Er wandte sich ihr brüsk zu.

»Wo ist jetzt das Geld?«

Die Frau sank auf das Bett und konnte nicht sprechen.

Er förderte noch zwei Ersatzmagazine zutage.

»Seien Sie froh, dass ich hier bin und nicht die Polizei. Sagen Sie's schon!«

Aber die alte Frau kreuzte nur die Hände im Schoß und schwankte leicht hin und her. Sie saß da, als hielte sie Wache bei einem Toten. Georges wühlte weiter. Aber von Geld war nichts zu sehen. Er lief sinnlos im Zimmer hin und her, hob den Teppich hoch, sah unter das Bett, rückte ein Bild von der Wand und zertrümmerte dabei eine Vase.

»Wo ist das Geld?«, schrie er die Frau an. »Wo?« Er stampfte auf. Aber die Frau sah ihn nur an wie ein Gespenst. Er ging rasch auf sie zu und sah ihr drohend in die Augen. Sie zeigte kein Erschrecken mehr, sie sah aus wie erstorben. Dann wandte er sich wütend ab, steckte die Pistole in die linke Brusttasche und verließ die Wohnung.

Das Taxi war inzwischen weggefahren. Georges sah planlos umher, dann fiel ihm ein, dass er telefonieren müsse. Um sein Geld zu wechseln, musste er irgendetwas kaufen. Er sah die Straße hinunter, eine Fleischhauerei, ein Wirkwarengeschäft, eine Parfümerie. Er ging weiter und entdeckte bald das Schild einer Trafik. Ohne zu zögern trat er ein.

»Zwei Schachteln Havanna-Zigarillos«, sagte er zu der Verkäuferin, die ihm lächelnd entgegensah. Dann fiel ihm ein, dass er nun kein Kleingeld herausbekommen würde. Er kaufte noch zwei Schachteln, stopfte alle vier in seine Rocktaschen und verlangte noch zwei einzelne Zigarillos. Er hatte sich, als er mit Petre aus der Straßenbahn ausgestiegen war, von Petres Geld sofort ein paar Stück gekauft. Jetzt war er für den Augenblick versorgt.

Er zündete sich in der Trafik einen Zigarillo an, behielt das Kleingeld in der Hand und ging auf die Straße.

Er musste lange suchen, ehe er eine Telefonzelle fand. Er ärgerte sich über jede vergeudete Sekunde. Dann rief er Binders Wohnung an. Es meldete sich niemand. Er rief die Redaktion an.

»Herr Binder ist nicht da!«, rief eine fröhliche Frauenstimme.

Georges spürte Schweißtropfen auf der Stirn, als er sein ehemaliges Stammcafé anrief.

»Herrn Kastalides!«, sagte er mit heiser verstellter Stimme.

»Kastalides. Jawohl.«

Er sah vor sich das vertraute, fette Gesicht des Obers und fühlte einen kleinen Schmerz bei dem Gedanken, dass er sich nicht zu erkennen geben durfte. Während er wartete, erschien draußen ein kleiner, schnurrbärtiger Herr, glotzte einige Sekunden durch die Scheibe und öffnete dann die Tür.

»Sind Sie blind?«, fuhr Georges ihn an. »Sehen Sie nicht, dass ich spreche?«

Der Herr warf beleidigt die Tür zu. Dann ging er um die Zelle herum und starrte durch das Seitenfenster. Georges drehte ihm den Rücken. Endlich wurde es drüben lebendig. Es war wieder der Ober.

»Herr Kastalides ist nicht hier«, sagte er. »Aber er hat eine Nummer hinterlassen, unter der er zu erreichen sein wird.« Und er gab Georges die Nummer.

Georges rief an, und es meldete sich ein anderes Café, von dem er nie etwas gehört hatte. Herr Kastalides schien anwesend zu sein, denn man versprach, ihn zu holen.

»Kastalides.«

»Bist du es, Paul?«

»Ja, wer spricht denn?«

»Hier ist Georges.«

»Bitte?«

»Georges, dein Freund Georges.«

»Hier Kastalides, ich verstehe nicht.«

»Bist du taub?« Georges verlor die Beherrschung. »Bist du blöd? Ich muss dich sofort sprechen!«

»Ah, du bist es?«, sagte Binders Stimme höchst erstaunt. »Jetzt hab ich dich erkannt. Wo bist du denn?«

»Ich warte auf dich in dem Park vor dem Westbahnhof. Nimm ein Taxi! Ich bin in zehn Minuten dort.«

»Ja, wo hast du gesagt?«

»In dem kleinen Park vor dem Westbahnhof!«

»Fährst du weg?«

»Bitte, red nicht herum und komm. Ich warte.«

»Welchen Bahnhof hast du gesagt? Nordwestbahnhof?«

»West!«, brüllte Georges.

»Aha. Gut. Ich komme.«

»In zehn Minuten.«

»Gut.«

Als Georges die Zelle verlassen wollte, stieß er mit dem schnurrbärtigen Herrn zusammen, der schon eintreten wollte. Georges maß ihn mit einem wütenden Blick, aber dem Herrn schien das keinen Eindruck zu machen.

Georges ging bis zum Gürtel, ohne ein Taxi zu finden. Zuletzt lief er. Die zehn Minuten waren längst vergangen. Während er hier Zeit verlor, waren seine Verfolger am Werk. Er fluchte in sich hinein und begann wieder zu schwitzen. Endlich entdeckte er einen Standplatz. Als er den kleinen Park betrat, war von Paul Binder keine Spur. Er kann noch nicht gegangen sein!, fieberte Georges. Wahrscheinlich verspätet sich das Schwein!

Er wollte sich nicht setzen, obwohl einige Bänke frei waren, sondern schritt durch den Park auf das andere Ende zu, um von dort das ganze Gelände überblicken zu können. Bei dem Zeitungsstand an der Haltestelle der Straßenbahn stand Binder und studierte die Überschriften der Blätter, als sei ihm alles neu. Im nächsten Moment erspähte er Georges und kam mit seiner gewohnten unternehmungslustigen Miene auf ihn zu.

»Hallo, Georges!«

Georges zischte durch die Zähne.

»Gehn wir dort hinüber!«, raunte er hastig, indem er mit dem Kinn in die Richtung der Innenstadt wies, und nahm Binder am Oberarm.

»Ich denke, du willst wegfahren?«

»Noch nicht.«

Sie überquerten die Straße.

»Ich brauche Papiere!«, fügte er hinzu und ärgerte sich über die Heiserkeit seiner Stimme.

»Bis jetzt gut durchgekommen?«, fragte Binder leutselig.

»Ganz gut!«, sagte Georges grimmig. »Die Russen haben mich geschnappt, am selben Morgen, an dem wir uns gesehen haben.«

Binder blieb stehen.

»Was du nicht sagst!«

»Komm weiter. Ich war in einem Lager und bin stiften gegangen. Du musst mir helfen. Ich brauche ganz neue Papiere.«

»Mein Gott, gerade jetzt, wo der Mann auf Urlaub ist. In Kärnten, am Wörthersee. Wie soll ich den jetzt holen?«

»Erzähl nicht. Was kostet es?«

»Ich muss zu einem anderen gehen. Der verlangt mehr.«

»Wie viel?«

»Ich muss erst fragen. Brauchst du einen Pass, oder genügt dir eine Identitätskarte?«

»Pass.«

»Österreichisch? Ungarisch? Argentinisch?«

»Österreichisch.«

»Lieber Freund, ich fürchte, unter zehntausend wird nichts zu machen sein. Natürlich alles komplett. Mit Visum.«

»Gut. Wo kann ich dich morgen sehen?«

»Morgen Früh im Café. Ich habe jetzt ein neues Stammcafé. Es ist im sechsten Bezirk. Warte, ich gebe dir die Adresse.« Er kritzelte etwas auf einen Zettel, den er dann Georges reichte. »Du musst mir auch Bilder bringen. Wenn es sehr schnell gehen muss, wird es noch teurer werden, fürchte ich.«

»Hast du keinen Fotoapparat?«

»O ja.«

»Du wirst mich selbst aufnehmen. Ich rufe dich morgen Früh an. Um neun.«

»Wohin soll ich dann kommen?«

»Das weiß ich noch nicht. Ich sag's dir am Telefon.«

»Wird das nicht ungünstig sein?«

»Ich melde mich als Tom.«

»Gut.«

Sie schüttelten einander kräftig die Hände, dann trennten sie sich. Georges sah dem groß ausschreitenden jungen Mann eine Weile nach. Der Letzte, auf den ich mich verlassen kann, dachte er bitter. Dann raffte er sich zusammen. Ich brauche Geld!, fiel ihm erschütternd ein. Aber wo habe ich noch Geld?, quälte er sich. Kostoff ist weg. Hirsch? Aus. Wiesinger? Aber der wohnt im zweiten Bezirk. Es nützt nichts. Ich muss noch einmal in die russische Zone. Ich muss mein Geld haben.

Er sprang in die Straßenbahn. Dort drängte er sich ganz ins Innere und wandte sein Gesicht vom Fenster, als er zwanzig Minuten später über die Kanalbrücke fuhr. Eine Haltestelle nachher stieg er aus.

Es dauerte lange, bis er in der Flucht der Gassen, die einander so sehr ähnelten, das Haus fand. Er kannte weder den Namen noch die Hausnummer. Er war hier nur einmal im Auto durchgefahren und hatte kurz gewartet, während Kostoff mit Leo verhandelt hatte. Er hätte das Haus jetzt nicht wiedererkannt, wenn ihm nicht das Friseurgeschäft gegenüber mit dem rostigen Schild aufgefallen wäre. Dabei erinnerte er sich.

Bevor er eintrat, sah er sich noch einmal um, ob ihn niemand verfolgte, und presste mit der Rechten automatisch die schwere Pistole in der Innentasche gegen seine Rippen. Er spürte, dass sein Hemd kalt und nass war.

Der Geruch von billigen Speisen schlug ihm entgegen, als er durch das Stiegenhaus hinaufschlich. Während er leise von Tür zu Tür ging, um sich die Namensschilder anzusehen, hörte er durch die dünnen Wände überall Klappergeräusche. Ein kleiner Junge mit borstigem roten Haar, der am Gangfenster des zweiten Stocks stand und mit einem Taschenmesser behaglich am Fensterbrett herumschnitzte, fuhr zusammen, als er Georges so lautlos kommen sah; er blickte sich verwirrt um und lief schnell in eine Wohnung. Mit einem unangenehmen Gefühl sah Georges ihm nach.

Hinter der Tür, an der schief eine schmutzige Visitenkarte mit der Aufschrift »Leopold Wiesinger, Vertreter« hing, war es still. Georges klopfte. Die Zeichen hallten durch den Gang. Er erschrak. Hinter der Tür rührte sich nichts. Von einer heißen Aufwallung der Angst und der Wut überwältigt, schlug er mit dem Fuß gegen die Tür und hämmerte mit beiden Fäusten. Nach diesem Lärm trat eine kurze, umheimliche Stille ein. Er spürte, wie mit seinem Klopfen auch das Geschirrgeklapper im ganzen Stockwerk aufgehört hatte. Er wusste, dass jetzt alle Frauen an ihren Herden standen und lauschten. Er fasste mit der Rechten die Pistole und machte mit der freien Faust einen zweiten, heftigen Wirbel von Schlägen. Mitten hinein vernahm er schon die barsche, verschlafene Stimme: »Ja! Ja! Haun S' mir nicht die Tür ein! Komm ja schon!« Er hörte eine Tür quietschen und das schnelle Aufschlagen von Pantoffeln. Der Schlüssel klirrte und im Türspalt erschien Leos mürrisches Gesicht.

»Nicht so stürmisch!«, hatte er eben gebrummt. »Was ist denn los?« Aber plötzlich verschlug es ihm die Rede.

Georges stellte einen Fuß auf die Schwelle und drückte die Tür gewaltsam auf.

»Du …?«, brachte er heraus.

Georges schloss die Tür und sperrte mit einer schnellen Handbewegung zu. Dann legte er einen Finger an den Mund und ging rasch voraus in den benachbarten Wohnraum.

»Was ist denn …?«, hörte er Leo rufen.

»Das will ich dich fragen!«, sagte Georges kurz über die

Schulter und betrat das Zimmer. Drinnen war es fast dunkel, die Vorhänge waren herabgelassen.

»Was ist denn?«, rief er jetzt zornig.

Georges vernahm ein kurzes, heftiges Rascheln und richtete aufgescheucht seinen Blick auf das Doppelbett. Es war eine Frau. Sie kauerte ganz in der Ecke und hatte die Decke vor ihren Körper gerissen. Sie reichte ihr bis zur Nase. Georges sah nur ein paar dunkle Augen, die ihn angstvoll anstarrten, und einen wirren Schopf dunkler Haare. Dann bemerkte er auch die Likörflasche auf dem Nachtkästchen und die verklebten Gläser.

»Du lässt es dir gut gehen mit meinem Geld!« Seine Stimme klang drohend.

»Mit deinem – wieso mit deinem Geld?«, rief Leo entrüstet. Seine Entrüstung sollte ehrlich und spontan wirken; aber sie überzeugte Georges nicht. Er schob Leo beiseite und schloss auch diese Tür.

»Mach kein Theater!«, sagte er mit heiserer Stimme. »Gib das Geld her!«

»Was für ein Geld?« Zorn und Staunen schlugen Georges entgegen.

»Für die letzten fünfzigtausend Zigaretten, die du von Kostoff bekommen hast.«

»Also hör dir das an!«, rief Leo der Frau zu. Aber sie muckste sich nicht. »Die sind doch längst bezahlt!«

»An wen?«

»An Kostoff. Ich hab's ihm selbst gegeben!«

»Hast du es ihm ins Gefängnis gebracht? Nach Salzburg?«

»Vorher! Lange vorher habe ich's ihm gegeben!«

»Du lügst. Kostoff hat dich nicht von der Schuldenliste gestrichen.«

Leo verlor mit einem Schlag seine dreiste Sicherheit.

»So? Was waren denn das für Zigaretten? Ah ja! Eine ganze Partie ist ja beschlagnahmt worden! Ja, das war die! Die frühere habe ich Kostoff bezahlt, aber die ist weg. Das weißt du nicht?«

Georges ließ ihn ausreden, aber während er ganz ruhig und steif dastand, fing in ihm alles zu zittern an. Es gab keine Liste von Kostoff. Er hatte geblufft. Das Märchen, das Leo ihm nun auftischen wollte, war ihm zu viel. Ohne zu denken, ließ er seine Faust auf Leos tugendhaft-entrüstetes Gesicht los. Er spürte, dass er getroffen hatte, und der erstickte Aufschrei der Frau gab ihm Sicherheit. Leo krümmte sich, kam aber sofort wieder hoch.

»Du Schwein!«, rief er halblaut. »Glaubst du, ich weiß nicht, dass man dich sucht?«

Georges ließ ihn nicht ausreden und packte ihn mit der Linken an seinem schmutzigen Hemd. Mit der Rechten zog er den Revolver und drückte ihn Leo in die Seite. Das Fleisch war weich und gab nach.

»Er ist ja wahnsinnig!«, keuchte Leo. »Wenn du hier schießt, hört dich das ganze Haus! Hier kommst du nicht raus!«

»Gib mir mein Geld.«

»Aber ich schwöre dir, ich habe nichts! Ich schwöre dir …«

Georges ließ ihn los, und als er zurücktaumelte, schlug er ihn wieder aufs Kinn.

»Sofort das Geld her!«

»Aber schau doch!«, schrie Leo und riss die Tischlade auf. Er zitterte am ganzen Körper. »Ich habe doch alles in Ware angelegt! Zigaretten kann ich dir geben …«

Georges war ihm Schritt für Schritt gefolgt und gab ihm jetzt einen Fußtritt, dass er quer über den Tisch fiel. Die ganze Wohnung zitterte. Die Likörflasche verlor das Gleichgewicht und stürzte um. Der Rest der gelben Flüssigkeit rann auf den Bettvorleger.

»Er will mich umbringen«, jammerte Leo. »Anni, er bringt mich um!«

Aber die Frau rührte sich nicht. Sie hockte wie in Ekstase in ihrer Ecke und starrte aus halb gebrochenen Augen auf die beiden Männer, die dicht aneinandergedrängt über dem Tisch lagen. Georges hatte sich neben Leo geworfen und ihn an den schütteren Haaren ergriffen. Jetzt ließ er seinen Kopf wie einen Hammer auf die Tischkante niedersausen.

»Ich geb's dir!«, heulte Leo. »Was ich bei mir habe, kannst du haben! Ich geb's dir von meinem eigenen Geld!«

Georges ließ von ihm ab. Aber er blieb hart neben ihm. Leo rappelte sich auf und griff in die hintere Hosentasche.

Revolver!, dachte Georges und schlug ihm blitzschnell auf den Unterarm. Eine Brieftasche klatschte auf den Boden. »Heb sie auf!«, brummte Georges versöhnlich.

Leo bückte sich, legte die Brieftasche auf den Tisch und zählte mit zitternden Händen die Noten heraus. Es waren fünfzehn Hundertschillingscheine und etwas Kleingeld.

»Ich kriege vierzehntausend Schilling«, sagte Georges kalt. »Was soll ich mit dem Dreck?«

»Das ist alles, was ich habe. Ich schwöre dir! Anni, hab ich mehr? Sag's ihm!« Die Frau gab keinen Ton von sich, und Leo redete auch gleich weiter. »Heute soll ich Geld kriegen!«, rief er eifrig. »Komm heute Abend – oder morgen! Wann du willst!«

Georges sah ihn finster an. Damit du mir einen Hinterhalt legen kannst! Wie Leo dastand in eifrig beschwörender Haltung, eine Hand auf dem kragenlosen, zerdrückten Hemd, mit verschwollenem Gesicht und einem bloßen Fuß, war er für ihn die Inkarnation eines Spitzels. Georges holte weit aus und brachte ihn mit einem wuchtigen Ohrenschlag zu Fall. Leo stürzte über die Bettkante und fiel auf die Frau, die im selben Augenblick zu quietschen begann. Georges spürte den dringenden Wunsch, eine Salve gegen dieses Quietschen abzugeben. »Maul halten!«, rief er drohend und das Quietschen hörte sofort auf. Leo lag mit dem Gesicht auf dem Bett und rührte sich nicht.

Er spielte den Ohnmächtigen, um sich aus der Affäre zu ziehen! Mit einem Griff raffte Georges die Banknoten zusammen, knüllte sie in die Tasche und ging. An der Tür blieb er stehen.

»Lass die Polizei aus dem Spiel. Du überlebst es nicht.«

Aus der dunklen Ecke kam keine Antwort. Er sah nur Leos Hemd und Hose auf der verrutschten Decke, die verdrehten Augen der Frau und eine herabhängende nackte Brust. Dann roch er schon den Kohl im Stiegenhaus. An den Gucklöchern, die seinen Weg säumten, glaubte er einzelne glotzende Augen zu sehen.

DIENST AM KUNDEN

Als Paul Binder gegen sieben Uhr abends sein neues Stammcafé im sechsten Bezirk verließ, bemerkte er in der Nähe der Drehtür zwei Herren mit breiten Hüten, die anscheinend auf ihn warteten. Seine Vermutung erwies sich als richtig, denn die zwei näherten sich, sobald sie ihn erblickt hatten.

»Würden Sie so freundlich sein, uns zu begleiten?«, fragte der eine und tippte mit zwei Fingern an seinen Hut.

Paul Binder erblasste und spürte, dass seine Knie nachgaben. »Warum, wenn ich fragen darf?«

»Ah, nur wegen einer kleinen Auskunft«, entgegnete der andere, der grüne Augen hatte und ungarischen Akzent sprach.

»Sind Sie sicher, dass Sie mich meinen?«

Die zwei Herren verzogen gleichzeitig ihre Gesichter zu einem Lächeln. »Sie sind doch Herr Binder?«, fragte der erste, und aus der Art, in der er sprach, erkannte man, dass er sich nicht sehr im Unklaren darüber war.

»Alias Kastalides«, ergänzte der mit dem ungarischen Akzent. Er sagte »Kaschtalides«. »Und Sie haben heute bei Herrn Hawelka vorgesprochen?«

»Ja, gewiss. Ist das vielleicht verboten?« – Wenn ich nur wüsste, fieberte Paul Binder, ob das Russen oder Amerikaner sind! Natürlich waren die beiden Herren weder Russen noch Amerikaner, aber man konnte nicht wissen, in wessen Dienst sie standen.

»O nein, das ist nicht verboten«, sagte der erste, und sofort fiel wieder sein Begleiter ein:

»Aber es hängt davon ab, was man spricht.« Dabei fixierte er ihn mit seinen grünen Augen.

»Darüber können wir uns hier nicht unterhalten«, sagte wieder der erste. »Es ist auch nicht unsere Sache. Wir müssen Sie aber doch bitten, mitzukommen.«

»Wegen einer kleinen Auskunft«, sekundierte der andere.

»Und wenn ich mich weigere, mit Ihnen mitzukommen? Wer sind Sie überhaupt?«

Die zwei Herren sahen einander wieder schmunzelnd an und flankierten ihn.

»Wir haben den strikten Auftrag, Sie mitzunehmen«, sagte der erste. »Auch wenn Sie sich dabei wehren sollten.«

»Es wäre aber nicht klug von Ihnen, sich zu wehren«, stellte der zweite fest und wechselte einen bedeutungsvollen Blick mit seinem Begleiter.

Paul Binder sah die beiden genauer an und bemerkte, dass sie ihre Hände in den Taschen hielten. Die Taschen waren aufgebauscht. Die Pistolen, die die beiden offenbar umfasst hielten, mussten ziemlich groß sein.

»Unsinn!«, sagte Binder. »Lassen Sie dieses Gangsterspiel. Sie werden doch nicht wagen, auf der Straße zu schießen. Ich könnte auch um Hilfe rufen. Wir befinden uns in der französischen Zone.«

Die zwei Herren wechselten wieder vieldeutige Blicke.

»Wollen Sie vielleicht die französische Militärpolizei zu Hilfe rufen?«, fragte der erste grinsend.

»Das würde ich Ihnen aber keinesfalls raten!«, fiel der andere ein. »Das würde die Sache nur komplizieren.«

Binder kannte sich überhaupt nicht mehr aus. »Wer schickt Sie eigentlich?«, rief er wütend. »Vielleicht gehe ich sofort mit, wenn Sie es mir sagen!«

»Mit wem würden Sie denn gern mitgehen?«, fragte der mit

dem ungarischen Akzent. Zum ersten Mal in seinem Leben war Paul Binder verblüfft.

»Dort drüben steht das Auto«, sagte der erste und wies lässig auf einen Wagen, der etwas weiter unten auf der gegenüberliegenden Straßenseite parkte.

Es war für Paul Binder ein Dilemma sondergleichen. Der Wagen hatte eine Wiener Nummer. Wer sollte sich da auskennen, zum Teufel? Waren es Russen? Waren es Amerikaner? Oder vielleicht war es die österreichische Staatspolizei? Hawelka … der Pass …

»Am liebsten würde ich mit Österreichern gehen«, sagte er mit forschem Blick.

Die zwei Herren brachen spontan in Gelächter aus.

»Ich bin Österreicher!«, rief Binder. Dabei sah er unschuldsvoll zur Seite. Die beiden Herren klopften ihm auf die Schulter und sagten: »Es wird Ihnen nichts geschehen. Wir fahren zu einer russischen Dienststelle.«

Da ging Paul Binder mit, während die beiden ihn flankierenden Herren nicht aufhörten, ihn freundlich lächelnd zu betrachten. Er war nicht sicher, ob dies alles nicht nur ein Trick war, aber eine selbstmörderische Neugier trieb ihn, doch in den Wagen zu steigen. Er verließ sich letzten Endes auf seinen guten Stern und auf seine Gewandtheit.

Die zwei Herren waren anscheinend nur subalterne Beamte, die nichts anderes wussten, als dass sie ihn mitnehmen sollten, und Binder wollte ihre Vorgesetzten sprechen.

Während der schweigsame Chauffeur, der am Volant saß, den Wagen geräuschvoll in Bewegung setzte – er wusste sicherlich, wohin der Weg führte und brauchte darum nicht zu fragen –, zündete sich der Agent mit dem ungarischen Akzent eine Zigarette an. Als er den ersten Zug tat, fiel ihm plötzlich ein, dass er vergessen hatte, auch Binder eine anzubieten. Er griff in die Tasche und holte ein Päckchen heraus, um seine Unhöflichkeit gutzumachen. Aber das Päckchen mit dem Porträt eines Kamels war leer. Der Agent zerdrückte das Papier und warf es ärgerlich auf den Boden. Da griff der andere hilfsbereit ein und bot Binder eine Zigarette an. Es war ebenfalls eine Camel.

Binder nahm sich eine Zigarette und neigte sich gerade vor, um sie von dem Agenten anzünden zu lassen, als ihn ein warnender Gedanke durchzuckte. Vielleicht wollen sie mich einschläfern!

»Nein, danke«, sagte er zu dem zweiten, der ihm sein brennendes Feuerzeug entgegenhielt. »Ich werde später rauchen.« Er blies das Feuerzeug aus und ließ die Zigarette unangezündet in seinem Mundwinkel stecken. Wenn ich nur wüsste!, dachte er weiter. Waren es Amerikaner, so konnte die Sache sehr peinlich sein.

Er stand mit Privatleuten, von denen er vermutete, dass sie für eine amerikanische Dienststelle tätig waren, in nicht unangenehmer Verbindung. Er lieferte ihnen gelegentlich Nachrichten und bekam Geld dafür! Und jetzt war er dabei ertappt worden, wie er den vom gesamten amerikanischen Apparat gesuchten Georgi Maniu über die Grenze schaffen wollte. Ein glatter Verrat. Er würde ihm übel bekommen. Waren es aber Russen, dann war die Sache noch viel peinlicher. Er hatte sogar auch direkt mit einer russischen Dienststelle in nicht unangenehmer Verbindung gestanden – bis vor ganz kurzer Zeit. Bis zur Entfernung des Hauptmanns Gubarew. Jede dieser Dienststellen wusste, dass er auch für die andere arbeitete. Das war nötig. Wie sonst hätte er Informationen liefern können? Aber jede dieser Dienststellen glaubte auch, dass er sie bevorzuge, dass er eigentlich ihr Mann sei und der der anderen nur zum Schein. Tatsächlich aber war nur eine dieser Dienststellen bevorzugt, die russische, weil er die größere Angst vor ihr hatte. Die russische Dienststelle nämlich hatte den praktischen dokumentarischen Beweis in Händen, dass er ehedem für den deutschen Nachrichtendienst gearbeitet hatte, als »Tourist« auf dem Balkan. Es war vielleicht nur Abenteuerlust gewesen. Er war damals auch sehr jung gewesen. Jetzt war er alt genug. Jetzt war er reif für den Galgen.

Das Auto hatte die Mariahilfer Straße durchmessen und fuhr nun über den Getreidemarkt. Gleich würde man den Naschmarkt überqueren. Also doch die russische Zone. Die Agenten schienen nicht gelogen zu haben. Nun konnte Paul Binder seine Verteidigung vorbereiten. »Soll das etwa eine Verhaftung sein?«, fragte er plötzlich die beiden Herren, die zu seinen Seiten saßen. Er wunderte sich, wie belegt seine Stimme klang, ja, er ärgerte sich darüber.

»Aber keine Spur!«, sagte der eine.

»Nur eine Auskunft!«, sekundierte der mit dem ungarischen Akzent.

Aber ihre Versicherung beruhigte Paul Binder nicht. Was würden sie ihm zur Last legen? Genau dasselbe wie die Amerikaner. Er hatte Georgi Maniu retten wollen, den Mann, der von allen Besatzungsmächten der Stadt Wien gesucht wurde. Natürlich, es standen einige Tausend Schilling auf dem Spiel, aber dieselbe Summe hätte er von jeder Besatzungsmacht bekommen können, wenn er Georges denunziert hätte. Er hatte ihn also lieber als alle anderen. Vielleicht, weil er von keinem ganz unabhängig, weil er im Spiel dieser irrsinnig starken Kräfte sein eigener Herr gewesen war.

Plötzlich überkam ihn wahnsinnige Angst. Georges war zwischen die Mühlsteine geraten. Alle wollten ihn vernichten. Und er, Paul Binder, war er jetzt nicht in dieselbe Situation geraten?

Der Wagen hielt vor Gubarews Haus. Wie oft war er hier gewesen! Nun bewohnte es ein neuer Herr, einer, der Gubarews Todfeind war, sein musste. Mit einem mulmigen Gefühl stieg Binder aus.

Die beiden Herren begleiteten ihn bis zu der Tür der einstigen Wohnung des ehemaligen Hauptmanns Gubarew. Eigentlich hatte Paul Binder gedacht, er würde diese Tür mit dem blanken Messingschild und den Milchglasfenstern niemals mehr wiedersehen. Nicht ohne Grund war er aus seinem nahe gelegenen Stammcafé in die französische Zone übersiedelt. Nun stand er da, es war wie ein Traum und kalter Schweiß überfloss seinen Körper.

Eine Ordonnanz öffnete ihm. Von da ab sah er die beiden Herren mit den breiten Hüten nicht mehr. Er wurde in Gubarews Zimmer geleitet. Aber hinter dem Mahagonischreibtisch saß nicht der blonde junge Mann, der ihm so wohlbekannt war, sondern ein dicklicher, bebrillter Herr in Majorsuniform.

»Ah, Herr Binder!«, rief er freundlich. »Wie geht es Ihnen?«

»Schlecht!«, sagte Paul Binder geistesgegenwärtig. »Sie lassen mich da von zwei suspekten Individuen abholen – ich weiß nicht, wohin es geht … unter geradezu ehrenrührigen Umständen … hätten Sie mich nicht anrufen können, Herr Major? Bin ich Ihnen nicht zuverlässig genug? Habe ich Ihnen nicht wertvolle Dienste genug geleistet?«

»Aber ich bitte Sie!«, sagte der dickliche, bebrillte Herr begütigend. »Die beiden Herren sind doch keine Polizisten, sondern Zivilbeamte. Es war nur eine höfliche Einladung, Herr Binder. Wie können Sie von einer Verhaftung sprechen? Es ist uns ja gar nichts anderes übrig geblieben. Seit einigen Tagen halten Sie sich vor uns versteckt. Ich glaube, es war gerade seit der Beförderung Hauptmann Gubarews.«

»Beförderung?«, fragte Paul Binder impulsiv.

»Ja, natürlich! Er ist Major geworden und nach Kamtschatka versetzt worden. In einer wichtigen Mission. In der Funktion eines Obersten. Das wissen Sie nicht? Hat er sich nicht von Ihnen verabschiedet?«

»Nein«, sagte Binder tonlos.

»Ah … er wird zu viel zu tun gehabt haben. Vielleicht hat er Sie auch nicht mehr erreicht. Sie waren ja plötzlich verschwunden! Was haben Sie nur gedacht! Warum haben Sie uns nicht verständigt?«

»Verzeihen Sie, Herr Major«, sagte Binder unverbindlich. »Ich war mit einer großen Studie beschäftigt und wollte Ruhe haben.«

»Ja, ja, Sie haben vollkommen recht. Wir wollen Sie in Ihrem Beruf nicht hindern. Schreiben Sie fleißig! Ich möchte nur eine kleine Auskunft von Ihnen, Herr Binder. Oder Kastalides?«

»Wie Sie wollen«, sagte Binder frech. »Kastalides ist mein journalistisches Pseudonym.«

»Bitte«, sagte der Major ungerührt und schob ihm eine Schachtel Papirossi über den Tisch. »Ich habe leider nur russische.« Dabei lächelte er ironisch. Es war offenbar eine Geste, um Zeit zu gewinnen.

Paul Binder bediente sich.

»Danke. Würden Sie mir nun sagen, worum es sich handelt? Ich habe eine wichtige Verabredung.«

»Sehr richtig. Immer geradeaus. Man muss wissen, was man will.«

»Was wollen Sie also von mir?«

»Sie haben heute«, begann der Major, indem er jedes Wort sorgfältig formulierte, »bei einem gewissen Herrn Hawelka einen Pass bestellt. Können Sie mir sagen für wen?«

Paul Binder hatte auf diesen Hawelka eine solche Wut, dass er ihn auf der Stelle hätte niederschlagen können.

»Ja«, sagte er gepresst. »Für einen Freund, Sie kennen ihn nicht.«

»Wie heißt der Freund?«, fragte der Major liebenswürdig.

»Das sind doch Privatsachen«, entgegnete Binder rasch. »Die können Sie kaum interessieren.«

»Privatsachen …«, lächelte der Major. »Wir wissen eine Menge Privatsachen von Ihnen. Aber sobald man sie veröffentlicht, sind sie nicht mehr privat. Das stimmt doch, nicht wahr?«

Paul Binder traten Schweißperlen auf die Stirn. Erpresser waren Schulkinder gegen die Leute, mit denen er zu tun hatte.

»Der Mann heißt Georgi Maniu«, sagte er gedrückt.

»Schön von Ihnen, dass Sie mir das sagen. Wir haben es nämlich gewusst. Sie wiederum haben gewusst, dass der Mann ein Bandit und ein Mörder ist. Er ist heute Früh aus der Untersuchungshaft entsprungen.«

»Das Erste, was ich höre!«, stammelte Binder. »Ich hatte keine Ahnung.«

»Sie sind diesmal sehr schlecht informiert«, sagte der bebrillte Herr nachsichtig. »Das letzte Mal wussten Sie sehr schnell, dass Herr Kostoff verhaftet worden war. Sie wussten es vor uns.«

»Wieso? Das war doch eine Zeitungsnachricht! Ich habe sie in der Redaktion erfahren!«

»Ich habe gar nicht gesagt, dass Sie die Informationen von den Amerikanern bekommen haben.«

»Das hätte auch nicht gestimmt!«

»Lassen wir das vorläufig dahingestellt sein«, bemerkte der Major freundlich. »Wir wissen jedenfalls von Ihren Beziehungen zu unseren westlichen Partnern.«

»Das haben Sie doch schon immer gewusst! Es geschah in Ihrem Auftrag!«

»Hauptmann Gubarew hat mir nichts Diesbezügliches hinterlassen. Aber es mag sein. Ich schenke Ihnen Vertrauen. Sie sollen sehen, dass wir großzügig sind. Sie können auch sofort gehen, Herr Binder. Sie werden mir nur die Adresse Ihres Freundes Maniu geben. Das ist alles.«

»Die weiß momentan nicht einmal er.«

»Wieso?«

»Er wohnt nirgends. Morgen Früh werde ich wissen, wo er sich aufhält.«

»Sie werden gehen, sobald ich die Adresse habe.«

»Ich nehme an, dass Sie mich sofort gehen lassen werden«, sagte Paul Binder und setzte sich zurecht. »Bei meiner Mutter liegt ein versiegelter Brief. Dieser Brief wird geöffnet, eine Stunde nachdem ich, ohne Nachricht zu hinterlassen, verschwunden bin. Er enthält alle Angaben über meine Vergangenheit und über die Maßnahmen, die Sie gegen mich angewendet haben, um mich zu missbrauchen. Natürlich kommt es in die Presse, dafür habe ich gesorgt. Eine Art Testament.« Dabei senkte er den Kopf und sah gewichtig vor sich nieder.

Der Major warf schwungvoll seine Zigarette weg. »Ich verstehe Sie nicht ganz«, lispelte er. »Es liegt doch in Ihrem ureigensten Interesse, dass Sie am Leben bleiben.«

»Aber es liegt auch in Ihrem Interesse!«

»Sind Sie so sehr befreundet mit diesem Herrn Maniu?«

»Nein. Aber wenn Herr Maniu jetzt von Ihren Leuten erwischt wird, dann wissen die Amerikaner, dass ich es war, der ihn ausgeliefert hat.«

»Wieso?«

Der Major beugte sich interessiert vor.

»Durch eben diesen Herrn Hawelka. Vielleicht auch durch jemand anderen. Sie werden es jedenfalls erfahren. So dumm sind sie nicht.«

»Schön. Sie wollen das vermeiden?«

»Absolut. Meine Position wäre damit erledigt.«

»Ich verstehe.« Der Major schob Binder erneut die Zigarettenschachtel hin. Als Binder seine noch brennende Zigarette hob, zum Zeichen, dass er schon bedient sei, nickte der Major, zog die Schachtel zurück und nahm sich selbst eine Zigarette heraus.

»Herr Binder, wir haben diese Möglichkeit im Auge behalten. Wir legen Wert darauf, Ihre persönliche Sicherheit zu schützen. Wir werden die Sache so arrangieren, dass nicht der Schatten eines Verdachts auf Sie fällt.«

»Und wie?«, fragte Paul Binder gespannt.

»Sie werden die Adresse Ihres Freundes nicht uns geben«, sagte der Major gedehnt und sah sein Gegenüber aus schwimmenden Augen behaglich an, »sondern dem CIC. Und Sie werden Herrn Maniu zwei Minuten vor der entscheidenden Aktion warnen. Damit er schießt. Es liegt uns daran, dass er schießt. Und dass er erschossen wird. Er ist ein ganz außergewöhnlicher Bandit und Mörder.«

Paul Binder starrte aus großen Augen. Was er hier hörte, war die diabolischste Intrige, die er jemals vernommen hatte. Selbst seinem ausgepichten Verbrecherhirn wäre ein solcher Gedanke nie gekommen. Er sah den behaglich rauchenden dicklichen Herrn entgeistert an.

»In Ordnung?«, fragte der Major.

»Ich hoffe es«, sagte Binder tonlos. »Nur …« Eine gewohnte Reaktion begann sich langsam einzustellen. »Nur … die Sache erfordert einige Anstrengungen … Ich werde eventuell Spesen haben. Sicher sogar. Ich muss meine umfangreiche Studie zurückstellen … eine Studie, die mir viel Geld einbringen soll. Und ich bin momentan etwas knapp. Ich habe fünf Personen zu versorgen. Und Alimente zu zahlen … Steuerschulden … jahrelange Steuerschulden. Ich bin darauf angewiesen, etwas zu verdienen. Sie sind doch Marxist, Herr Major, Sie werden das verstehen. Ich würde es Ihnen nicht sagen, wenn ich nicht momentan wirklich ganz knapp wäre ...«

»Wie viel verlangen Sie?«

»Ich fordere nichts. Das ist nicht meine Art. Primär tue ich die Sache aus Idealismus. Ich bin kein Freund Ihres Regimes, daraus mache ich kein Hehl. Aber ich bin für Gerechtigkeit. Das weiß jeder, der mit mir zu tun hat.«

»Sehr gut«, sagte der Major. »Dann gehen wir momentan einen gemeinsamen Weg. Wir stehen auf der gleichen Plattform. Sprechen wir nicht von Ihren Jugendsünden. Jeder Mensch begeht Fehler. Fehler sind dazu da, dass sie gemacht werden ... und dass man aus ihnen lernt. Schön. Sie arbeiten mit uns zusammen. Sie sind redlicher Gesinnung. Sie sollen nicht zu kurz kommen. Aber – bedenken Sie, dass wir sparen müssen. Jeder Groschen zu viel, den wir ausgeben, kommt unseren Feinden zugute. Wir müssen eine sehr genaue Buchhaltung führen. Als Idealist werden Sie das verstehen. Ich kann Ihnen dreitausend Schilling geben. Ich nehme an, dass dieser Betrag Ihre Spesen decken wird.«

»Bei Weitem nicht!«, sagte Paul Binder mit großer Geste. Er war ungeheuer erleichtert. Man bot ihm Geld. Man brauchte ihn noch. »Aber ich werde es dafür tun. Sie sollen sehen, dass Sie einen Freund in mir haben. Einen aufrichtigen Freund.«

»Das war uns von allem Anfang an klar«, sagte der Major, lächelte väterlich, stand auf und bot ihm seine fette Hand. »Mein Name ist Jewremow.«

DIE FALLE

Das Badewasser war warm, das Radio summte, und Georges, der sich vor dem Spiegel rasierte, kam es einen Augenblick vor, als wäre inzwischen nichts geschehen.

»Hast du eine Schere?«, rief er durch die halb offene Tür.

»Was?«, kam es dumpf aus den Kissen. Grete lag noch im Bett. Gestern Abend hatte sie ihn nach einem langen Palaver bei sich aufgenommen. Genauso hatte er bei ihr gewohnt, als er noch ein Anfänger gewesen war.

Er schritt zur Tür und rief: »Schere!«

Sie rief ihm etwas von einer Lade zu, er ging zum Waschtisch zurück, fand die Schere und begann sich langsam und sorgfältig den Schnurrbart abzuschneiden. Dann seifte er die verunstaltete Oberlippe ein und begann sich noch einmal zu rasieren. Als er damit fertig war, kam er sich komisch verändert vor. Er erschien sich ohne Schnurrbart dicker und jugendlicher, aber er war zufrieden. Das Passbild würde ausgezeichnet werden. In der Nacht hatte er sich auch schon einen neuen Namen gewählt. Er hieß von nun an Georg Meister, gebürtig aus Wien. Beruf: Reisender. Er betupfte sich mit Kölnischwasser, Grete hatte noch immer dieselbe Marke, und trat erfrischt ins Zimmer zurück.

Von Grete war nicht viel zu sehen. Sie hatte die Decke über die Ohren gezogen und schien zu schlafen.

»Ich bin schon fertig«, sagte er und blickte erwartungsvoll auf die Decke. Aber Grete rührte sich nicht. »Schau mich an!«, rief er. »Wie gefalle ich dir ohne Schnurrbart?«

»Lass mich in Ruh«, knurrte sie. »Von mir aus kannst du dir eine Glatze schneiden lassen.«

Georges zog finster die Brauen zusammen. »Steh jetzt auf«, sagte er. »Ich habe dir schon Wasser eingelassen. Der Fotograf wird dann kommen. Ich kann nicht länger warten. Ich muss mich beeilen.«

Sie machte eine Bewegung, als wollte sie aufstehen, ließ sich aber wieder fallen. Er wartete ungeduldig ein paar Sekunden, dann ging er rasch zum Telefon. Herr Kastalides meldete sich sofort.

»Hier Tom!«, sagte Georges.

»Ja? Ja?«

»Komm zu Grete. Weißt du welche?«

»Nein. O ja! Die Schauspielerin?«

»Ja. Wann kommst du?«

»In einer halben Stunde.«

»Gut. Und bring den Apparat mit.«

»Ja, ja, natürlich!«

Binders Stimme klang aufgeregt und eifrig wie die eines Primaners, der Prüfungsfragen beantwortet.

»Ist irgendetwas Besonderes?«, fragte Georges irritiert.

»Nein, nein, gar nicht! Alles in Ordnung.«

»Also gut, du läutest dreimal.«

»Dreimal? Gut.«

Georges hängte auf.

Als er sein letztes Wort gesagt hatte, sprang Grete auf, als hätte es soeben wirklich geläutet.

»Was?«, rief sie mit rauer, überkippender Stimme. »Jetzt bringst du mir noch wildfremde Leute ins Haus?«

»Aber nein«, beruhigte sie Georges ärgerlich. »Du kennst ihn doch. Unser Freund Binder.«

Sie starrte ihn einen Augenblick wild und irr an, mit den

glänzenden, rotgeränderten Augen der Süchtigen. Dann sprach sie, schnell und verworren wie im Traum.

»Um Gottes willen! Bitte, dreh dich um. Ich muss mich –« Dabei griff sie nach dem Schlafrock, sprang aus dem Bett und lief ins Badezimmer.

Georges hatte sich nicht umgedreht und sah ihr nach. Sie hatte es wirklich nötig, sich herzurichten. Er begriff nicht, dass er in dieses Geschöpf einmal verliebt gewesen war. Und er begriff noch weniger, dass er sich gestern Abend lange und geduldig bemüht hatte, ihre Liebe wiederzugewinnen. Das Ganze hatte sich abgespielt, wie sich Dinge abspielen, wenn man nicht klar sieht und blindlings Handlungen unternimmt, die man später nicht verstehen kann.

Zu Kyra und Petre hatte er nicht gehen können, Petre hatte ihm klipp und klar gesagt, dass er ihn zwar gerettet habe, weiter aber nichts mit ihm zu tun haben wolle. Und Kyra wurde höchstwahrscheinlich beobachtet, sie und das ganze Casino, seit die Affäre Kostoffs mit den zwei Amerikanern bekannt war.

Lange hatte er sich nicht entschließen können. Er trieb sich stundenlang in obskuren Cafés herum, die er ständig wechselte, immer in der Angst, man sei ihm auf der Spur und man könne ihn erkennen. In einem Augenblick der Verzweiflung erinnerte er sich wieder an Grete. Am späten Abend suchte er sie auf. Sie war für ihn die rettende Insel, die ihm geblieben war. Bei ihr nur konnte er alles finden, was ihm die Welt jetzt versagte: wärmende Erinnerung, Schutz, Freundschaft, Hilfe und Liebe. Aber sie war anders geworden.

Zuerst wollte sie ihn überhaupt nicht hereinlassen. Sie behauptete, ihr Freund würde jeden Augenblick kommen. Aber er erkannte diese Behauptung bald als Ausflucht und wendete all seine Beredsamkeit auf, um ihr die Angst auszureden. Sie hatte jedoch gar keine Angst. Sie wollte mit ihm nichts zu tun haben. Am Ende sagte sie ihm, dass sie ihn übernachten lassen wolle, wenn er ihr eine Dosis Kokain verschaffen würde. Er konnte nicht mehr weggehen, aber er gab ihr Geld, und sie lief sofort, um sich das Rauschgift zu besorgen. Sie wusste schon, wo man es schnell bekommen konnte. Es war ihr wichtiger als alles andere.

Als sie dann zurück war und sich beruhigt hatte, saßen sie einander gegenüber und sprachen miteinander. Da sagte sie ihm, während sie schnupfte und ihn starr ansah, mit seltsamer Sicherheit Dinge, die er längst gewusst hatte, aber nicht wahrhaben wollte. Er selbst war schuld an ihrer Veränderung. Er hatte sie verkuppelt, als er sie los sein wollte. Das konnte sie ihm nicht vergessen. Warum war sie aber dann so oft ins Café gekommen, um ihn zu sehen? Hatte ihn das Gefühl getäuscht, dass sie ihn noch immer liebe?

»Ich wollte zuschauen«, hatte sie ihm zuletzt gesagt, »wie du verkommst. Denn dass du verkommen würdest, habe ich gewusst. Jetzt bist du am Ende.« Einen Augenblick war ihm die wahnsinnige Idee gekommen, dass sie ihn denunziert hatte, als sie weggelaufen war, um das Kokain zu holen, und nur langsam war der Albtraum von ihm gewichen. Aber schlafen hatte er nicht können. Erst in der Früh nach dem Bad hatten sich seine Lebenskräfte wieder zu regen begonnen. Jetzt nahm er ihre Reden von gestern Abend als den hysterischen Ausbruch einer Kranken. Sie tat ihm sogar ein bisschen leid; aber er würde sie ja nicht mehr lange sehen.

Er trat wieder zum Spiegel und betrachtete sich eingehend. Das bin ich doch nicht!, dachte er verwundert. Das ist Georg Meister. Er erinnerte sich plötzlich, wie er als Bub zum ersten Mal fotografiert worden war und wie er dann mit dem fertigen Bild zum Spiegel gelaufen war, um sich zu vergewissern, ob er es wirklich war. Er hatte es nicht glauben können und hatte lange steif und fest behauptet, die Bilder seien verwechselt worden.

Während er mit verdrehtem Hals schielend sein Profil betrachtete, kam Grete aus dem Bad. Sie war noch im Pyjama, sah aber jetzt frischer aus.

»Was ist denn mit dir los?«, rief sie belustigt. »Du schaust aber komisch aus! Was ist dir denn eingefallen, dir den Schnurrbart abzurasieren?«

»Ich bin ein anderer geworden«, sagte er mit kindischem Ernst. »Gefalle ich dir besser?«

Sie wiegte den Kopf und betrachtete ihn abschätzend.

»Na ja. Nicht schlecht. Furchtbar dick siehst du aus.«

Georges grinste. »Das macht die Lagerkost.«

Sie setzte sich an den Spiegel und schminkte sich. Er sah ihr zu. Früher, als er ganz jung gewesen war, hätte er den Mädchen stundenlang zusehen können, wenn sie sich zurechtmachten. Wie ihr Haar unter dem Kamm knisterte, wie ihre Lippen sich röteten und wie sie mit graziösen Bewegungen die Strümpfe anzogen. Er tat es auch jetzt gern, weil es ihm nach der gestrigen Flucht, nach den langen, verzweifelten Stunden, nach der gespenstischen Atmosphäre der vergangenen Nacht ein Symbol des wiedergewonnenen Lebens bedeutete, und er freute sich, dass sie ihn nicht daran hinderte. Es tat ihm plötzlich leid, dass er nicht mehr ein kleiner Händler war, der mit Grete zusammen Butter wog und zu den kleinen Kunden rannte, der überglücklich war, wenn er mit ihr in ein Kino oder in ein billiges Tanzlokal gehen konnte. Aber das Leben gehörte ihnen ja noch immer. Er fühlte plötzlich die Kraft in sich, Grete wieder zu überzeugen, ihr klarzumachen, dass die Jahre dazwischen ein bedeutungsloser Irrtum gewesen seien und leicht vergessen werden könnten. Er dachte nicht daran, warum er so sehr wünschte, die alten Tage wieder aufleben zu lassen. Es war, weil er jetzt nicht allein sein konnte. Weil ihm vor der Leere, in der er den Verfolgern gegenüberstand, graute. Zum ersten Mal fürchtete er sich vor dem Unbekannten. Aber das war ihm jetzt nicht bewusst. Er wollte ihr nur nahe sein, irgendein bisschen Leben in Händen halten und sich vergessen. Langsam trat er auf sie zu.

In diesem Augenblick schrillte das Telefon. Sie wandte sich um und sah ihn fragend an. Er zuckte die Achseln und bedeutete ihr, dass sie zum Apparat gehen sollte. Sie stand auf und ging hin.

»Für dich!«, rief sie, als sie abgehoben hatte.

Ein leichtes Erschrecken durchfuhr ihn, als er den Hörer aus ihrer Hand nahm. Am Apparat war Kastalides. Seine Stimme war jetzt ganz anders.

»Tom? Hör zu, Tom!«, schrie er. »Ich kann nicht kommen, verstehst du mich? Unser Gespräch muss abgehört worden sein. Sie suchen dich!«

»Was?«, rief Georges in die Muschel. Er verstand wohl, was Binder sagte, aber er begriff absolut nichts.

»Du musst schnellstens weg! Man sucht dich! Sie wissen die Adresse. Ich bin unschuldig daran, glaube mir! Es ist ein Verhängnis!«

»Wer?«, schrie Georges in den Apparat. Aber die Verbindung war bereits unterbrochen. Georges spürte, wie ihm alles Blut aus dem Gesicht wich und wie ihm die Knie weich wurden. Einen Augenblick sah er ratlos im Kreise. Eine panische Angst tat sich vor ihm auf und lähmte seinen ganzen Körper. Dann sprang er auf Grete zu.

»Du hast mich angezeigt!«, brüllte er sie an. Schon hielt er die Steyr-Pistole in der Hand und bemerkte mit ungläubigem Entsetzen, dass er sie entsicherte.

Grete hob beide Hände zum Gesicht und kreischte überlaut. Dann rannte sie schreiend ins Badezimmer. Er hörte den

Schlüssel knacken. Wild drehte er sich um sich selbst, den Revolver schussbereit in der Hand, um irgendjemanden zu entdecken, auf den er schießen konnte. Aber es war plötzlich alles still.

Er lief zur Tür und riss sie auf. Im Stiegenhaus hörte er eilige Schritte und Stimmen heraufkommen. Sie waren schon da. Er schlug die Tür zu, steckte den Revolver ein und schob einen Fauteuil gegen die Tür. Dann warf er den Tisch um und schleifte ihn hinaus. Da läutete es zum ersten Mal. Er schlich ins Zimmer zurück und spähte durch das Fenster. Unten standen eine Reihe Jeeps, und eben kamen zwei neue vorgefahren, aus denen amerikanische Soldaten sprangen. Sie trugen Stahlhelme und Maschinenpistolen. Der Schweiß rann Georges den Rücken herunter. Es läutete jetzt ununterbrochen.

Er stand mit angehaltenem Atem mitten im Zimmer, die Pistole in der Hand, und rührte sich nicht. Einen Augenblick überkam ihn die wilde Hoffnung, sie würden glauben, er sei nicht da, und wieder weggehen. Es galt nur, sich mäuschenstill zu verhalten. Er betete, dass Grete nicht schreien würde. Sagen konnte er nichts mehr. Aber da begannen sie, gegen die Tür zu schlagen.

»Aufmachen!«, schrie jemand in schlechtem Deutsch. »Aufmachen! Militärpolizei!« Dann wurde es einige Sekunden ganz still.

Georges' Blick fiel plötzlich auf die kitschige Vase, die er in der Hast vom Tisch geworfen hatte. Sie lag jetzt auf dem Teppich und er wunderte sich, dass sie nicht zerbrochen war. Als er gehetzt den Blick hob, sah er, wie die Wohnungstür vibrierte. Man schlug mit einem schweren Gegenstand auf sie ein.

Sie schlagen die Tür ein! Der Gedanke fiel ihm wie ein Stein auf den Kopf. Fast gleichzeitig begann er blindlings zu feuern. Die Schüsse hallten überlaut in dem engen Raum. Er hörte

Geschrei und Geheul. Ich habe sie getroffen!, fieberte er. Aber das Geheul kam aus dem Badezimmer. Als das Magazin leergeschossen war, wurde es unheimlich still.

»Georges Maine!«, rief eine unwirkliche Stimme. »Ergeben Sie sich! Sie sind umstellt! Jeder Widerstand ist sinnlos!«

Im selben Augenblick heulte es im Badezimmer wieder auf. Voll Wut feuerte er zwei Schüsse gegen die Badezimmertür. Er hörte, wie die Projektile krachend das Holz durchschlugen. Aber das Heulen hörte nicht auf. Nun begann die Tür wieder zu erbeben. Krachend und knirschend tat sich plötzlich ein Spalt auf. Georges schoss sein zweites Magazin leer. Dann sprang er in eine Ecke, um durchzuladen. Aber er war noch nicht fertig damit, als die Garbe einer Maschinenpistole durchs Zimmer fegte. Der Spiegel fiel von der Wand und zerschellte. Es hämmerte hohl aus allen Richtungen und der ganze Raum schien zu bersten. Georges ging in die Knie und kroch hinter das Bett, während die Schläge an der Tür im Haus widerhallten. Er duckte sich ganz zusammen und schoss ins Leere. Da sah er auch schon einige Männer im Vorraum. Er glaubte, noch immer zu schießen und sie reihenweise niederzumähen, als der ganze Raum Feuer fing, sich aufbäumte und ins Nichts stürzte.

Als die Soldaten ihn aufhoben, war er schon tot. Sie brachen die Badezimmertür auf und befreiten Grete, die in einem hysterischen Lachkrampf über das Bett fiel.

ABSCHIED

Es war ein schöner Juniabend und ein leichter Luftzug umwehte Petre Margul, als er mit einem kleinen Handkoffer die Mariahilfer Straße hinaufging. Er schritt gemächlich aus, weil er müde war; müde von der Hitze des Tages, die sich in dem Asphalt gestaut hatte und nun langsam ausströmte, müde von den vielfältigen Gesichtern, Farben und Geräuschen, die verworren an seine Sinne drangen, und von den chaotischen Bildern der Geschehnisse, die durch seine Erinnerung zogen.

Er liebte keine Abschiedsszenen, darum hatte er Kyra gesagt, er würde erst morgen abreisen. Wahrscheinlich würde sie Blumen kaufen oder irgendein anderes kleines Geschenk. Aber er würde nicht mehr da sein, und es war besser so. Wenn sie ihn zum Abschied umarmt und mit ihrem dunklen, warmen Blick angesehen hätte, wäre er vielleicht noch schwach geworden und hiergeblieben, einer Beziehung ausgeliefert, die seine Entschlusskraft lähmte, ebenso sehr wie die bittersüße Atmosphäre der Fäulnis, die über dieser ganzen großen trägen Stadt lag.

Als er eine Viertelstunde vorher an den hohlen Prunkbauten der Ringstraße vorübergegangen war, hatte er den Charakter dieser Stadt zum ersten Mal ganz innerlich erfasst. Man kam nicht los von ihr, wie man nicht loskam von dem Körper einer schönen Frau, wenn auch die Liebe längst tot war. Sie waren zum großen Teil noch da, diese Zeugen einer macht- und goldstrotzenden Vergangenheit, aber das Leben war aus ihnen gewichen. Vor dem Gebäude des Parlaments war die breite Ringstraße über fünfzig Meter weit aufgerissen. An ihren

Rändern lagen Haufen von Pflastersteinen und fetter gelber Erde wie auf frisch aufgeworfenen Gräbern, und breite Schächte legten die Eingeweide der Stadt bloß. Die Arbeiter waren schon nach Hause gegangen und die Straße sah aus wie ein Patient, der während der Operation gestorben ist und den die Chirurgen mit offenen Wunden liegen gelassen haben. Die Menschen, die in den Strahlen der untergehenden Sonne beim Überqueren der Straße über die Gruben hüpften, waren wie bunt schillernde Schmeißfliegen auf einem Aas. Solche Vergleiche besetzten besonders in den letzten Tagen oft sein Hirn, denn er war zutiefst niedergeschlagen. Seine Abreise war eine Flucht. Die Flucht aus der Falle, in der sich sein Freund – wie viele vor ihm auch durch ihn – tödlich verstrickt hatte. Kurz nach Georges' Tod war er mit Kyra zusammen von den Amerikanern verhaftet worden. Er war einige Tage zurückgehalten worden, bis sich seine Unschuld herausgestellt und man ihn entlassen hatte. Kyra war schon vor ihm freigekommen; er hatte es gewusst und gefürchtet, dass man seine Mitwirkung bei Georges' Flucht herausbekommen hatte. Aber davon wussten wirklich nur er und Kyra, und beide hatten davon geschwiegen. Vor seiner Verhaftung hatte er sich noch überlegt, ob er zu Georges' Begräbnis gehen sollte. Es war eine sehr komplizierte und schwierige Überlegung gewesen, aber nun wusste er nicht einmal, ob überhaupt ein Begräbnis stattgefunden hatte.

Von Georges' Freunden hatte er durch eine Zeitungsnotiz erfahren: Das blonde Mädchen, dessen Bild in mehreren Blättern erschienen war, und der Bulgare hatten volle Geständnisse abgelegt. Ein Gerichtsverfahren würde, wie die Zeitungen sagten, in Kürze eröffnet werden, und die beiden würden wahrscheinlich mit mehrjährigen Kerkerstrafen zu rechnen haben. Dass der Bulgare sein ferneres Leben nicht immer ganz außerhalb der Gefängnisse verbringen würde, hatte man ihm eigentlich angesehen. Aber das Mädchen? Er erinnerte sich an ihre erste Begegnung, als er betrunken in Georges' Lehnstuhl gelegen hatte. Damals war sie ihm als das Sinnbild von Jugend und Frische erschienen. Eigentlich müsste sie jetzt mit einem wehenden Sommerkleid und Korksohlen über die Straße schweben wie das Mädchen, das da vor ihm herging. Der große dämonische Verführer hat sie in seine Bande geschlagen, fiel Petre ein, und er musste darüber lachen. Georges war kein dämonischer Verführer gewesen, eher ein großer, leichtsinniger Knabe, der blind in sein Verderben gesprungen war. Die Verführer saßen in den großen Palais mit den bunten Fahnen, Transparenten, Emblemen und Wandbildern, und er war ihr Werkzeug gewesen und schließlich ihr Opfer, wie die Menschen, die er ihnen ausgeliefert hatte.

Vielleicht übertreibe ich, dachte Petre. Man pflegt zu gut über Tote zu denken.

Er wollte weg vom Tod. Er wollte ins Leben. Nach Paris. Mit Paris verknüpften sich seine buntesten und schönsten Erinnerungen. Er erwartete von Paris eine seelische Genesung. Paris war die ewige Jugend, die ewige Gegenwart. Hier war nur Vergangenheit. Natürlich gab es auch in Wien Leben. Die Masse seiner Einwohner arbeitete anspruchslos und geduldig, ungeachtet der Bedrohung, die ständig über ihnen hing. Sie lebten ihre kleinen Freuden und Leiden wie überall, wo einfache Menschen um ihr Dasein kämpfen. Aber das war nicht das Ausschlaggebende. Das war die Kulisse. Auf der Bühne spielte sich etwas ganz anderes ab.

»Hallo!«

Petre wurde angestoßen.

»Wie geht es Ihnen, Herr Kollege? Wir kennen uns doch!«

Petre sah fassungslos in das breite blonde Gesicht, das ihm aufmunternd zugrinste, und auf die Hände, die durch die Luft fuhren und weitersprachen. Er erinnerte sich. Es war Herr Binder-Kastalides, den ihm Georges als Journalisten vorgestellt hatte.

»Wie geht es Ihnen? Haben Sie die Katastrophe überlebt? Grässlich! Was sagen Sie dazu? Wer hätte das gedacht!«

»Die Katastrophe? Ach, Sie meinen …« Er wollte »Georges« sagen, aber er sagte: »Herrn Maniu?«

»Natürlich! Was die Dinge für eine schreckliche Wendung genommen haben!«

»Ja, ja!«, sagte Petre starr. »Sie haben recht.« Er verspürte plötzlich das dringende Verlangen, dem Burschen seinen Koffer gegen die Brust zu schlagen und sein Gesicht unter den Füßen zu zertrampeln. Es war ein gemeines Gesicht voll Lüge und Verrat.

»Auf Wiedersehen«, sagte er gepresst.

»Sie verreisen?«

»Nein, ich wechsle die Wohnung!«, sagte Petre grob und wandte sich zum Gehen.

»Ach so? Selbstverständlich«, sagte Herr Binder.

Nach einigen Schritten sah sich Petre um und gewahrte, dass Herr Binder-Kastalides ihm noch immer nachstarrte, ehe er sich, ertappt, abwandte und in dem kleinen Café verschwand.

Das hektische Getriebe auf dem Bahnhof konnte den traurigen Eindruck der Ruine kaum verwischen. Petre beeilte sich, auf den Bahnsteig und in den relativ anständig aussehenden D-Zug-Waggon zu kommen. Der Zug war überfüllt. Petre drängte sich durch die Korridore und konnte keinen freien Platz entdecken. Die Waggons waren voll schwitzender Menschen und hochgetürmter Gepäckstücke. Petre hatte sich vorgenommen, im Zug zu schlafen, und er hatte keine Lust, die ganze Reise über auf dem Korridor stehen zu bleiben. Die paar Schilling, die ihn die Mehrgebühr in der zweiten Klasse kosten würde, würden ihm in Paris ohnehin nichts nützen. So drängte er sich durch in einen Waggon zweiter Klasse und schritt seine Abteile entlang. Auch diese waren ziemlich besetzt, aber schließlich entdeckte er eins, in dem nur ein einzelner Reisender saß. »Ist hier frei?«, fragte Petre.

Der Reisende, der eine Decke um seine Schultern gelegt hatte und zu schlafen schien, knurrte ein unwirsches »Ja«. Petre störte der unfreundliche Ton nicht, er war froh, sich endlich ausruhen zu können, und ließ sich, nachdem er seinen Koffer verstaut hatte, erleichtert fallen. Jetzt ist alles in Ordnung, dachte er befriedigt. Plötzlich fiel ihm die Zugkontrolle an der Demarkationslinie ein. Er griff nervös in die Brusttasche und nahm die falsche Identitätskarte heraus, die ihm Kyra verschafft hatte. Die Fotografie war das einzig Echte daran. Er wusste seinen falschen Namen und den fingierten Geburtsort auswendig, aber es kam ihm immer wieder vor, als habe er sie vergessen. »Andreas Bauer«, las er sich im Geist vor. »Ich heiße Andreas Bauer und bin in Wien geboren.« Er wiederholte es sich, um ganz sicher zu sein. Ich muss es im Schlaf wissen, dachte er. Ich heiße Andreas Bauer.

»Verzeihen Sie«, sagte der Herr. »Sie kommen mir so bekannt vor. Kennen wir uns nicht?«

Petre sah den Herrn genauer an. Auch ihm war, als habe er das zugleich sorgenvolle und satte Gesicht mit dem buschigen Schnurrbart schon einmal gesehen. Der Herr sah merkwürdig schutzbedürftig aus mit seinem zusammengesunkenen Oberkörper und mit dem Plaid, das er um sich geschlungen hatte, obwohl es warm genug und die Polsterung bequem genug war.

»Sie kommen mir auch bekannt vor«, sagte er stockend.

»Ich weiß«, entgegnete der Herr geheimnisvoll. Er schien etwas hinzufügen zu wollen, aber er unterbrach sich. Petre fiel alles ein: Er hatte den Herrn bei Georges kennengelernt. Er hatte sich sogar vorgestellt, und auch der Herr hatte ihm seinen Namen genannt. Er hatte ihn nur vergessen. Der Herr erhob sich halb von seinem Sitz und streckte die Hand vor.

»Freddie Hirsch.«

Petre schlug ein und sagte freudig: »Margul. Petre Margul.« Gleich darauf erschrak er. Er hatte sich verraten. Der andere hatte ihn in der Hand. Aber der andere begann zu lachen.

»Jetzt weiß ich!«, rief er. »Sie sind der Gentleman, der Schriftsteller, den ich – verzeihen Sie – bei Georgi Maniu kennengelernt habe. Zigaretten …«

»Ich habe damit nichts zu tun!«, sagte Petre rasch.

»Ja, ich weiß«, entgegnete der Herr zweideutig. »Niemand hat damit zu tun. Ich auch nicht. Reden wir nicht davon.«

Er wickelte sich aus seiner Decke und schien sich in eine Illustrierte vertiefen zu wollen. Aber es ließ ihm keine Ruhe.

»Sie reisen auch ab?«, fragte er nichtssagend.

Petre nickte.

»Recht haben Sie. Das ist kein Boden für unsereinen. Wohin reisen Sie, wenn ich fragen darf?«

»Nach Gastein«, log Petre.

»Ah, ich verstehe. Erholung. Ich reise weiter. Auch zur Erholung, aber weiter. An die Riviera. Ich habe genug, kann ich Ihnen sagen. Das ist kein Geschäft für unsereinen.«

»Ich reise auch weiter«, sagte Petre verlegen.

»Aha, Sie sind misstrauisch, ich verstehe. Macht nichts. Vor mir brauchen sie keine Angst zu haben.« Er lächelte melancholisch.

»Ich habe keine Angst.«

»Reden wir nicht davon«, sagte Herr Hirsch. »Es ist besser, nicht davon zu reden.«

Der Zug ruckte an und begann langsam aus der Halle zu gleiten.

»Ja, sehen Sie.« Herr Hirsch raffte sich wieder auf. Er konnte offenbar nicht schweigen. »Unser Freund hat sich in einer Fehlspekulation gefangen. Er hat gedacht, man kann mit diesen Leuten Geschäfte machen. Aber das geht nicht.« Er schüttelte herrisch den Kopf.

Petre nickte verblüfft.

»Überhaupt Zigaretten … das ist doch vorbei.« Plötzlich reckte er sich auf und klopfte mit seiner kleinen, plumpen Hand ans Fenster. Unwillkürlich folgte Petre mit den Augen der angezeigten Richtung und sah ein paar große Haufen Alteisen, die zur Verladung bereitlagen. »Das! Das ist das Geschäft von morgen. Schrott. Rüstungsmaterial. Die Welt rüstet wieder. Dabei verdient man heute die Millionen. Zigaretten?« Er machte eine wehmütige Geste.

»Schrott. Das ist der neue Schlager. Aber ich lasse mich nicht darauf ein. Ich habe genug.«

»Sie haben schon recht«, sagte Petre kleinlaut und sah durchs Fenster auf die bleichen Mauern, Hinterhöfe, Straßenkreuzungen und verwaschenen Plakate, die erst gemächlich, dann immer schneller an ihnen vorbeisegelten. Die Maschine zog kräftig an und die ganze Stadt schien hinter einer dichten Rauchwolke zu verschwinden.

DAS LETZTE KAPITEL

Das alles war vor hundert Jahren geschehen: So schien es Boris Kostoff, als er aus seinem Rausch aufwachte. Nicht gestern und nicht vor fünf Jahren; das war alles nicht mehr wahr. Gab es jemals einen Georgi Maniu, einen Kommissar Gubarew, einen Freddie Hirsch und einen Charly Nemecek? Gab es einen Doktor Zoltan und eine Nackttänzerin namens Kyra? Maniu war tot, Nemecek und Doktor Zoltan waren so tot, wie nur jemand sein kann. Gubarew vermoderte wahrscheinlich irgendwo in Sibirien und Freddie Hirsch handelte mit Autos oder Radios. Nie im Leben war er Schwarzhändler; er war ein redlicher Kaufmann, dem man vertrauen konnte. Kyra war eine ehrbare Frau, eine Geschäftsfrau, Inhaberin einer Bar, und sicher würde es niemand wagen, sie an die Zeit zu erinnern, in der sie nackt vor einem aufgereizten Publikum getanzt hatte. Das alles war in einer früheren Epoche geschehen, im Mittelalter, in der Eiszeit, im Tertiär, in der Periode der Riesenfische und der Dinosaurier. Und Kostoff war nie im Gefängnis gesessen, hatte dort billigen Rum getrunken, mit stinkenden Wärtern Karten gespielt und die Hunde des Direktors behandelt. Er war ein Mann ohne Vergangenheit.

Aber das Geld war da. Es fiel ihm leicht, den Mann ohne Vergangenheit zu spielen. Denn es war sein Geld. Das war das einzig Wirkliche an der ganzen Geschichte. In einem plötzlichen Anfall von Angst griff er nach seiner Jackentasche, die nahe seinem Bett über einem Stuhl hing. Er entnahm ihr seine Brieftasche, legte die zwei Blankoschecks und den Zettel mit Georges Maines Unterschrift, den er in der vergangenen Nacht dem Portier des Hotel Istanbul abgeknöpft hatte, vor sich hin. Er sprang auf und nahm eine Dusche; dann setzte er sich an den Tisch und begann mit dem Üben der Unterschrift. Er legte den Zettel auf die Glasplatte des Tisches und darauf ein durchscheinendes Stück Durchschlagpapier. Unter dem grellen Licht der Nachttischlampe schimmerte deutlich die Unterschrift. Er füllte das ganze Blatt mit dem übertragenen Namen aus, bis seine Hand nicht mehr zitterte. Dann suchte er sich die am besten übertragene Unterschrift heraus, legte sie über einen der beiden Blankoschecks, genau an die strichlierte Linie, und zog die Signatur noch ein paar Mal mit dem Bleistift nach, wobei er fest aufdrückte. Nun hatte er weiter nichts zu tun, als die eingedrückten Linien des Namenszuges mit seiner Füllfeder nachzuziehen. Ebenso präzise ging er bei dem zweiten Scheck vor. Dann setzte er auf dem ersten Scheck den Betrag ein. Er schrieb 80.000 Franken, in Worten: achtzigtausend Franken. Den zweiten Scheck füllte er nicht aus. Aus folgender Überlegung: Wenn er die achtzigtausend Franken abhob, würde er unauffällig feststellen können, wie viel sich noch auf dem Konto befand. Er wusste nicht, ob es 180.000 Franken waren oder 220.000, er wusste nur, es waren ungefähr zweihunderttausend. Aber er wollte auf Nummer sicher gehen. Falls man ihm die Auskunft erteilte, dass er noch auf weitere 100.000 Franken Anspruch habe, dann wollte er den zweiten Scheck ausfüllen. Sollte dann noch etwas auf dem Konto bleiben, würde er es blutenden Herzens dort belassen müssen. Denn er wollte nicht auffallen.

Als er dann noch das Datum ausgefüllt hatte – er schrieb: 24-4-1950 – war er schweißgebadet. Er ließ sich ins Bett fallen und lehnte sich zurück, müde wie ein Hund. Dann bestellte er ein Frühstück.

Während er ein Stück Kuchen aß, besah er sich die Papiere. Auf einmal hatte er eine Idee, sprang auf, lief zum Haustelefon und verlangte nach einem Bügeleisen.

Das Zimmermädchen kam herein, fragte, was es zu bügeln gäbe, und wollte für ihn die Kleinigkeit erledigen. Aber er bestand darauf, das Bügeleisen selbst zu handhaben und erklärte, er allein wisse, wie sein Kragen gestärkt werden müsse. Das Mädchen verließ kopfschüttelnd das Zimmer und brachte kurz darauf das Eisen und ein Bügeltuch.

Er verschloss die Tür, schaltete das Eisen ein, legte beide Schecks verkehrt auf die Glasplatte und ein Handtuch darüber. Dann begann er die Unterschrift zu bügeln; nachdem er einige Male darübergefahren war, waren die Einkerbungen an der Rückseite des Schecks, die durch den Bleistiftdruck entstanden waren, vollkommen verschwunden. Nun waren die Schecks makellos. Zufrieden steckte er sie in seine Tasche, zog sich an und ging in ein kleines Café in der Nähe der Pension. Er trank Kognak und vertiefte sich in die weltpolitische Situation, die Börsenberichte und die Lokalchronik. Dann ließ er seine Gedanken schweifen und kam zu dem Schluss, dass er, um beginnen zu können, einen Pass brauche. Und wer anders wäre ihm in diesem Zusammenhang eingefallen, als sein Freund Paul Binder, alias Kastalides, der Journalist, der über alle nötigen Verbindungen verfügte und auf allen Märkten zu Hause war? Er ging zum Telefon und rief sein früheres Stammlokal im vierten Bezirk an, wo Paul Binder häufig aufkreuzte. Er verlangte Herrn Kastalides, der aber da völlig unbekannt war, auch von einem Herrn Binder wusste man nichts. Das brachte ihn auf die naheliegende Idee, im Telefonbuch nachzusehen, und er fand Binders Namen in Verbindung mit einer Presseagentur namens »Intercontinental«, die sich in der Burggasse, im siebenten Bezirk, befand. Dahin fuhr er.

Paul Binder war nicht wenig überrascht, ihn zu sehen; Kostoff selbst schien es, als sei er erschrocken. Aber Binder fand rasch seine Fassung wieder und bat ihn in sein Arbeitszimmer, das pompös eingerichtet war. Bei näherem Hinsehen bemerkte Kostoff freilich, dass der glänzende Schreibtisch nicht aus Ebenholz, sondern nur schwarz lackiert war und dass die neuen Fauteuils mit billigen Stoffen bezogen waren. Die Teppiche waren keine Perser, auch wenn sie noch so danach aussahen, und die riesigen Gemälde an den Wänden waren Reproduktionen. Durchs Fenster sah man auf eine düstere, nackte Feuermauer.

»Was führst du denn aus?«, fragte Kostoff besorgt, als er im Fauteuil Platz genommen hatte.

Binder reichte ihm über einen Tisch einen grünen Umschlag. Er enthielt ein paar gefaltete und zusammengeheftete Blätter. Auf dem ersten von ihnen prunkte die Aufschrift: INTERCONTINENTAL – INTERNATIONALE PRESSEAGENTUR – BULLETIN. Kostoff bemerkte flüchtig im Inhaltsverzeichnis einen Bericht aus Prag, einen aus Belgrad und einen aus Kairo. »Na, das ist ja ein riesiges Unternehmen«, sagte er und nickte anerkennend. »Ich habe immer gesagt, aus dir wird noch einmal was.«

Binder grinste geschmeichelt. »Ich habe keinen einzigen Korrespondenten«, sagte er. »Ich schreibe alles selbst. Du musst nur die Zeitungen lesen und ein bisschen kombinieren können. Ja, in Kairo habe ich einen entfernten Verwandten. Der ist aus dem Afrika-Korps stiften gegangen und dort picken geblieben. Der schickt mir ab und zu Stimmungsberichte. Das Bulletin erscheint zweimal wöchentlich, ich habe eine Menge Zeitungen, die darauf abonniert sind. Die zahlen monatlich einen kleinen Betrag, ob sie die Berichte nun verwenden oder nicht. Aber natürlich nehmen sie das meiste. Ich bin nicht schlecht informiert. Na ja, so lebt man halt. Was machst du?«

»Ich bin gerade dabei, ein neues Leben anzufangen«, sagte Kostoff. »Hast du nichts mehr zu trinken?«

»Ich glaube, es ist noch was da.« Binder öffnete eine Lade und holte eine Flasche hervor, in der sich nicht mehr als ein Schluck farbloser Flüssigkeit befand. »Tja«, sagte Binder, »das ist alles. Aber trink nur, ich trinke vormittags nie. Warte, ich hole dir ein Glas.«

»Nicht nötig«, brummte Kostoff. »Ich trink's gleich aus der Flasche.« Er setzte die Flasche an und trank den Schnaps aus. Es war ein Obstler, der abscheulich schmeckte.

»Den bekomm ich immer von meiner Familie auf dem Land«, sagte Binder. »Schmeckt nicht schlecht, was? Den brennen sie selbst.«

»Ich will in die Schweiz«, sagte Kostoff. »Ich brauche einen Pass. Am besten einen österreichischen.«

»Warum kommst du da gerade zu mir? Hier ist kein Passamt.«

»Ich will ihn nicht umsonst. Ich bezahle.«

»Du kannst mir bezahlen, so viel du willst, aber ich kann dir dabei nicht helfen.«

»Ich weiß, dass Hawelka sitzt. Aber du wirst mir doch nicht erzählen, dass er der einzige Lieferant war.«

»Hör zu, Kostoff«, sagte Binder gemütlich. »Ich handle nicht mit falschen Pässen. Früher hab ich dem oder jenem Freund eine Gefälligkeit gemacht, aber dabei wäre ich selber fast ins Messer gerannt. Hätte ich der Frau Hawelka nicht ein bisschen geholfen, hätte er mich da noch hineingezogen. Außerdem ist er ohnehin wieder frei, geh doch hin, vielleicht kennt er jemanden.«

»Erzähl mir nichts«, sagte Kostoff. »Ich muss in die Schweiz, um mein Geld zu holen. Eine ganze Menge Geld. Und dafür brauche ich einen Pass.«

»Hast du dort auch ein Konto? Habe ich nicht gewusst.«

»Nein, Georges und ich hatten ein Sammelkonto, das heißt, ich habe mein Geld an seine Bank überwiesen. Und er hat mir auf meinen Betrag einen Scheck gegeben. Und genau auf diesen Betrag will ich meine neue Existenz aufbauen.«

»Zeig mir doch den Scheck«, sagte Binder plötzlich interessiert. »Vielleicht kann ich dir helfen.«

Kostoff sah ihn misstrauisch an. Dann zog er seine Brieftasche hervor, öffnete sie und entnahm ihr den Scheck, auf dem er den Betrag ausgefüllt hatte. Binder griff mit seinen dicken Fingern, die am obersten Gelenk spärlich behaart waren, danach und hielt ihn gegen das Licht. Kostoff behielt jede seiner Bewegungen im Auge, bereit vorzuspringen.

»Eine recht hübsche Summe«, sagte Binder nachdenklich. »Achtzigtausend Franken. Und der Scheck sieht wie echt aus.«

»Er ist echt!« brüllte Kostoff und sprang auf, um Binder das wertvolle Papier aus der Hand zu reißen. Aber Binder kam ihm zuvor und übergab ihm den Scheck mit einem boshaften Lachen. »Vielleicht ist er auch echt«, sagte er, »aber was macht das schon?«

Kostoff legte das Papier in die Brieftasche zurück, schloss sie und steckte sie erregt wieder in seine Innentasche. »Was meinst du damit?«, schrie er.

Binder lehnte sich zurück und begann zu lachen.

»Was gibt es da zu lachen?«

Binder antwortete nicht, sondern lachte noch stärker. »Eine neue Existenz aufbauen!«, prustete er zwischen Lachsalven hervor. Kostoff fühlte das Blut in seinen Kopf steigen. Er sah den lachenden Binder an und wäre ihm am liebsten an die Kehle gesprungen. »Hör auf!«, brüllte er.

Binder beherrschte sich. Er stellte das Lachen ein. Mit rotem Kopf beugte er sich vornüber und sagte mit Mühe: »Auf dem

Konto gibt es keinen Groschen mehr. An dem waren die Heuschrecken, und die haben alles aufgefressen.«

Kostoff wurde es plötzlich kalt. Instinktiv griff er nach seiner Brieftasche, um das kostbare Dokument zu schützen.

»Wieso?« Er hörte kaum seine eigene Stimme.

»Pass auf«, sagte Binder treuherzig und lehnte sich wieder zurück. »Georges war doch rumänischer Staatsbürger, und der eine oder andere politische Agent muss die rumänische Regierung über dieses Bankkonto aufgeklärt haben. Anna Pauker, die damals noch an der Macht war, hatte alle Schweizer Konten von rumänischen Staatsbürgern besonders genau nachforschen lassen. Ein paarmal hatte sie dabei Pech gehabt und ihre Spione wurden in der Schweiz festgenommen. Aber bei Maniu stand alles klar. Sein Tod wurde offiziell festgestellt und die Rumänen haben ein paar Erben angegeben. Eine entfernte Nichte von ihm oder den einen oder anderen Onkel. Die Leute wurden verständigt und waren, wie du dir vorstellen kannst, sehr schnell bereit, den Staat damit zu beauftragen, die Hinterlassenschaft in Ordnung zu bringen. Die ganze Angelegenheit ist ein paar Mal hin und her gegangen und der Fall hat zwei, drei Jahre gedauert, aber die Rumänen haben schließlich gewonnen. Die Schweizer haben jedenfalls blechen müssen. Alles, bis auf den letzten Groschen. Ob die Erben davon etwas zu sehen bekommen haben, kann ich nicht sagen.«

»Du lügst!«, schrie Kostoff und zog an der Decke des Tisches.

»Es tut mir schrecklich leid, dass da auch dein Geld dabei war. Aber was kann ich da tun?«

»Wie viel Prozent hast du für deine Spionagedienste eingestreift?«

»Ich?«, fragte Binder treuherzig und setzte eine Unschuldsmiene auf.

»Nur du hast von diesem Konto gewusst. Es kann niemand anderer gewesen sein!«

»Aber Boris!«, sagte Binder schwach. »Sei doch nicht wahnsinnig.« Sein Gesicht war nun nicht mehr so siegessicher, sondern entsetzt und er saß nicht mehr so wohlgefällig da, vielmehr klebte er an der Lehne, und seine aufgesperrten Augen starrten auf Kostoffs rechte Hand, in der sich ein Brieföffner befand, den er automatisch von der Tischplatte genommen hatte.

»Boris! Boris!«, schrie Binder gellend. Doch Kostoff war nicht mehr zurückzuhalten. Er wusste nicht, was er tat, als er um den Schreibtisch lief und Binder mit voller Kraft den Öffner in die Brust stieß.

Binder schrie auf und fiel vom Stuhl. Kostoff stand über ihn gebeugt und sah zu, wie er sich auf seinem falschen Perserteppich wand und gegen die Brust drückte, aus der ein wenig Blut durch sein Hemd tröpfelte. Neben ihm lag der Brieföffner, völlig verbogen.

»Ich sterbe!«, keuchte Binder. »Ich verblute! Einen Arzt! Ruf um Gottes willen einen Arzt.«

»Ich bin dein Arzt«, sagte Kostoff. Er war plötzlich vollkommen ernüchtert. Er kniete nieder, riss Binders Hemd auf und besah sich die Wunde; es war eigentlich mehr ein tiefer Schnitt als eine Wunde. Der Öffner war von der Rippe abgeglitten und höchstens ein paar Millimeter tief eingedrungen.

»Ich verblute«, keuchte Binder. Er sah flehend mit verdrehten Augen zu Kostoff auf und ergriff mit seiner Rechten Kostoffs Hand, die er verkrampft schüttelte, während seine Linke an seine Brust gedrückt blieb. »Lass mich nicht sterben. Ich bin unschuldig.«

»Du stirbst nicht«, sagte Kostoff. »Hast du Watte im Haus? Jod? Verband?«

»Badezimmer«, röchelte Binder. »Dort, Hausapotheke.« Er machte eine unbeholfene Handbewegung.

Kostoff ließ ihn liegen, ging ins Badezimmer und entnahm dem Wandschrank Alkohol und Verbandszeug.

»Steh auf«, sagte er zu Binder, der sich noch immer am Boden wand. »Dir fehlt überhaupt nichts. Eine kleine Rippenprellung. Mit kalten Umschlägen vergeht das in ein paar Tagen. Und komm jetzt, ich verbinde dir die Wunde.«

Stöhnend richtete sich Binder auf und tastete nach seinem Sessel. »Du wolltest mich ermorden!«, sagte er vorwurfsvoll.

Kostoff ging nicht darauf ein, sondern begann ihn langsam, aber systematisch zu verbinden.

NACHWORT

Von Günther Stocker[1]

Seltsamerweise ist die zehnjährige Präsenz der Alliierten in Österreich zwischen 1945 und 1955 kaum einmal Thema der zeitgenössischen Literatur geworden – mit einer bemerkenswerten Ausnahme: Die ambitionierten Unterhaltungsromane des Autorenduos Milo Dor (1923–2005) und Reinhard Federmann (1923–1976). *Internationale Zone* (1953), *Und einer folgt dem anderen* (1953) sowie *Romeo und Julia in Wien* (1954) werfen einen scharfen Blick auf die politischen und sozialen Verhältnisse der Besatzungszeit. Auslöser dafür war ein Kinofilm: Angesichts des enormen Erfolgs von Graham Greenes und Carol Reeds *Der dritte Mann* (1949) sagten sich die beiden jungen, mittellos in Wien lebenden Schriftsteller, dass sie das, was die zwei Engländer gemacht hatten, mindestens genauso gut könnten:

> Warum sollte das Wien der Besatzungszeit, das Graham Greene den Stoff für seinen Film und den Roman »Der dritte Mann« geboten hatte, nicht unsere Phantasie anregen, wo wir doch hier lebten und es besser kannten als er.[2]

1 Dieses Nachwort basiert auf: Günther Stocker: Jenseits des Dritten Mannes. Kalter Krieg und Besatzungszeit in österreichischen Thrillern der fünfziger Jahre. In: Michael Hansel, Michael Rohrwasser (Hg.): Kalter Krieg in Österreich. Literatur – Kunst – Kultur. Wien: Zsolnay 2010, S. 108–122.

2 Milo Dor: Nachwort: In: Milo Dor, Reinhard Federmann: Internationale Zone. Wien: Picus 1994, S. 239–241, S. 239.

Mit ihren literarisch anspruchsvolleren Projekten hatten die beiden bisher keinen Erfolg gehabt. Dors autobiografisch grundierter Roman *Tote auf Urlaub* über den kommunistischen Widerstand in Jugoslawien, über Folter und Zwangsarbeit im nationalsozialistischen Österreich, wurde von mehreren Verlagen abgelehnt und konnte erst 1952 in der Deutschen Verlagsanstalt erscheinen. Reinhard Federmanns feinfühliger Heimkehrer-Roman *Chronik einer Nacht* fand gar keinen Verleger und erschien erst durch die Vermittlung seines sozialdemokratischen Freundes Peter Strasser ab Dezember 1950 als Fortsetzungsroman in der *Arbeiter-Zeitung* (AZ). In Buchform ist dieser Text erst seit 1988 im Picus Verlag zugänglich.

In Österreich kam *Der dritte Mann* am 10. März 1950 in die Kinos, die *Arbeiter-Zeitung* vom 12. März lobt den Film enthusiastisch, allerdings mit der Einschränkung, dass die Handlung des Films, vor allem für »den Wiener, der sich ›auskennt‹, nicht ganz hieb- und stichfest« sei. (AZ 12.3.1950, 7) Hier setzen Dor und Federmann mit ihrer schriftstellerischen Gemeinschaftsarbeit an. Ihnen ging es nicht um die pittoresk-schäbige Kulisse einer europäischen Nachkriegsmetropole, als die Wien im *Dritten Mann* erscheint, sondern ihre Thriller rücken das Österreich des frühen Kalten Krieges und der Besatzungszeit mit historischer Tiefenschärfe in den Blick. Wie kaum ein anderes Werk der österreichischen Nachkriegsliteratur verweben sie die prägenden gesellschaftlichen Erfahrungen der Besatzungszeit mit den damaligen politischen und medialen Diskursen, genretypische Handlungselemente mit historischen Traumata. So lässt sich insbesondere in *Internationale Zone* vieles entdecken, was in der Zweiten Republik rasch vergessen wurde: die materielle Not der Bevölkerung nach dem Krieg, das in vier Zonen geteilte Österreich als Knotenpunkt internationaler Spionageaktivitäten und die Menschenverschleppungen durch die Sowjetbehörden, die für die Betroffenen oft mit jahrelangen Haftstrafen oder gar tödlich endeten.[3] Ihrer Inspirationsquelle erwiesen Dor und Federmann dabei ironisch Reverenz: So meint ein Schwarzhändler in *Internationale Zone* über den Beruf des Schriftstellers: »Man soll sehr gut dabei verdienen. Graham Greene. Kennen Sie Graham Greene?«[4] (91)

Lieferte *Der dritte Mann* Anlass und Sujet für den Roman, so orientierten sich Dor und Federmann stilistisch am amerikanischen Hard-boiled-Krimi. Dieser war Anfang der fünfziger Jahre im deutschsprachigen Raum noch weitgehend unbekannt, danach hatte er lange mit dem Etikett »Schmutz und Schund« zu kämpfen. Raymond Chandlers *The Big Sleep* (1939) erschien erst 1950 auf Deutsch, Dashiell Hammetts *The Thin Man* (1934) 1952. Milo Dor hielt fest, dass diese Romane »mehr über das Leben und die Atmosphäre in ihrem Land im Lauf der zwanziger, dreißiger und vierziger Jahre aussagen als viele wissenschaftliche und politische Analysen«.[5] Dor und Federmann gehörten zu den Ersten, die dieses populäre Genre der Moderne in die deutschsprachige Literatur importierten. Actionreiche Handlung, zynische Protagonisten, die Kombination von Erotik und Frauenverachtung, zwielichtige Bars

3 Vgl. Stefan Karner, Barbara Stelzl-Marx (Hg.): Stalins letzte Opfer. Verschleppte und erschossene Österreicher in Moskau 1950–1953. Wien, München: Böhlau, Oldenbourg 2009.

4 Ein weltweiter Erfolg wie *Der dritte Mann* wurde *Internationale Zone* bei Weitem nicht, aber es folgten nach der Erstausgabe im Wiener Forum Verlag laut Milo Dor verschiedene spätere Ausgaben, ein Abdruck in der Grazer *Neuen Zeit* als Fortsetzungsroman und Übersetzungen ins Holländische, Dänische, Schwedische und Finnische, sodass der Roman den Autoren »doch einiges Geld in dieser ärmlichen Zeit eingebracht« hat und ihnen ermöglicht hat, sich »über Wasser zu halten«. Vgl. Milo Dor: Nachwort, Internationale Zone, S. 240.

5 Milo Dor: Nachwort. In: Milo Dor, Reinhard Federmann: Und einer folgt dem anderen. Wien: Picus 1995, S. 187–189, S. 187.

sowie reichlich Zigaretten und Alkohol finden sich auch in der österreichischen Version der Hard-boiled-Literatur. Allerdings gibt es in *Internationale Zone* keinen genretypisch im Zentrum stehenden hartgesottenen Ermittler. Stattdessen haben wir es mit einem ganzen Ensemble von übel beleumundeten Gestalten zu tun, die allesamt auf mehr oder weniger schuldhafte Weise in die finsteren Machenschaften um Menschen- und Zigarettenschmuggel verstrickt sind. Die einzig durchgängig positive Figur ist der Schriftsteller Petre Margul, in dessen Beschreibung sich eine Hommage an den Lyriker Paul Celan erkennen lässt, Autor der berühmten *Todesfuge*, mit dem Dor und Federmann befreundet waren.

Die Handlung des Romans, die Verbindung von Schwarzhandel, Geheimdienstaktivitäten und Entführungen durch die Sowjets, mag auf den ersten Blick sehr konstruiert wirken, allerdings haben sich Dor und Federmann auf damalige Berichte der *Arbeiter-Zeitung* gestützt. Dort wird etwa am 12. Jänner 1950 auf der ersten Seite eine Meldung des Amerikanischen Nachrichtendienstes zitiert, in der es heißt, dass vor Kurzem eine Organisation aufgedeckt wurde,

> die den Auftrag gehabt hat, Flüchtlinge aus dem Osten, die sich in Westösterreich in Sicherheit gebracht hatten, über die Zonengrenze nach Wien zu locken oder mit Gewalt zurückzubringen. Es ist gelungen, eine Bande von zwölf solcher Menschenräuber dingfest zu machen, die von ihren Auftraggebern für ihr schmutziges Handwerk gut, aber erst recht schmutzig entlohnt wurden: denen nämlich dafür Schmuggelfreiheit zugestanden war. Wir haben auf die Zusammenhänge zwischen Menschenraub und Zigarettenschmuggel ja schon bei früheren Gelegenheiten hingewiesen. (AZ 12.1.1950, 1)

Am Tag davor wurde ebenfalls in der *Arbeiter-Zeitung* von einem Prozess am Oberlandesgericht Wien berichtet, an dem gegen einen Mann verhandelt wurde, der wegen Menschenraubs in Untersuchungshaft genommen worden war. Dort habe man erfahren, dass er

> im Auftrag der russischen Geheimpolizei an dem Versuch, ein junges Mädchen aus der amerikanischen Zone Wiens zu entführen, beteiligt war. Er wurde von den Amerikanern festgenommen. – Vors.: Was hätte mit dem Mädchen geschehen sollen? – Angekl.: Sibirien. Ich habe auf Befehl gehandelt. Sonst erfuhr man nichts. (AZ 11.1.1950, 3)

Auch beim spektakulärsten Entführungsfall im Österreich der Besatzungszeit, der in der Öffentlichkeit und in den internationalen Medien heftig diskutiert wurde, der Verhaftung der hohen Ministerialbeamtin Margarethe Ottilinger durch die Sowjets, blieben die Hintergründe im Dunkeln. Ottilinger war Leiterin der Planungssektion im Ministerium für Vermögenssicherung und Wirtschaftsplanung und als solche auch mit dem Marshallplan und der Bestandsaufnahme der von der Sowjetunion als Deutsches Eigentum beschlagnahmten Industriebetriebe in Österreich befasst, höchst sensiblen Bereichen also. Am 5. November 1948 wurde sie auf der Rückfahrt von amtlichen Terminen an der Enns-Brücke bei St. Valentin, der Grenze zwischen amerikanischer und sowjetischer Besatzungszone, festgenommen und in der Folge wegen angeblicher »Beihilfe zum Landesverrat sowjetischer Offiziere und Spionage zugunsten des US-Geheimdienstes« in einem mehr als fragwürdigen Verfahren zu fünfundzwanzig Jahren Zwangsarbeit verurteilt.[6]

---

6 Edda Engelke: Zum Thema Spionage gegen die Sowjetunion. In: Er-

Ottilinger war in mehreren sowjetischen Lagern inhaftiert, erkrankte dort schwer, aber überlebte und konnte im Juni 1955 nach Österreich zurückkehren.[7] Die politischen Hintergründe dieses Falls sind bis heute nicht restlos geklärt. Diese historische Verhaftungsszene bildet den zeitgeschichtlichen Resonanzraum für eine der Schlüsselstellen in *Internationale Zone*, in der ebenfalls an der Zonengrenze auf einer Brücke bei Linz, der Donaubrücke bei Urfahr, eine spektakuläre Verhaftung durch die Sowjets stattfindet. Weit hergeholt ist die Handlung von *Internationale Zone* also nicht.

Österreich erscheint im Roman jedenfalls als höchst unsicheres Terrain. Die politische Geografie des Landes ist von den Zonengrenzen geprägt, deren Überschreiten immer wieder als gefährlicher Akt dargestellt wird. »Die holen ihre Schäfchen aus dem Zug, an der Demarkationslinie. Man sagt einfach, die Papiere waren nicht in Ordnung. (...) Hunderte sind schon an der Demarkationslinie geschnappt worden«, sagt ein sowjetischer Offizier in *Internationale Zone* (181). Die staatliche Ordnung ist labil, die rechtliche Unsicherheit groß, da in den verschiedenen Zonen unterschiedliche Regeln gelten. Die Besatzungsmächte verfolgen vor allem ihre eigenen Interessen in den zunehmenden Spannungen des Kalten Krieges und sie unterstehen nicht der österreichischen Gerichtsbarkeit. Das hat zur Folge, dass sich auch gut illegale Geschäfte machen lassen. Aufgrund der Knappheit vieler Produkte und deren stark eingeschränkter Verteilung über Bezugsscheine entwickelte sich nach dem Krieg trotz

win A. Schmidl (Hg.): Österreich im frühen Kalten Krieg 1945–1958: Spione, Partisanen, Kriegspläne. Wien u. a.: Böhlau, 2000, S. 119–135, S. 120f.

7 Vgl. Ingeborg Schödl: Im Fadenkreuz der Macht. Das außergewöhnliche Leben der Margarethe Ottilinger. Wien: Czernin Verlag 2004 und Catarina Carsten: Der Fall Ottilinger. Eine Frau im Netz politischer Intrigen. Wien u. a.: Herder 1983.

schwerer Strafen ein lebhafter Schleichhandel. »Damals war es sehr leicht, Geld zu verdienen, ob man nun mit Gold, Zigaretten oder Menschen Handel trieb; es lag einfach auf der Straße.« (10) Die höchsten Preise waren in Wien zu erzielen: »Im August 1945 kosteten Nahrungsmittel am Schwarzmarkt in Wien 264-mal mehr als zu offiziellen Preisen, für Genussmittel musste das 124-Fache des regulären Preises bezahlt werden.«[8] Und da die österreichische Polizei alliierte Soldaten nicht kontrollieren durfte, fungierten diese oft als Anbieter schwer erhältlicher Waren. Mit dem Beginn des Marshallplans 1948 verbesserte sich die Versorgungslage dann Schritt für Schritt.

Unter diesen Bedingungen bildeten Österreich im Allgemeinen und Wien im Besonderen einen idealen Boden für Agenten und Schieber aller Länder, eine wahrhaft »internationale Zone«. Im engeren Sinn war mit »internationaler Zone« freilich der erste Wiener Gemeindebezirk gemeint, den die vier alliierten Mächte im Unterschied zu den anderen Stadtteilen gemeinsam verwalteten und kontrollierten. Georgi Maniu, einer der Ganoven aus dem Roman, erklärt zynisch die Vorteile der Position der österreichischen Hauptstadt zwischen den beiden Blöcken:

> Wien ist ein offenes Tor. Das letzte offene Tor zwischen Ost und West. Weißt du, warum es hier so ruhig ist? Weil sie [i.e. die Besatzungsmächte; G. S.] hier verdienen. Zigaretten … das ist nur ein winziger Bruchteil. Öl, Eisen, Stahl, Textilien. Alles, was dein Herz begehrt. Schnaps und Medikamente. Devisen machen sie hier, für ihre Panzer

8 Irene Bandhauer-Schöffmann: Schwarzmarkt. In: Stefan Eminger, Ernst Langthaler (Hg.): Sowjets. Schwarzmarkt. Staatsvertrag. Stichwörter zu Niederösterreich 1945–1955. St. Pölten u.a.: Niederösterreichisches Pressehaus 2005, S. 185–189, S. 187.

> und für ihre Kanonen. (...) Das kostet manchmal Blut, du hast recht. Aber es rentiert sich. (96f.)

Besonders die kriminellen Geschäfte der Sowjets werden thematisiert, die hinter Scheinfirmen und bürgerlichen Strohmännern verborgen werden, so wie insgesamt die sowjetische Besatzungsmacht deutlich schärfer kritisiert wird als ihre westlichen Pendants.

> Hier verdienen sie, die roten Glücksritter. Hunderte von Deckfirmen haben sie hier. Herr Meier oder Herr Navratil sind die Inhaber. Christliche, bürgerliche Kaufleute. Verteidiger der westlichen Kultur. Zeitungen ... Radio ... alles Dreck. In Wirklichkeit sind sie nur Strohmänner der USIA, der russischen Handelsgesellschaft. (97)

So rücken Dor und Federmann die düsteren Erfahrungen des frühen Kalten Krieges detailliert und konkret in den Blick. Und der Roman lässt sich auch an zeitgenössische politisch-publizistische Strategien anschließen. Die literarische Darstellung Österreichs als Tummelplatz von korrupten Besatzungssoldaten, Schwarzhändlern und Spionen, als Schauplatz wilder Schießereien und willkürlicher Verhaftungen und der dagegen machtlosen österreichischen Behörden findet ihre Entsprechung in den damaligen Artikeln der *Arbeiter-Zeitung*, die daraus freilich ihre eigenen politischen Schlüsse zieht:

> All diese Fälle, die nur die letzten in einer Serie abscheulicher Verbrechen sind, von denen Österreich in den letzten Jahren heimgesucht wurde und deren Opfer oftmals österreichische Staatsbürger waren, zeigen mit erschreckender Deutlichkeit, wohin es führt, wenn ein Land seiner

> Souveränität beraubt, unter dem Faustrecht fremder Besatzung steht. Die Tätigkeit der verschiedenen Geheimorganisationen hat gar nichts mit dem Besatzungszweck zu tun: sie ist nichts als eine Form des »kalten Krieges«, den die Besatzungsmächte auf unserem Boden gegeneinander führen – aber zu unserem Schaden und auf unsere Kosten, (...). Wir haben die Pflicht gegen unser Land, uns dagegen zu wehren, daß sich hier die Unterwelt internationaler Spionage- und Menschenräuberorganisationen unter dem Schutz einer Übersouveränität sammelt, um auf unserem Boden ihr Unwesen zu treiben, ihre mörderischen Konkurrenzkämpfe auszutragen. (AZ 12.1.1950, 1)

Und dann wird eine Verbindung zu den 1950 gerade stockenden Staatsvertragsverhandlungen gezogen und gefragt, wie lange dieser Zustand der Rechtlosigkeit noch andauern werde, wann der Staatsvertrag denn nun endlich käme.

Am 15. Mai bzw. am 26. Oktober 1955 war es dann so weit, der Staatsvertrag wurde unterzeichnet und die letzten Besatzungssoldaten verließen das Land. Österreichs Unabhängigkeit war wiederhergestellt. Viele Kriegsgefangene und Verschleppte kehrten wieder nach Hause zurück. Die Erinnerung an die Besatzungsjahre wurde rasch entsorgt, die wenigen Texte, die sich damit beschäftigten, waren bald vergessen, so auch die Romane von Milo Dor und Reinhard Federmann. Dabei sind diese nicht nur als frühe und gelungene Beispiele eines neuen Genres in der deutschsprachigen Literatur bemerkenswert, sondern sie rücken auch Ausschnitte aus dem »gefährdeten Leben«[9] jener Zeit in den Blick und holen sie aus dem individuellen ins kulturelle Gedächtnis – als lange übersehene Vertreter einer

9 Milo Dor: Nachwort, Internationale Zone, S. 241.

zeitgeschichtlich engagierten Literatur aus dem Österreich der fünfziger Jahre.[10]

10 Vgl. dazu ausführlich: Stefan Maurer, Doris Neumann-Rieser, Günther Stocker: Diskurse des Kalten Krieges. Eine andere österreichische Nachkriegsliteratur. Wien u. a.: Böhlau 2017.

Milo Dor (im Bild links), 1923 in Budapest als Sohn eines serbischen Arztes geboren, wuchs im Banat und in Belgrad auf. 1942 als Widerstandskämpfer verhaftet, 1943 Zwangsarbeit in Wien, wo er ab 1948 als freier Schriftsteller lebte und 2005 verstarb. Mitglied der Gruppe 47.

Reinhard Federmann (im Bild rechts), 1923 in Wien geboren, 1976 dort verstorben, war freier Schriftsteller und Journalist. Zahlreiche Romane, Hörspiele und Erzählungen, Herausgeber der Kulturzeitschrift »Die Pestsäule«, Mitglied der Gruppe 47. Im Picus Verlag erschienen seine Romane »Barrikaden«, »Das Himmelreich der Lügner«, »Chronik einer Nacht« und der Erzählband »Die Stimme«.

Dor und Federmann verfassten in den fünfziger Jahren gemeinsam weitere Romane, darunter »Und wenn sie nicht gestorben sind ...« und »Und einer folgt dem anderen«.